Originaire de Dublin, **Cecelia Ahern** publie son premier roman, *P.-S. I Love You*, à l'âge de vingt et un ans. Le succès ne se fait pas attendre et ce best-seller est adapté au cinéma. Ses livres sont aujourd'hui traduits dans le monde entier. Pour plus d'informations sur ses publications, rendez-vous sur son site Internet à l'adresse suivante :
www.cecelia-ahern.com

De la même autrice, chez Milady, en grand format :

Les Jours meilleurs
Le Joueur de billes
L'année où je t'ai rencontré
Postscriptum

Chez Milady, au format poche :

Les Jours meilleurs (Prix des Lectrices 2018)
Le Joueur de billes
L'année où je t'ai rencontré

Cecelia Ahern

L'année où je t'ai rencontré

Traduit de l'anglais (Irlande) par Fabienne Vidallet

Milady

Milady est un label des éditions Bragelonne

Titre original : *The Year I Met You*

Originellement publié en Grande-Bretagne
par HarperCollins Publishers

ISBN : 978-2-8112-2500-1

Bragelonne – Milady
60-62, rue d'Hauteville – 75010 Paris

E-mail : info@milady.fr
Site Internet : www.milady.fr

Pour mon amie Lucy Stack.
Au moment où la chenille pensait que tout était fini,
elle devint un papillon…

« Notre plus grande gloire n'est pas de ne jamais tomber
mais de nous relever chaque fois que ça arrive. »
Confucius

Hiver

Saison entre l'automne et le printemps, constituée dans l'hémisphère Nord des mois les plus froids de l'année : décembre, janvier et février.

Période d'inactivité ou de déclin.

Chapitre premier

J'avais cinq ans quand j'ai compris que je mourrais un jour.

Il ne m'était jamais venu à l'esprit que je ne vivrais pas éternellement : pourquoi aurais-je pensé le contraire ? Le sujet de ma propre mort n'avait jamais été abordé.

Ma connaissance du sujet n'était pas vague : j'avais appris d'expérience que les poissons rouges mouraient. Ils mouraient si on oubliait de les nourrir ou si au contraire on les nourrissait trop. Les chiens mouraient quand ils percutaient une voiture en marche, les souris lorsqu'elles étaient tentées par le chocolat posé sur les pièges dans le placard sous l'escalier et les lapins quand ils sortaient de leur cage pour tomber entre les griffes des méchants renards. Découvrir leurs cadavres ne suscitait aucune panique d'ordre personnel : j'avais beau n'avoir que cinq ans, je savais qu'il s'agissait d'animaux à fourrure qui faisaient de grosses bêtises et que je n'agirais jamais comme eux.

J'ai donc été très perturbée en apprenant que la mort pouvait aussi s'abattre sur moi.

Selon ma source, si j'avais de la chance, ça se passerait comme pour mon grand-père. Il était vieux. Il puait le tabac et les pets, et il avait toujours des morceaux de mouchoir en papier coincés dans sa moustache parce qu'il passait son temps à se moucher. Ses ongles étaient perpétuellement sales à cause du jardinage, le coin de ses yeux était jaune, ce qui me rappelait la bille volée à la collection de mon oncle que ma sœur avait l'habitude de mettre à la bouche et d'avaler, ce qui faisait immanquablement accourir mon père qui lui comprimait l'estomac jusqu'à ce qu'elle la recrache. Vieux, donc. Il portait un pantalon marron dont la taille remontait jusque sous sa poitrine flasque, soulignant sa petite bedaine et ses testicules, écrasés sur un côté de sa braguette. Vieux. Non, je ne voulais pas mourir de la même manière que lui, mais selon ma source, mourir vieille était le meilleur scénario possible.

C'est mon cousin Kevin qui m'a révélé ma mort prochaine pendant l'enterrement de mon grand-père, alors que nous étions assis sur l'herbe au fond de son long jardin, un gobelet en plastique plein de soda rouge à la main, le plus loin possible de nos parents en deuil qui ressemblaient à des bousiers en cette journée la plus chaude de l'année. L'herbe était couverte de pissenlits et de marguerites, et elle était beaucoup plus haute que d'habitude : papi avait été trop malade ces dernières semaines pour s'en occuper. Je me souviens d'avoir éprouvé de la tristesse pour lui : de tous les jours où il pouvait faire admirer son œuvre à ses voisins et ses amis, c'en était un où le jardin n'était pas aussi parfait qu'il l'aurait voulu. Ça lui aurait été égal de ne pas être présent – il n'était guère bavard – mais il aurait aimé le présenter de manière majestueuse avant de disparaître pour écouter les louanges loin de tous, à l'étage, de la fenêtre ouverte, peut-être. Il aurait fait semblant de s'en moquer mais son sourire ravi aurait accompagné ses genoux maculés d'herbe et ses ongles noirs. Quelqu'un, une vieille femme qui serrait un chapelet dans sa main, a prétendu qu'elle sentait sa présence dans le jardin, mais pas moi. J'étais sûre qu'il n'était pas là. Il n'aurait jamais supporté ce jardin négligé.

Mamie ponctuait le silence avec des phrases du style : « Ses tournesols sont magnifiques, paix à son âme » ou « Il ne verra jamais fleurir ses pétunias ». Ce à quoi mon cousin Kevin à la langue bien pendue a répondu : « Oui, son cadavre sert d'engrais à présent. »

Tout le monde a ricané ; tout le monde riait toujours des blagues de Kevin, parce que Kevin était cool et que c'était le plus âgé. Il avait cinq ans de plus que moi et à dix ans, il disait des choses cruelles qu'aucun d'entre nous n'aurait osé proférer. Même si on ne le trouvait pas drôle, on savait qu'on avait intérêt à rire si on ne voulait pas que sa méchanceté se retourne contre nous, ce qui était exactement ce qui m'était arrivé ce jour-là. Mais cette fois-là, je n'ai jugé sa remarque ni amusante ni cruelle. L'idée que le corps de papi aide les pétunias à pousser était plutôt belle. Elle reflétait une certaine plénitude et me paraissait juste. C'était exactement ce que mon grand-père aurait souhaité maintenant que ses gros doigts boudinés ne pouvaient plus faire fleurir ce magnifique jardin tout en longueur qui était le centre de son monde.

C'est à cause de l'amour de papi pour le jardinage que je m'appelle Jasmine. Le jour de ma naissance, quand il est allé rendre visite à ma mère à l'hôpital, il lui a apporté une brassée de fleurs cueillies sur le treillis rouge qu'il avait assemblé et peint lui-même contre le mur du fond. Il avait enveloppé les fleurs dans un journal fermé par une ficelle et l'encre des mots croisés inachevés de l'*Irish Times* coulait à cause de la rosée. Ce n'était pas le jasmin estival dont on se servait dans les bougies hors de prix et les pulvérisateurs de parfums d'ambiance, mais il s'agissait de celui qui poussait en hiver, et dont les minuscules boutons en forme d'étoiles jaunes mettaient de la couleur dans la grisaille ambiante. Je ne pense pas que mon grand-père ait songé à une quelconque symbolique et je ne sais pas s'il s'est senti honoré que ma mère lui rende hommage en me donnant le nom de ces fleurs. Il trouvait que c'était un prénom étrange pour une enfant, que le jasmin était une fleur et non un nom d'humain. Il se prénommait Adalbert, d'après un saint qui avait évangélisé l'Irlande et son second prénom était Mary, aussi n'était-il guère habitué aux prénoms qui n'étaient pas directement issus de la Bible. L'hiver précédent, il avait apporté un brin de bruyère pourpre à ma mère pour célébrer la naissance de ma sœur, et elle avait appelé cette dernière Heather – ce qui signifie bruyère. Je m'étais demandé du coup quelles avaient été les intentions de papi concernant mon prénom. En faisant des recherches, j'ai découvert que le jasmin d'hiver appartient à la même famille que la bruyère hivernale qui fournit elle aussi de la couleur aux jardins en hiver. Je ne sais pas si c'est à cause de lui et de son caractère mais j'ai toujours espéré que les gens silencieux possèdent une certaine forme de magie et un savoir dont les gens plus bavards étaient dépourvus. Je pense que le fait de ne rien dire signifie que leurs pensées sont très importantes. Peut-être que leur simplicité apparente dissimule une mosaïque de pensées élaborées et que parmi elles, il en était une qui avait poussé mon grand-père à vouloir que je m'appelle Jasmine.

Je n'ai pas ri de la blague de Kevin et ce dernier l'a pris comme une désapprobation de ma part, ce qu'il détestait et redoutait à la fois. Il a donc tourné son regard féroce vers moi et a lancé :

— Tu vas mourir, toi aussi, Jasmine.

Nous étions assis en cercle tous les six. J'étais la plus jeune du groupe et ma sœur, à un mètre de nous, s'amusait à tourner sur elle-même jusqu'à ce qu'elle finisse par tomber, étourdie par le vertige. J'avais noué une couronne de pâquerettes autour de ma cheville et j'ai senti se former dans ma gorge une boule si grosse que j'ai cru avoir avalé l'une des abeilles monstrueuses qui butinaient derrière nous. J'ai essayé de digérer l'information de mon futur trépas. Les autres étaient choqués par les propos de Kevin, mais au lieu de me venir en aide et de nier sa remarque prémonitoire, ils me contemplaient, l'air attristés, en hochant la tête. *Oui, c'est vrai*, ont-ils acquiescé en silence. *Tu vas mourir, Jasmine.*

Profitant de mon mutisme, Kevin est devenu plus explicite, retournant le couteau dans la plaie. Non seulement je mourrais, mais j'aurais quelque chose tous les mois qu'on appelle des règles et qui me ferait souffrir le martyre. Il m'a appris dans la foulée comment on faisait les bébés, d'une manière si détaillée et si abominable que je n'ai pas pu regarder mes parents en face durant la semaine qui a suivi, et il a répandu ensuite du sel sur mes blessures en me révélant que le père Noël n'existait pas.

On a beau essayer de toutes ses forces, on ne peut oublier ce genre de choses.

Pourquoi est-ce que je parle de cet épisode de ma vie ? Parce que c'est là que je suis née. C'est là que, telle que je me connais et telle que les autres me connaissent, j'ai été façonnée. Mon existence a commencé à l'âge de cinq ans. Savoir que je mourrais un jour a instillé quelque chose en moi que je porte encore maintenant : la conscience que, alors que le temps est infini, le mien est limité et qu'il passe vite. J'ai compris que mon heure et celle des autres ne sont pas égales. On ne peut pas en faire la même chose ni y penser de la même manière. Faites ce que vous voulez de votre temps, mais ne m'ennuyez pas car je n'ai pas une minute à perdre. Si vous voulez faire quelque chose, faites-le maintenant. Si vous avez quelque chose à dire, dites-le maintenant. Et, plus important, vous devez le faire tout seul. C'est votre vie, c'est vous qui allez mourir et la perdre. Je me suis mise à bouger, à provoquer les événements. Je travaillais à un rythme si effréné que j'avais rarement le temps de me retrouver face à moi-même. Je me poursuivais beaucoup sans presque jamais me rattraper ; je courais vite.

J'ai rapporté beaucoup de choses avec moi de cet après-midi sur l'herbe, et ce n'étaient pas juste les couronnes de marguerite autour de mes poignets, de mes chevilles et dans mes cheveux quand nous avons suivi dans la maison les gens affligés qui avaient pris des coups de soleil. Mon cœur était plein de crainte, mais peu de temps après, à la manière d'une enfant de cinq ans, cette peur a disparu. Lorsque je songeais à la mort, j'imaginais papi Adalbert Mary sous la terre, qui faisait pousser son jardin même s'il n'était plus là, et je ressentais de l'espoir.

On récolte ce que l'on sème, même mort. Et j'ai appris à semer.

Chapitre 2

J'ai été licenciée, « virée », six semaines avant Noël – ce qui, d'après moi, est une période indigne pour se débarrasser d'un employé. On a embauché une femme chargée de me licencier, dans une de ces agences dont c'est le travail de laisser partir correctement les employés dont on ne veut plus de manière à éviter un scandale, un procès ou juste de l'embarras. Elle m'a invitée à déjeuner dans un restaurant tranquille, m'a laissée commander une salade César alors qu'elle se contentait d'un expresso sans sucre et m'a regardée m'étouffer sur un croûton en m'expliquant ma nouvelle situation professionnelle. Je suppose que Larry savait que je n'accepterais pas de recevoir cette information de sa bouche ni de celle de n'importe qui d'autre et que je tenterais de le faire changer d'avis, que je lui balancerais un procès ou simplement ma main dans la figure. Il a essayé de me laisser mourir avec honneur, même si je n'en ai guère ressenti en partant. Être virée est une chose publique, il faudrait bien que je l'annonce aux gens. Et si je n'avais pas besoin de le faire, c'était uniquement parce qu'ils étaient déjà au courant. J'étais gênée. Je le suis toujours.

J'ai commencé ma vie professionnelle comme comptable. Dès le jeune âge mûr de vingt-quatre ans, je suis entrée chez Trent & Bogle, une grande firme dans laquelle je suis restée un an, puis je suis passée brutalement chez Start It Up, où je fournissais des conseils financiers et de l'aide aux individus qui souhaitaient démarrer leur business. C'est là que j'ai appris qu'il y a toujours deux versions d'un même événement : la version publique et la vérité. L'histoire que je raconte, c'est qu'au bout de dix-huit mois, je suis partie pour fonder ma propre boîte, inspirée par tous ceux que j'avais vus défiler dans mon bureau et submergée par le désir de faire de mes idées une réalité. La vérité, c'est que j'en avais assez de voir tous ces gens incapables d'appliquer correctement mes conseils et que j'ai créé mon entreprise dans une quête personnelle d'efficacité. Elle est devenue si florissante que tout le monde voulait me la racheter. Je l'ai donc vendue. Puis j'ai monté une autre société, que j'ai vendue aussi. J'ai rapidement eu une autre idée. La troisième fois, je n'ai pas eu le temps de développer mon idée parce que quelqu'un a adoré le concept ou détesté la possibilité que je devienne sa rivale, et me l'a achetée tout de suite. C'est comme ça que je me suis associée avec Larry, ma toute dernière start-up et le seul job que j'aie perdu. Le concept initial ne m'appartenait pas, c'était l'idée de Larry, mais nous l'avons développée ensemble. J'étais son associée et j'ai fait pousser ce bébé comme s'il sortait de mon propre utérus. Je l'ai aidé à grandir. Je l'ai vu mûrir et se développer au-delà de nos rêves les plus fous, et je me suis préparée au moment où on le revendrait. Ça ne s'est pas produit. J'ai été virée.

Notre boîte s'appelait L'Usine à idées : on aidait les entreprises à développer leurs idées. Mais nous n'étions pas des consultants. Soit on se servait de leurs idées pour les améliorer, soit on créait les nôtres, on les développait et on les menait à bien. Les idées étaient variées. Ça pouvait être *La Dose du jour*, le journal d'un café qui racontait des histoires locales et soutenait des boutiques, des écrivains et des artistes du quartier ou il pouvait s'agir d'aider un sex-shop à vendre des crèmes glacées – et cette idée, qui était la mienne, s'était révélée excellente, d'un point de vue personnel et professionnel. Nous n'avons pas pâti de la récession, bien au contraire, nous nous sommes envolés. S'il y avait bien une chose dont les entreprises avaient besoin pour survivre dans le climat actuel, c'était l'imagination. On vendait notre imagination et j'adorais ça.

Quand j'analyse les faits maintenant que je n'ai plus rien à faire de mes journées, je comprends que ma relation avec Larry a commencé à se détériorer il y a quelque temps déjà. Je me dirigeais, peut-être aveuglément, vers le chemin du « vendons la compagnie », comme je l'avais déjà fait trois fois auparavant, alors qu'il envisageait de la garder. Avec le recul, c'était un gros problème. Je crois que j'ai trop poussé, j'ai trouvé des acheteurs potentiels alors que je savais très bien que Larry n'était pas intéressé, et je lui ai mis la pression. Il pensait que « mener à bien » signifiait continuer à développer, alors que pour moi, ça voulait dire vendre et recommencer autre chose. Je chérissais ce projet dans l'optique de m'en séparer un jour alors que lui le chérissait dans la perspective de s'y accrocher. Si vous voyiez comment il se comporte avec sa fille adolescente et avec sa femme, vous comprendriez que c'est sa philosophie de vie. « Accroche-toi, ne lâche pas, c'est à moi. » Il ne perd jamais les commandes. *Bref.*

J'ai trente-trois ans et j'ai bossé dans cette boîte pendant quatre ans. Je n'ai jamais été malade un seul jour, je n'ai reçu aucune plainte, aucune accusation, aucun avertissement, je n'ai jamais eu de liaison déplacée – ou du moins aucune qui ait nui à l'entreprise. J'ai tout donné à mon boulot, surtout pour mon propre bénéfice et de mon propre gré, mais je m'attendais à recevoir quelque chose en retour, à honorer mon sens de l'honneur. Je croyais depuis toujours qu'on pouvait être licenciée sans que ce soit personnel, mais ça, c'était parce que ça ne m'était jamais arrivé et parce que c'était toujours moi qui virais les autres. Je me rends compte à présent que c'est très personnel parce que mon job, c'était ma vie. Mes amis et mes collègues m'ont vraiment soutenue, à tel point que si je chope un cancer, je ne le dirai à personne. Ils me donnent l'impression d'être une victime. Ils me regardent comme si je m'apprêtais à prendre le premier vol pour l'Australie afin de rejoindre les rangs des surqualifiés qui font pousser des pastèques. Deux mois à peine se sont écoulés et j'en suis déjà à remettre en question ma valeur. Je ne sers à rien et je ne contribue à rien au quotidien. Je sais que c'est temporaire, que je retrouverai un rôle dans la société mais c'est ce que je ressens. En plus, je m'ennuie ferme. Je suis une femme d'action et je n'ai pas fait grand-chose depuis deux mois.

J'ai réalisé tout ce que je rêvais d'accomplir quand je bossais comme une dingue. En un mois, c'était plié. J'ai réservé un séjour au soleil juste avant Noël, et me voilà à présent bronzée et frigorifiée. J'ai pris un café avec mes amies, qui sont toutes mères en congé maternité ou en congé parental ou en congé je-ne-sais-pas-si-je-voudrai-reprendre-le-boulot-un-jour, à un horaire auquel je n'avais jamais bu de café en public auparavant. J'avais l'impression de faire l'école buissonnière, ce qui était merveilleux – les premières fois. Puis c'est devenu moins merveilleux et j'ai commencé à observer les employés, qui servaient les cafés, nettoyaient les tables et entassaient les paninis. Des travailleurs. Qui bossaient. J'ai fait ami-ami avec les bébés tout mignons de mes copines même si la plupart restent allongés sur leurs tapis colorés qui couinent si on marche dessus par erreur et ne font pas grand-chose d'autre que de lever leurs jambes potelées, attraper leurs orteils, rouler sur le côté et batailler pour se remettre sur le dos. C'est drôle à voir les dix premières fois.

On m'a demandé d'être marraine à deux reprises en sept semaines, comme si mes amies pensaient que ça allait m'occuper. Les deux fois, ça m'a été gentiment proposé et j'ai été touchée, mais si j'avais encore un taf, elles n'auraient pas pensé à moi parce qu'on ne se serait pas vues et je n'aurais pas rencontré leurs enfants, donc tout me renvoie au fait que je suis au chômage. Je suis devenue la copine à qui elles téléphonent quand elles sont au bout de leur vie, qu'elles ont les cheveux gras, qu'elles puent la sueur et le vomi de bébé pour me dire d'une voix basse qui me file la chair de poule qu'elles ont peur de déraper. Je cours me charger de leur môme pour qu'elles puissent passer dix minutes sous la douche. J'ai appris que dix minutes sous la douche et la joie d'aller aux toilettes sans pression restaurent plus de choses chez les nouveaux parents que la simple hygiène personnelle.

Je vais chez ma sœur à l'improviste, ce que je ne faisais jamais auparavant. Ça l'a beaucoup perturbée et chaque fois qu'on se voit, elle me demande quelle heure il est, comme si j'avais déréglé son horloge interne. J'ai fait mon shopping de Noël tranquillement. J'ai même acheté de vraies cartes de vœux et je les ai postées dans les temps – les deux cents. Je me suis même occupée des courses de mon père. Je suis très efficace, c'est un de mes traits de caractère. Je peux être désœuvrée, bien sûr – j'adore paresser sur une plage pendant deux semaines – mais uniquement quand je le décide et selon mes propres règles, quand je sais que quelque chose m'attend après. Une fois les vacances terminées, j'ai besoin d'un but. Il me faut un objectif. Un défi. Un dessein. J'ai besoin d'apporter ma contribution. De réaliser quelque chose.

J'adorais mon job mais pour me sentir mieux, j'essaie de me concentrer sur ce qui ne me manquera pas.

Mes collègues étaient presque tous des hommes. La plupart étaient des coqs, quelques-uns amusants, certains plaisants. Je n'aimais pas passer du temps avec eux en dehors du boulot, ce qui signifie que ma prochaine phrase est absurde, mais en fait non. Sur une équipe de dix, j'ai couché avec trois d'entre eux. Sur les trois, j'aurais mieux fait de m'abstenir pour deux d'entre eux et celui avec qui je ne regrette pas d'avoir couché le déplore, lui. C'est malheureux.

Mes collègues ne me manqueront pas. Les gens m'énervent. La majorité n'a aucun bon sens, et ils formulent des opinions tellement biaisées, rétrogrades, frustrantes, idiotes, mal informées et dangereuses que je ne supporte pas de les entendre. Je ne suis pas pénible pour le plaisir. J'aime les blagues non politiquement correctes devant un public choisi et quand il est évident que la vanne est aux dépens de l'idiot qui a proféré des débilités. Mais quand une plaisanterie non politiquement correcte est assenée par quelqu'un qui y croit vraiment, ce n'est pas drôle, c'est offensant. Je n'apprécie pas les débats sur le bien et le mal ; je préférerais que tout le monde sache faire la différence de naissance. Un test sur le talon des nouveau-nés et une injection de bon sens.

Maintenant que je ne travaille plus, je suis obligée d'affronter ce qui me déplaît le plus dans le monde et en moi. Dans mon job, je pouvais me cacher et me laisser distraire. Sans boulot, je suis obligée de voir les choses en face, de réfléchir, de me questionner et de trouver un moyen de gérer des trucs sur lesquels je refuse de me pencher depuis longtemps. Et ça inclut le quartier dans lequel j'ai emménagé il y a trois ans et où je ne me suis jamais intégrée.

Et ça comprend aussi ce qui se passe la nuit : je ne sais pas si je m'étais arrangée pour l'ignorer avant, si la situation a dégénéré ou si mon oisiveté m'a permis d'être fascinée, voire obsédée. Mais il est 22 heures et je n'ai plus que quelques heures à attendre avant ma distraction nocturne.

C'est le réveillon du nouvel an. Pour la première fois de ma vie, je suis seule pour cette occasion. J'ai choisi cet état de fait pour plusieurs raisons : primo, il fait un temps tellement affreux que je n'ai pas réussi à me motiver pour sortir après avoir failli me faire décapiter par la porte quand j'ai ouvert au courageux livreur du restaurant thaï qui a bravé les éléments pour m'apporter mon repas. Les chips de crevette étaient pratiquement en miettes et il a renversé la sauce pour les bouchées au fond du sac, mais je n'ai pas eu le cœur de me plaindre. Le regard désespéré qu'il a jeté en direction de la chaleur et de la sécurité de mon salon m'a empêchée de mentionner l'état de la livraison.

Le vent hurle avec tant de forces que j'ai peur qu'il arrache le toit. Le portail en bois du jardin de mon voisin claque sans arrêt et je me demande si je ne devrais pas aller le fermer, mais je me retrouverais chahutée comme les poubelles qui s'entrechoquent dans l'allée. C'est la tempête la plus impressionnante que le pays – l'Irlande – ait connue depuis des lustres. C'est la même chose en Grande-Bretagne et les États-Unis ne sont pas en reste. Il fait moins quarante au Kansas, les chutes du Niagara sont gelées, New York a été submergé par un air glacial que l'on appelle le « vortex polaire », des caravanes ont atterri sur les falaises du comté de Kerry, et des moutons au pied pourtant sûr sont tombés et gisent sur les plages à côté des phoques que la mer a rejetés. On craint des inondations, les habitants des côtes ont reçu l'ordre de rester chez eux de la part de pauvres journalistes trempés aux lèvres bleues en direct près de l'océan. La route que j'emprunte tout le temps est inondée depuis deux jours. Au moment où je voulais, où j'avais besoin de m'occuper, mère nature m'oblige à demeurer immobile. Je comprends ce qu'elle fait : elle essaie de me forcer à réfléchir, et elle y parvient très bien. D'où toutes mes pensées qui commencent par « Peut-être… » parce que je suis obligée de songer à moi d'une manière toute nouvelle et je ne suis pas certaine que ce soit une bonne idée.

Les aboiements du chien de l'autre côté de la rue sont à peine audibles à cause du vent. Le docteur Jameson a dû encore oublier de l'emmener avec lui. Il devient étourdi ou alors il n'aime plus son chien. Je ne sais pas comment cet animal se nomme, mais c'est un Jack Russell. Je le surprends de temps en temps à courir dans mon jardin, où il fait parfois ses besoins. Il lui est arrivé de rentrer en courant dans ma maison où je l'ai pourchassé pour le rendre à son propriétaire, un honorable gentleman. Je l'appelle comme ça parce que c'est un homme assez majestueux d'environ soixante-dix ans, un médecin à la retraite, qui, pour s'amuser, est le président de tous les clubs possibles et imaginables : échecs, bridge, golf, cricket, et maintenant du comité de surveillance du quartier, qui s'occupe de ramasser les feuilles mortes, remplacer les ampoules des réverbères, surveiller le voisinage et tout le bazar. Il est toujours bien mis, avec ses pantalons parfaitement repassés, ses chemises, ses pulls à col en « V », ses chaussures cirées et ses cheveux bien peignés. Il me parle comme s'il lançait les phrases par-dessus ma tête, le menton dressé et les narines frémissantes, tel un comédien amateur, mais il ne se montre jamais directement grossier, ce qui ne me permet pas de l'être en retour ; je me contente d'être distante. Mettre de la distance est ma façon de communiquer avec quelqu'un que je ne comprends pas. Je ne savais même pas qu'il possédait un chien – je l'ai découvert il y a un mois – mais ces derniers temps, j'ai l'impression d'en apprendre trop sur mes voisins. Plus le chien aboie, plus je m'inquiète. Et si le docteur Jameson était tombé ou avait été poussé par le vent dans le jardin de quelqu'un d'autre comme les trampolines qui ont volé pendant les tempêtes ? J'ai entendu l'histoire de cette gamine qui s'est réveillée un matin, et a trouvé une balançoire et un toboggan dans son jardin ; elle a cru que le père Noël était passé une seconde fois, mais c'était juste le vent qui avait déplacé les jeux de cinq maisons.

Je n'entends pas la fête qui se déroule au bout de la rue, mais je la vois. M. et Mme Murphy organisent leur habituelle fiesta familiale. Elle débute et s'achève toujours par des chants traditionnels irlandais : M. Murphy joue du bodhrán et Mme Murphy chante avec tant de tristesse qu'on dirait qu'elle est éplorée au milieu d'un champ de pommes de terre en train de pourrir. Les autres font les chœurs comme s'ils étaient ballottés sur un bateau de migrants fuyant la famine en direction de l'Amérique. Je suis plutôt contente que le vent emporte leurs voix dans l'autre sens, mais j'entends le bruit d'une fête que je ne vois pas, probablement à plusieurs rues d'ici : quelques mots de gens assez fous pour fumer au-dehors se faufilent par ma cheminée, accompagnés du rythme lointain de la musique, avant d'être de nouveau avalés par les éléments ; les bruits et les feuilles forment un cercle infernal sur mon perron.

J'étais invitée à trois soirées différentes, mais il était hors de question de passer de l'une à l'autre et de chercher un taxi par ce temps, surtout dans mon état. Et puis les émissions télévisées sont censées être géniales le soir du réveillon et pour la première fois de ma vie, j'ai envie de les regarder. Je m'enveloppe plus étroitement dans mon plaid en cachemire, sirote une gorgée de vin rouge, ravie d'avoir décidé de rester seule en pensant qu'il faut être fou pour sortir par un temps pareil. Le vent rugit derechef, mais au moment où je m'empare de la télécommande pour augmenter le volume, toutes les lumières de ma maison, y compris le téléviseur, s'éteignent. Je suis plongée dans l'obscurité et l'alarme retentit.

Un rapide coup d'œil par la fenêtre m'apprend que toute la rue est privée d'électricité. Contrairement à mes voisins, je n'ai pas pris la peine d'allumer des bougies. C'est une raison supplémentaire pour tâtonner jusqu'à l'escalier et monter me coucher même s'il est à peine 22 heures. L'ironie de la chose ne m'échappe pas : je suis privée de jus. Je regarde l'émission du nouvel an sur mon iPad jusqu'à ce qu'il s'éteigne, déchargé, puis j'écoute de la musique sur mon iPod, dont l'icone de la batterie, déjà dans le rouge, diminue si rapidement que j'ai à peine le temps d'apprécier quelques chansons. Je me rabats sur mon ordinateur portable et quand il s'arrête j'ai envie de pleurer.

C'est alors que j'entends une voiture dans la rue : le spectacle va commencer.

Je sors du lit et ouvre grands les rideaux. L'impasse est plongée dans l'obscurité. J'aperçois les flammes des bougies qui vacillent dans quelques maisons, mais globalement, il fait noir. La plupart de mes voisins ont plus de soixante-dix ans et sont couchés. Je suis persuadée que je suis invisible, protégée par les ténèbres qui règnent chez moi aussi ; je peux rester derrière ma fenêtre à contempler le spectacle qui, je le sais, va se dérouler.

Je jette un coup d'œil au-dehors. Et je te vois.

Chapitre 3

Je ne suis pas une harceleuse mais tu ne me facilites pas la tâche. Tu es un vrai cirque à toi tout seul et je ne peux pas m'empêcher d'être ton public. Nous vivons l'un en face de l'autre dans cette impasse de banlieue, à Sutton, dans le nord de Dublin, dans un quartier construit dans les années 1970 sur le modèle des banlieues américaines. Nous possédons de grands jardins qui donnent sur la rue, sans haies ni buissons pour séparer les allées, sans portails, sans rien pour empêcher les gens de venir sonner chez nous. Nos jardins de devant sont plus grands que ceux de derrière et tout le voisinage s'enorgueillit d'entretenir ceux qui donnent sur la rue. Ils sont tous taillés, soignés, entretenus et arrosés à la perfection. Tous les habitants de la rue, à l'exception de toi et moi, sont retraités. Ils passent des heures interminables dans leurs jardins et, parce qu'ils sont tout le temps au-dehors, ils savent qui va et vient, et à quelle heure. Mais pas moi. Ni toi. Nous ne sommes ni jardiniers ni retraités. Tu as probablement dix ans de plus que moi mais à nous deux, nous avons fait baisser la moyenne d'âge de la rue de trente ans. Tu as trois enfants dont je ne connais pas l'âge exact mais je pense que l'aîné est adolescent et les deux autres ont moins de dix ans.

Tu n'es pas un bon père ; je ne te vois jamais avec eux.

Tu vis en face de chez moi depuis toujours, depuis que j'ai emménagé et tu m'as toujours prodigieusement agacée, mais comme je bossais – et que par conséquent, j'étais occupée et que je savais qu'il y avait des choses plus importantes dans le monde –, ça m'était égal et je n'ai jamais éprouvé le besoin de me plaindre ni de faire sauter tes plombs.

J'ai l'impression de vivre dans un aquarium à présent et que tout ce que je vois et entends de chez moi, c'est toi. *Toi, toi, toi.* Et donc, à deux heures et demie du matin, ce qui est une heure respectable pour que tu rentres chez toi, je me retrouve accoudée au rebord de ma fenêtre, le menton sur la main, à attendre ton prochain merdier. Je sais que je ne serai pas déçue parce que c'est le réveillon du nouvel an et que tu es Matt Marshall, animateur sur l'une des plus grosses radios irlandaises et, malgré moi, j'ai écouté ton émission ce soir sur mon téléphone avant qu'il finisse par s'éteindre, faute de batterie. Ton émission était aussi indiscrète, répugnante, dérangeante, nauséabonde, cruelle et à vomir que les précédentes. Ton talk-show, *Au micro de Matt Marshall*, qui a lieu tous les soirs de 23 heures à 1 heure, est le plus écouté de tous les talk-shows radiophoniques en Irlande. Tu es le roi de l'audimat depuis dix ans. Je ne savais pas que tu habitais ici quand j'ai emménagé mais quand ta voix m'est parvenue de l'autre côté de la rue un jour, je t'ai immédiatement reconnu. Ça fait ça à tout le monde. La plupart sont tout excités, mais moi, j'ai été dégoûtée.

Tu es tout ce que je déteste chez les gens. Tes idées, tes opinions, tes discussions ne règlent absolument pas les problèmes que tu prétends résoudre et suscitent au contraire la violence de la populace. Tu fournis un média qui permet à la haine, au racisme et à la colère de s'exprimer, tout en te cachant derrière la liberté d'expression. Pour toutes ces raisons, je ne peux pas t'encadrer et pour des motifs personnels sur lesquels je reviendrai plus tard, je te méprise.

Tu es rentré en voiture, comme d'habitude, en roulant à 60 kilomètres-heure dans notre rue paisible et silencieuse.

Tu as acheté ta maison à un vieux couple pour qui elle était devenue trop grande. J'ai acquis la mienne auprès d'une veuve qui est morte – et ses enfants ont donc vendu. J'ai fait une affaire, je l'ai achetée quand l'immobilier était au plus bas et que les gens prenaient ce qu'ils pouvaient, avant que les prix se remettent à flamber. Mon but est de ne plus avoir de prêt sur le dos, ce qui est une ambition qui m'habite depuis que j'ai cinq ans : je veux que tout ce qui est à moi m'appartienne vraiment sans être à la merci des autres et de leurs erreurs. Nos deux demeures semblent tout droit sorties d'un épisode de *Desperate Housewives* et on a dû se battre tous les deux contre l'association de voisinage qui nous a accusés de gâcher l'image du quartier. On s'est débrouillés pour négocier un compromis. Nos maisons font très *Desperate Housewives* vues de devant ; à l'intérieur, on les a entièrement rénovées. Moi, cependant, j'ai transgressé une règle dans mon jardin de devant, et je le paie encore. J'en reparlerai plus tard.

Tu t'immobilises dangereusement près de la porte de ton garage, comme d'habitude, et tu descends de la voiture, laissant les clés dans le contact, la radio à fond et le moteur allumé. Je ne sais pas si tu as oublié ou si tu as décidé de ne pas rester. Tu n'as pas éteint les phares, qui sont les seules lumières de la rue ; ça ajoute à l'effet dramatique, comme si tu étais sous le feu d'un projecteur. Malgré le vent, qui s'est presque arrêté, les paroles de Guns N' Roses me parviennent clairement. C'est *Paradise City* ; 1988 a dû être une bonne année pour toi. J'avais huit ans, toi, tu en avais dix-huit et je suis prête à parier que tu portais leur tee-shirt, que tu avais leurs têtes sur ton sac à dos et que tu écrivais leurs noms sur tes cahiers. À tous les coups, tu allais au *Grove* pour fumer et danser toute la nuit, et tu hurlais leurs chansons dans l'air nocturne. Tu devais te sentir libre et heureux à cette époque, parce que tu passes cette chanson souvent et toujours quand tu rentres chez toi.

J'aperçois de la lumière dans la chambre du docteur Jameson ; ça doit être une lampe de poche parce que le faisceau se déplace comme si la personne qui la tenait était désorientée. Le chien aboie comme un malade à présent et je me demande si son maître le laissera entrer avant qu'une petite fille pense que le père Noël a déposé un Jack Russell étourdi dans son jardin. J'observe la torche se déplacer de pièce en pièce à l'étage. Le docteur Jameson aime être aux commandes, apparemment. J'ai appris ça de mon voisin direct, M. Malone, qui est venu sonner pour m'annoncer que les éboueurs allaient passer et qu'il avait remarqué que je n'avais pas sorti mes poubelles. J'ai l'intuition que M. Malone et le docteur Jameson se tirent la bourre pour savoir qui devrait diriger l'association de quartier. J'ai oublié de sortir mes ordures parce que depuis que je ne travaille plus, j'ai perdu la notion du temps, mais qu'il se permette de venir me le rappeler m'a agacée. Sept semaines plus tard, ça ne m'embête plus. Je trouve ça utile. Tout ce qui avait trait au voisinage et tout ce qui était utile m'ennuyait à l'époque. Je n'avais aucun esprit de communauté. Non pas parce que ça ne m'intéressait pas, mais parce que j'étais trop occupée. Je ne savais pas qu'il existait et je n'en avais pas besoin.

Tu appuies sur la poignée de ta porte, et tu as l'air à la fois abasourdi et consterné qu'elle ne soit pas déverrouillée pour que toi ou un cambrioleur masqué puisse pénétrer librement chez toi. Tu sonnes. Ça ne commence jamais poliment, c'est toujours grossier et agressif. Ta façon de sonner, longuement et rapidement, à coups saccadés comme une mitraillette. Ta femme ne répond jamais tout de suite. Tes enfants non plus ; je me demande s'ils sont tellement habitués que ça ne les réveille plus ou si les tiens sont tous les quatre blottis dans la même pièce et que ton épouse ordonne aux enfants en larmes de ne pas prêter attention aux bruits en provenance de la porte d'entrée. Quoi qu'il en soit, personne ne vient. Tu te mets à frapper contre la porte. Tu aimes ça, tu passes tes nuits à faire ça pour déverser ta tension et ta colère. Tu fais le tour de la maison pour cogner à toutes les fenêtres. Tu nargues ta femme d'une voix chantante en disant : « Je sais que tu es là » comme si elle faisait semblant d'être absente. Je ne pense pas qu'elle fasse semblant : elle me paraît au contraire très claire quant à ses intentions. Je me demande si elle dort ou si elle est bien éveillée et qu'elle espère que tu vas t'en aller. Je pencherais plutôt pour la dernière solution.

Puis tu te mets à hurler. Je sais qu'elle déteste ça parce que ça l'embarrasse terriblement, peut-être parce que tu as une voix reconnaissable entre mille – même si nul ne pense qu'un autre couple de la rue pourrait se comporter de cette manière. Je ne comprends pas pourquoi tu ne l'as toujours pas compris. Je serais toi, je me mettrais directement à crier. Mais pour la première fois, sa résolution ne faiblit pas. Tu fais quelque chose de nouveau. Tu regagnes ta voiture pour klaxonner.

La lueur de la lampe de poche du docteur Jameson descend au rez-de-chaussée : j'espère qu'il ne va pas sortir pour essayer de te calmer. Tu réagirais de façon radicale. La porte d'entrée de l'ancien médecin s'ouvre et je porte les mains à mon visage en me demandant si je devrais courir l'arrêter. Mais je ne veux pas m'en mêler. Je vais surveiller de près et quand ça tournera mal, j'interviendrai, même si je ne sais pas encore comment. Mais le docteur Jameson ne sort pas. Le chien fait le tour de la maison en courant comme un dératé et manque de déraper sur la pelouse gorgée d'eau dans sa course pour rentrer chez lui, puis il se précipite à l'intérieur et la porte claque derrière lui. Je ris, surprise.

Tu dois entendre le claquement de la porte et penser que ta femme vient d'ouvrir parce que tu cesses de klaxonner et je n'entends plus que Guns N' Roses. *Merci.* Le Klaxon était affreux. Presque comme si elle attendait que tu te calmes avant de te laisser entrer, ton épouse ouvre la porte et surgit, en chemise de nuit, l'air d'être dans tous ses états. Je devine une silhouette derrière elle. Au début, je pense qu'elle a rencontré quelqu'un d'autre et je m'inquiète pour la suite, mais je comprends soudain qu'il s'agit de ton fils aîné. Il paraît plus vieux, protecteur – l'homme de la maison. Elle lui ordonne de rester dedans et il obéit. *Tant mieux. Tu n'as pas besoin d'aggraver les choses.* Dès que tu l'aperçois, tu descends de la bagnole et tu lui reproches en hurlant de t'avoir enfermé au-dehors. Tu fais tout le temps ça. Elle essaie de te calmer tout en se dirigeant vers ta Jeep. Elle ôte les clés du contact, ce qui fait taire la musique, et coupe le moteur et les phares. Elle agite le trousseau devant toi en t'expliquant que la clé de chez toi est dessus. Elle te l'a déjà dit. Tu le savais.

Mais je sais, tout comme elle, que ton sens pratique va de pair avec ta sobriété, et qu'elle a laissé place à cet homme désespéré et violent. Tu crois toujours que tu es enfermé au-dehors et qu'elle l'a fait exprès. C'est toi contre le reste du monde, ou plutôt toi contre la maison, et tu veux y pénétrer par tous les moyens possibles.

Tu te tais un instant en voyant les clés s'agiter devant tes yeux, puis tu attires maladroitement ta femme dans tes bras, et tu l'étouffes de baisers et de câlins. Je ne distingue pas ton visage, mais le sien, si. Elle est l'image de la torture intérieure silencieuse. Tu ris et tu ébouriffes les cheveux de ton fils en passant comme si tout ça n'était qu'une plaisanterie, et je te déteste encore davantage parce que tu ne sais pas t'excuser. Tu ne t'excuses jamais – en tout cas, je ne l'ai jamais entendu. Juste au moment où tu rentres chez toi, l'électricité revient. Tu pivotes et m'aperçois, à la fenêtre, la lumière de ma chambre allumée me révélant dans toute ma gloire sournoise.

Tu me lances un regard noir puis claques la porte derrière toi et malgré tout ce que tu viens de faire, j'ai l'impression que c'est moi, la plus bizarre.

Chapitre 4

L'une des choses que j'appréciais dans Noël, c'était que personne ne travaillait, ce qui nous mettait tous sur un pied d'égalité. Tout le monde étant en vacances, je n'avais pas à me comparer aux autres et à me trouver différente, et vice versa. Mais maintenant que tout le monde a repris le boulot, je me sens aussi mal qu'avant.

Au début, j'ai été sous le choc et je pense que j'ai traversé un processus de deuil. J'ai regretté la vie que j'avais perdue. J'ai éprouvé de la colère, bien sûr : je considérais Larry, mon collègue et celui qui m'avait mise à la porte, comme mon ami. On allait skier ensemble pour le nouvel an, je passais une semaine en juin dans sa maison de Marbella avec sa famille. J'ai été l'une des rares à être invitée à la luxueuse fête de débutante de sa fille. J'appartenais à son cercle d'intimes. Je n'avais jamais envisagé qu'il puisse agir de la sorte ; malgré nos nombreuses disputes houleuses, je n'aurais jamais cru que notre relation en arriverait là et qu'il aurait tout simplement le culot de me faire ça, à moi.

Après la colère, je suis passée au déni. Hors de question de considérer que ce qui venait de me tomber dessus était une mauvaise chose. Je ne voulais pas que la perte de mon job me définisse et me bouffe. Je n'avais pas besoin de ce boulot, c'était ce boulot qui avait besoin de moi – et dommage pour lui, il m'avait perdue. Puis Noël est arrivé et je me suis noyée dans un tourbillon d'activités ; des dîners, des fêtes et des soirées alcoolisées qui me faisaient du bien et me permettaient d'oublier. Mais maintenant que janvier est là, je me sens aussi lugubre que le temps, parce que je suis gagnée par un nouveau sentiment.

Je me sens nulle, comme si une partie importante de ma confiance en moi avait été fortement sapée. On m'a volé ma routine, l'emploi du temps qui définissait jadis toutes les heures du jour et de la nuit. J'ai eu du mal à en établir une : contrairement au reste du monde, je ne connais pas de règles, je ne marche pas au son de mon propre tambour. Je suis tout le temps affamée, au sens propre et au figuré. J'ai faim de quelque chose à faire mais aussi de tout ce que contient ma cuisine, parce que c'est là, juste à côté de moi et que je n'ai rien d'autre à faire que de manger. Je m'ennuie. Et, même si ça me coûte de l'avouer, je me sens seule. Je peux passer des journées entières sans interagir avec personne. Je me demande parfois si je suis invisible. J'ai l'impression d'être devenue une de ces personnes âgées qui m'agaçaient en engageant la conversation avec les caissiers sans raison, alors que je patientais dans la queue, pressée d'aller ailleurs. Mais quand on n'a pas d'ailleurs où se rendre, le temps ralentit beaucoup. Je remarque davantage les gens, je croise leur regard ou je cherche le contact. Je suis toute prête à engager la conversation à présent ; si quelqu'un croisait mon regard ou me parlait, j'en serais ravie. Mais tout le monde est occupé et je me sens invisible ; et l'invisibilité, contrairement à ce que je croyais, ne me fournit ni légèreté ni liberté. Je me sens lourde. Et je me traîne en essayant de me convaincre que je ne suis ni lourde ni invisible, ni désœuvrée, ni nulle et que je suis libre. Je n'y parviens pas vraiment.

L'autre inconvénient dans mon licenciement, c'est que mon père ne cesse pas de passer à l'improviste.

Je le trouve dans le jardin de devant avec ma demi-sœur Zara quand je rentre chez moi. Zara a trois ans, mon père soixante-trois. Il a pris sa retraite de l'imprimerie il y a trois ans après l'avoir vendue un bon prix qui lui permet de vivre de manière confortable. Dès la naissance de Zara, il s'est transformé en mari et père tout-terrain tandis que sa nouvelle épouse, Leilah, bosse comme prof de yoga à son compte. Je trouve ça génial que papa ait eu une seconde chance en amour et qu'il ait pu s'investir totalement dans la paternité pour la première fois de sa vie. Il est tombé tout droit dans les couches, les biberons nocturnes, la diversification alimentaire et tout le reste. Il rayonne de fierté pour elle, cette remarquable petite fille qui réussit à faire autant de choses incroyables toute seule. Grandir, marcher, parler. Il s'émerveille devant son génie, raconte longuement ce qu'elle a fait dans la journée, rapporte les trucs amusants qu'elle dit, montre les dessins très avancés pour une enfant de son âge. Comme je l'ai dit, c'est adorable. Vraiment. Mais il vit tout ça comme une joie nouvelle, on dirait un débutant, quelqu'un qui n'a jamais vécu ça auparavant.

Ces dernières semaines, ça m'a fait réfléchir, parce que j'en ai eu le temps, et je me demande où étaient l'émerveillement, le choc et l'admiration quand Heather et moi étions enfants. S'il les a éprouvés, ils étaient bien cachés sous le masque du désagrément et de la plus totale confusion. Parfois, quand il s'extasie sur les réalisations de Zara, j'ai envie de lui crier que d'autres enfants font la même chose – *tu sais, des gamins comme Heather et moi, qui avons été géniales pour accomplir ça il y a déjà trente ans.* Mais je me retiens. Je ne veux pas paraître amère et mesquine, ce que je ne suis pas, ni créer une énergie sur du vide. Je me dis que ma frustration est la conséquence de mon oisiveté.

Je me demande souvent ce que maman, si elle était toujours en vie, dirait en voyant l'homme que mon père est devenu – fidèle, retraité, père et époux dévoué. Parfois je crois l'entendre lui pardonner avec une sagesse et une compréhension toutes philosophiques, d'autres fois j'entends la voix lasse de la mère célibataire épuisée avec qui j'ai grandi déverser son fiel sur lui et son insensibilité. Ça dépend de mon humeur. Ma mère est décédée d'un cancer du sein à quarante-deux ans. *Trop jeune pour mourir. J'avais dix-neuf ans. Trop jeune pour perdre ma mère.* Ça a été très difficile pour elle, bien sûr, de quitter ce monde alors qu'elle n'en avait pas envie. Il y avait des choses qu'elle voulait voir et faire, des projets qu'elle avait reportés en attendant que j'aie terminé mes études, que je sois adulte afin qu'elle puisse se mettre à vivre. Elle n'avait pas encore fini, de bien des manières, elle n'avait même pas commencé. Elle avait eu son premier enfant à vingt-quatre ans, puis j'étais arrivée par accident un an plus tard, et elle avait élevé ses bébés et tout sacrifié pour nous : ça aurait dû être à son tour.

Après sa mort, j'ai habité sur le campus et Heather est restée dans le foyer dans lequel elle avait été acceptée quand maman était en traitement. Je me demande parfois pourquoi j'ai été égoïste au point de ne pas m'occuper moi-même de ma sœur. Je ne le lui ai même pas proposé. Il fallait que je commence ma vie, certes, mais je ne crois pas avoir envisagé cette éventualité ne serait-ce qu'un instant. Ce n'est pas égoïste de ne pas en avoir envie, mais ça l'est de ne même pas y avoir songé. Quand je regarde en arrière, je me dis que j'aurais pu me montrer plus sympa aussi avec ma mère à cette époque-là. J'ai l'impression de l'avoir laissée affronter la maladie toute seule. J'aurais pu être plus présente et l'accompagner aux rendez-vous médicaux au lieu de me contenter de prendre des nouvelles après coup.

Mais j'étais adolescente à l'époque : mon monde se résumait à moi-même. Et je savais que ma tante était là pour ma mère.

Heather est ma jumelle à la mode irlandaise : elle a un an de plus que moi. Elle me traite comme si j'étais beaucoup plus jeune qu'elle. Je l'aime pour ça. Je sais que je suis une enfant non désirée, que ma mère n'avait pas prévu de tomber enceinte si tôt après la naissance de Heather. Ça a été un choc pour maman et papa s'est effondré ; il avait déjà du mal avec la première, qui en plus était trisomique, et voilà qu'une seconde était en route. Heather l'effrayait ; il ne savait pas comment s'y prendre avec elle. Quand je suis née, il s'est éloigné encore davantage, et a rempli sa vie de femmes qui avaient le temps de le vénérer et d'être d'accord avec lui.

Entre-temps, maman a géré la réalité avec force et assurance, même si elle m'a avoué plus tard avoir affronté l'existence avec « des jambes de Bambi ». Je ne m'en suis jamais rendu compte, je n'ai jamais deviné de tremblement ni de faux pas ; elle agissait toujours comme si elle maîtrisait tout. Elle plaisantait et s'excusait du fait que j'aie dû m'élever toute seule. J'ai toujours su que Heather était plus importante et qu'elle avait besoin de davantage d'attention : je ne me suis jamais sentie mal-aimée. C'était comme ça, c'est tout. J'aimais Heather, moi aussi, mais je sais que lorsque ma mère a quitté ce monde, la seule personne qu'elle ne voulait pas laisser derrière elle était Heather. Ma sœur avait besoin de maman, qui avait des projets pour elle, et maman est morte le cœur brisé pour la fille qu'elle abandonnait. Ça ne me pose pas de problèmes ; je comprends. J'ai eu du chagrin pour moi mais aussi pour elles deux.

Heather n'est pas insouciante comme on imagine toujours les trisomiques. Elle a ses bons et ses mauvais jours, comme tout le monde, mais sa personnalité – qui n'a rien à voir avec sa pathologie – est optimiste. Elle mène une vie très routinière, ce qui lui donne le sentiment de la maîtriser. C'est pour ça que quand je me pointe chez elle ou au travail, ça la perturbe et l'agite. Heather a besoin de la routine, ce qui nous rend encore plus semblables.

Zara saute d'un pavé à l'autre en essayant de ne pas marcher sur les traits. Elle insiste pour que papa fasse la même chose. Il obéit. J'ai beau le savoir, le voir sautiller de pierre en pierre, sa bedaine tremblotant par-dessus sa ceinture, je ne peux pas m'empêcher de penser que j'ignore qui est cet homme. Il lève les yeux à mon approche.

— Je ne savais pas que vous alliez passer, dis-je sur un ton léger.

Traduction : tu ne m'as pas prévenue et tu sais que j'ai horreur de ça.

— On roulait le long de la côte pour admirer les vagues – pas vrai, Zara ? (Il prend la fillette dans ses bras.) Raconte les vagues à Jasmine.

Il oblige toujours Zara à nous raconter des choses ; je suis persuadée que la plupart des parents font ça, mais ça me rend furieuse. J'aimerais mieux avoir une conversation avec Zara qui ne soit pas dictée par mon père. L'entendre me raconter des histoires revient à les entendre deux fois.

— Elles étaient énormes, n'est-ce pas ? Montre à Jasmine comme elles étaient grosses.

Elle acquiesce. Écarquille les yeux. Écarte les bras pour me montrer ce qui serait une vague minuscule mais gigantesque pour elle.

— Et elles se fracassaient contre les rochers. Dis-le à Jasmine.

Elle opine de nouveau.

— Elles se fracassaient contre les rochers.

— Et elles éclaboussaient la route à Malahide, poursuit-il avec sa voix enfantine.

Je préférerais qu'il me décrive la scène directement et pas comme ça.

— Waouh, m'exclamé-je.

Je tends les bras à Zara en souriant. Elle se blottit tout de suite contre moi, ses jambes maigres enroulées autour de ma taille. Je n'ai rien contre elle. Zara est adorable. *Non – elle est belle.* Elle est absolument parfaite et je l'adore. Ce n'est pas sa faute. Personne n'est à blâmer, parce qu'il ne s'est rien passé. Je suis juste agacée parce que mon père a pris l'habitude de me rendre visite à l'improviste depuis que je suis au chômage et c'est en train de créer quelque chose qui n'existe pas. Je le sais. J'essaie de convaincre ma partie rationnelle.

— Comment vont mes jambes de spaghetti ? demandé-je en ouvrant la porte de la maison. Je ne t'ai pas vue depuis une année complète !

Tout en parlant, je jette un coup d'œil chez toi. Depuis peu, je ne peux pas m'empêcher de faire ça souvent. C'est devenu une habitude, un toc ridicule. Quand je monte dans ma voiture, je regarde dans la rue, de même que lorsque je referme ma porte d'entrée et parfois, quand je passe devant une fenêtre, je m'immobilise pour lancer un coup d'œil. Je sais que je dois cesser. Il ne se passe jamais rien dans la journée, pas avec toi, du moins ; tu ne fais jamais surface, je ne vois que ta femme et tes enfants. Il m'arrive de t'apercevoir en train de soulever un rideau et de te diriger vers ta voiture, mais c'est tout. Je ne sais pas ce que je m'attends à voir.

— Est-ce que tu as raconté à ton papa qu'on a fait des cupcakes toutes les deux la semaine dernière ?

Elle hoche la tête et je me rends compte que j'agis exactement comme mon père. Ça doit être énervant pour elle mais je ne parviens pas à m'arrêter.

Papa et moi nous parlons par l'entremise de Zara. On lui dit des choses qu'on ne se dirait pas, c'est pour ça que je lui raconte qu'il y a eu une panne de courant le soir du réveillon, que j'ai rencontré Billy Gallagher au supermarché et qu'il a pris sa retraite, et que je rapporte d'autres trucs qu'elle n'a pas besoin de savoir. Zara est attentive pendant un moment puis elle finit par décrocher et partir en courant.

— Ton ami est de nouveau dans la panade, constate mon père une fois que nous sommes attablés devant une tasse de thé et des biscuits qui restent de mon énorme tiroir de friandises de Noël dont j'ai décidé de venir à bout de manière méthodique.

On regarde Zara renverser la boîte de jouets que je garde pour elle. Le fracas des Lego heurtant le sol couvre la phrase suivante.

— Quel ami ? demandé-je, inquiète.

Mon père fait un geste du menton en direction de ta fenêtre.

— Ce type – comment il s'appelle, déjà ?

— Matt Marshall ? Ce n'est pas mon ami, réponds-je, indignée.

Il finit toujours par me parler de toi.

— Bon, ton voisin, si tu préfères.

On reporte notre attention sur Zara. Le silence qui s'éternise me pousse à poursuivre la conversation parce que je ne sais pas quoi dire d'autre.

— Pourquoi ? Qu'est-ce qu'il a fait ?

— Qui ? s'étonne papa en sortant de sa transe.

— Matt Marshall, rétorqué-je, les dents serrées.

Je n'ai aucune envie de poser des questions sur toi et encore moins à deux reprises.

— Oh, lui. *(Comme s'il avait évoqué le sujet il y a une éternité.)* Son émission du réveillon a suscité des plaintes.

— Comme d'habitude.

— Plus que d'habitude. Les journaux ne parlent que de ça.

On reste de nouveau silencieux et je songe à ton émission. Je la déteste et ne l'écoute jamais. Ou plutôt, je ne l'écoutais jamais. Depuis quelque temps, je le fais pour deviner si les sujets que tu abordes ont un lien direct avec ton état quand tu rentres chez toi, parce que tu ne te bourres pas la gueule tous les soirs. Juste trois ou quatre fois par semaine. Pour l'instant, je n'ai pas trouvé de lien de cause à effet.

— Il a essayé de commencer l'année en poussant une femme à…

— Je sais, je sais, l'interromps-je tout de suite.

Je ne veux pas entendre mon père prononcer le mot « orgasme ».

— Tu viens de dire que tu n'étais pas au courant, proteste-t-il, sur la défensive.

— J'en ai entendu parler, marmonné-je avant de me mettre à quatre pattes pour aller aider Zara.

Je fais comme si notre tour de Lego était un dinosaure, et je m'en sers pour lui manger les doigts et les orteils avant de l'écraser sur le second bâtiment avec un rugissement sonore. Ça lui suffit pour le moment et elle se remet à jouer seule.

Pour résumer ton émission du réveillon, ton équipe et toi avez pensé que ce serait hilarant de passer à la nouvelle année avec pour bande sonore une femme en train de jouir. Un cadeau délicieux pour tes auditeurs et un remerciement pour leur soutien. Puis tu as organisé un quiz pour différencier un orgasme simulé d'un vrai, suivi d'une discussion sur les hommes qui simulent. Ce n'était pas offensant, du moins pas pour moi, surtout en comparaison de la merde que tu as pu balancer dans d'autres émissions, et je ne savais pas que les hommes aussi pouvaient simuler, du coup c'était assez intéressant même si c'était un peu perturbant et instructif sur un plan personnel – concernant le collègue avec qui je ne regrettais pas d'avoir couché mais qui s'en serait bien passé, enfin, je crois – même si les abrutis que tu avais invités ce soir-là n'avaient guère envie d'informer. On dirait que je te défends. Ce n'est pas le cas. C'est juste que ce n'était pas ta pire émission. Pour une fois, le problème n'est pas toi et ton manque de charme mais réside dans le droit d'entendre une femme jouir sans considérer que c'est offensant.

— Qu'est-ce qui lui est arrivé ? demandé-je au bout d'un moment.

— À qui ? interroge papa – et je compte mentalement jusqu'à trois.

— Matt Marshall.

— Oh. Il a été viré. Ou mis à pied. Je ne sais pas exactement. Mais en tout cas, il n'a plus d'émission. De toute façon, ça faisait trop longtemps qu'il était là. Il faut donner sa chance à un jeune.

— Il n'a que quarante-deux ans.

On dirait que je prends encore ta défense mais ma remarque n'est pas personnelle. J'ai trente-trois ans et je suis à la recherche d'un emploi, aussi, la question de l'âge dans le monde du travail m'inquiète, c'est tout. Je songe que tu as été suspendu et je ressens une bouffée de ravissement. Je t'ai toujours détesté et j'ai toujours voulu que ton émission s'arrête, mais maintenant je me sens coupable et je ne comprends pas bien pourquoi. Peut-être que c'est à cause de tes enfants et de ton épouse sympa que j'ai l'habitude de saluer le matin.

— Il est apparu qu'il y avait vraiment une femme dans le studio, poursuit mon père, un peu gêné.

— On entendait bien que ce n'était pas un homme.

— Non, elle était vraiment… tu vois.

Il me regarde mais je ne saisis pas ce qu'il entend par là. Le silence plane.

— Elle était vraiment en train de se caresser. En direct dans le studio, finit par dire mon père.

J'ai la nausée, à la fois parce que je viens d'avoir cette conversation avec mon père et parce que je t'imagine très bien en train d'orchestrer tout ça dans ton studio et de compter à rebours avant minuit avec ton équipe de lourdingues qui s'esclaffe.

Et de nouveau, je te méprise.

J'installe Zara dans son siège-auto et embrasse le bout de son nez minuscule.

— Je peux en parler à Ted, si tu veux, propose soudain mon père comme s'il poursuivait une conversation que je ne me souviens pas d'avoir entamée.

— Qui est Ted ? demandé-je, perplexe.

— Ted Clifford, répond-il sur un ton détaché.

La colère me submerge si brutalement que je dois combattre l'envie impérieuse de péter un plomb. Je me retiens de justesse. Papa a vendu son entreprise à Ted Clifford. Il aurait pu en tirer trois fois plus avant la récession, comme il aimait le rappeler à tout le monde, mais la récession est bien là, et il l'a donc vendue pour une somme qui lui permet de prendre de longues vacances d'été avec Leilah et Zara et de dîner au restaurant quatre soirs par semaine. J'ignore s'il a remboursé son prêt immobilier et ça me tracasse. Ce serait la première chose que j'aurais faite à sa place. Je ne sais pas si Heather et moi hériterons de quelque chose, mais ça ne m'ennuie pas, même si on dirait le contraire. Je n'ai pas de problèmes financiers mais je me fais du souci pour ma sœur. Elle a besoin de sécurité. Dès que j'en ai eu les moyens, j'ai acheté l'appartement dont elle était locataire.

Elle a quitté le centre d'accueil pour personnes handicapées il y a cinq ans, et ça a été un grand pas pour elle et pour tout le monde. Elle vit avec une amie, sous le regard attentif de son assistante de vie et elles s'entendent très bien toutes les trois, ce qui ne m'empêche pas de m'inquiéter pour elle en permanence. J'ai fait une affaire avec son appartement ; la plupart des gens ont voulu se débarrasser de leur résidence secondaire qu'ils n'arrivaient plus à payer. Je pensais que mon père ferait ça en prenant sa retraite au lieu d'acheter un appartement en Espagne. Il trouvait que Heather était très bien en foyer mais moi, je savais bien qu'elle rêvait d'être indépendante. Encore une fois, je ne suis pas furieuse, c'est juste que tout ça me revient et que je ne peux pas m'empêcher d'y réfléchir… *Il me faut une distraction.*

— Non, rétorqué-je sèchement. Merci.

Fin de la discussion.

Il me regarde comme s'il s'apprêtait à ajouter quelque chose. Je poursuis pour l'en dissuader :

— Je n'ai pas besoin que tu me trouves un boulot.

Ma fierté. Facilement écornée. Je déteste demander de l'aide. J'ai besoin d'agir seule tout le temps. Sa proposition me fait me sentir faible et me donne à penser qu'il me trouve faible. Il y a trop de sous-entendus.

— Je me contente de proposer. Ce serait une façon facile de mettre un pied dans la boîte. Ted serait prêt à t'aider.

— Je n'ai pas besoin d'aide.

— Tu as besoin d'un job.

Il glousse et me contemple comme si ça l'amusait mais je sais que c'est le signe qu'il va se mettre en colère. Il rit comme ça quand il est énervé ; je ne sais pas si c'est censé agacer la personne qui l'énerve – ce qui est en train de se produire, comme toujours avec moi – ou si c'est sa façon de dissimuler sa colère. Quoi qu'il en soit, je reconnais ce signe.

— Tu fais les choses à ta manière, Jasmine, comme d'habitude.

Il lève les mains en signe de reddition de façon outrée, les clés au bout des doigts. Puis il grimpe dans sa voiture et s'éloigne.

Dans sa bouche, on dirait que c'est mal : « Tu fais les choses à ta manière. » Mais est-ce que ce n'est pas ce que chacun est censé faire ? *Quand est-ce que j'aurais pu avoir envie de faire les choses « à sa manière à lui » ?* Si j'avais besoin d'aide, ce serait bien la dernière personne à qui j'en demanderais. Il me vient soudain à l'esprit qu'on dirait qu'il y a un problème entre nous, alors que ça n'a jamais été le cas et je suis étonnée. Je me rends compte que je suis dehors, dans le froid, les yeux rivés à l'endroit où se tenait sa voiture. Je jette un coup d'œil à ta maison : il me semble apercevoir un rideau bouger à l'étage, mais j'ai probablement rêvé.

Un peu plus tard, une fois couchée, je ne parviens pas à trouver le sommeil. Ma tête surchauffe sous le poids de mes pensées, comme quand j'utilise trop longtemps mon ordinateur portable. Je suis furieuse. Je tiens des fragments de conversations avec mon père, avec mon boulot, avec l'homme qui m'a volé ma place de parking ce matin, avec la pastèque que j'ai fait tomber en la sortant du coffre et qui a explosé en tachant mes bottines en daim. Je râle contre tout le monde et je remets toutes les pendules à l'heure, j'insulte les autres et je leur explique leurs insuffisances. Mais ça ne m'aide pas, au contraire, je me sens encore plus mal.

Je m'assois, frustrée et déshydratée.

Rita, l'énergéticienne qui pratique le reiki et que j'ai consultée dans la journée, m'a prévenue que ça arriverait. Elle m'a dit de boire beaucoup d'eau après notre session que j'ai trouvée inefficace, mais j'ai préféré descendre une bouteille de vin avant d'aller me coucher. C'était ma première séance de reiki et certainement ma dernière mais ma tante m'a offert un bon pour Noël. Ma tante est très branchée thérapies parallèles : ma mère et elle ont tout essayé quand maman était malade. C'est peut-être pour ça que je n'y crois pas, parce que ça n'a pas marché. Ma mère est morte. D'un autre côté, la médecine traditionnelle n'a pas fonctionné non plus, et pourtant je prends toujours des médicaments. J'y retournerai peut-être. J'ai pris rendez-vous quand tout le monde a repris le boulot, histoire de m'occuper et d'avoir quelque chose à écrire dans mon agenda Smythson jaune flambant neuf avec mes initiales gravées en or en bas à droite sur la couverture. D'habitude, mon agenda est rempli de rendez-vous et de réunions, mais maintenant il est le triste reflet de ma vie : il contient des baptêmes, des sorties dans des cafés et des anniversaires. Pendant la séance de reiki, je me suis retrouvée dans une petite pièce blanche qui puait l'encens. J'ai tellement eu envie de dormir que je me suis demandé si je n'avais pas été droguée. Rita était petite et ressemblait à un oiseau, elle avait une soixantaine d'années mais sa façon de tordre les jambes sur son fauteuil montrait qu'elle était agile. Son visage était doux, presque flou. J'ignore si c'était à cause de la fumée de l'encens mais je ne parvenais pas à distinguer correctement ses traits. Son regard était perçant cependant. Elle ne m'a pas quittée des yeux, écoutant attentivement chacun de mes mots, ce qui m'a rendue très consciente du son de ma propre voix, que j'ai trouvée heurtée et retenue. Cela dit, à part une sympathique conversation avec une femme encourageante et une sieste de vingt minutes dans une pièce agréablement parfumée, je ne me suis sentie en rien transformée.

Elle m'a quand même donné un conseil à méditer. Je l'ai tout de suite balayé en sortant mais maintenant que je suis incapable de formuler une seule pensée assez longtemps pour l'analyser, la digérer et m'en débarrasser, j'écoute son conseil. J'enlève mes chaussettes et je marche sur le tapis pendant un moment. J'espère me sentir « enracinée » pour empêcher mon esprit de s'égarer de nouveau en territoire amer et râleur. Je pose le pied sur quelque chose de pointu – l'extrémité d'un cintre – et j'examine mon pied en jurant. Je ne sais pas comment on se sent quand on est enraciné, mais à mon avis ce n'est pas comme ça.

Elle m'a suggéré de marcher pieds nus, de préférence dans l'herbe, et si je ne le pouvais pas, de me mettre pieds nus en arrivant chez moi. Il y a une théorie scientifique pour étayer les bienfaits de la marche pieds nus, c'est que la Terre est chargée négativement et que quand on est connecté à la terre, on est relié à une énergie négative. Et comme la terre a une charge négative plus importante que notre corps, on absorbe des électrons. Et ça a un effet anti-inflammatoire. Je ne sais pas si c'est vrai mais j'ai besoin de m'éclaircir les idées et comme j'essaie de cesser de me gaver de comprimés contre le mal de tête, je peux aussi bien tenter de marcher pieds nus.

Je regarde au-dehors. Il n'y a pas d'herbe dans mon jardin. C'est la chose terrible et affreuse que j'ai faite quand j'ai emménagé il y a quatre ans. Je n'aimais pas spécialement les jardins, j'avais vingt-neuf ans, j'étais très occupée, je n'étais jamais chez moi, en tout cas pas suffisamment longtemps pour faire attention à mon jardin. Pour éviter l'effort de m'y investir, j'ai fait arracher les jolies plantations qui se trouvaient là à mon arrivée pour les remplacer par des pavés faciles à entretenir. C'est magnifique et ça m'a coûté un bras mais ça a horrifié les voisins. J'ai disposé de ravissants pots noirs de part et d'autre de ma porte d'entrée avec des plantes qui restent vertes toute l'année, et qui sont taillées de manière moderne et alambiquée. Je m'inquiétais un peu de la réaction de mes voisins mais je n'étais jamais chez moi pour en discuter avec eux et je m'étais dit que ça m'épargnerait de payer un jardinier – parce qu'il était hors de question que je m'en charge ; je n'aurais pas su par où commencer. Il y a toujours de la pelouse sur l'allée devant chez moi, dont s'occupe mon voisin, M. Malone, sans me demander mon avis. Il doit penser qu'il était là avant et puis de toute façon, je n'y connais rien en gazon. Je suis une traîtresse des jardins.

Je pensais qu'être propriétaire de ma résidence à vingt-neuf ans – une maison mitoyenne avec quatre chambres – était pragmatique et mature. Qui aurait pensé qu'en transformant le jardin, j'avais détruit la seule chose qui aurait pu me faire garder les pieds sur terre ?

J'observe ta demeure : ta Jeep a disparu et aucune lumière n'est allumée. Je ne me soucie jamais des maisons des autres. Elles ne m'intéressent pas. J'enfile un survêtement et je descends pieds nus. Comme un enquêteur, je traverse en courant sur la pointe des pieds mes pavés pour gagner l'herbe qui encadre l'allée. Je vérifie qu'il n'y a ni crottes de chien, ni limaces ni escargots, puis je remonte le bas de mon pantalon de jogging et j'autorise mes pieds à patauger sur la pelouse humide. C'est froid mais doux. Je glousse en marchant d'un côté puis de l'autre sans quitter la rue des yeux, à minuit.

Pour la première fois depuis que j'ai emménagé, je me sens coupable d'avoir détruit le jardin. J'observe les maisons, et je me rends compte que la mienne est sombre et terne au milieu de toutes ces couleurs. On est en janvier et ce n'est pas très coloré mais au moins les buissons, les arbres et l'herbe brisent le ciment des allées et mes pavés marron et gris.

J'ignore si marcher pieds nus sur le gazon me procure un quelconque effet en dehors de me mettre à la merci d'une pneumonie, mais l'air froid a apaisé ma tête aussi brûlante que surmenée et a libéré de l'espace. C'est nouveau pour moi, tout ça. Non pas de marcher sur l'herbe à minuit, mais de lâcher prise. Il m'est arrivé à plusieurs reprises de devoir me ressaisir quand j'étais stressée au bureau, mais cette fois-ci, c'est différent. Je me sens différente. Je réfléchis trop et j'explore des zones qui ne nécessitaient aucune réflexion auparavant.

Souvent, quand je cherche quelque chose, la seule façon pour moi de le trouver est de le formuler à haute voix, parce que je suis incapable de le distinguer tant que mon esprit ne l'a pas inscrit et imaginé. Par exemple, si je cherche mes clés dans un de mes immenses sacs à main, je répète en boucle, soit dans ma tête soit à haute voix : « Clés, clés, clés. » J'agis de même dans la maison : j'erre de pièce en pièce en disant ou en marmonnant « rouge à lèvres rouge, stylo, facture de téléphone… » ou autre chose. Et dès que je fais ça, je trouve tout beaucoup plus vite. J'ignore pourquoi mais je sais que c'est logique et vrai, et que Deepak Chopra serait capable de l'expliquer de manière plus sophistiquée, plus éclairée et plus philosophique. En tout cas, une chose est certaine : quand je verbalise ce que je cherche, je sais très précisément ce que je dois chercher. Ordre donné : le corps et l'esprit obéissants obéissent.

Parfois, ce que je cherche est juste sous mon nez mais je ne le vois pas. Ça m'arrive très souvent. Ce matin, par exemple, quand j'étais à la recherche de mon manteau dans le placard. Il était sous mes yeux, mais parce que je n'ai pas dit « manteau noir avec les manches en cuir », il n'a pas fait son apparition. Je le cherchais distraitement et mon regard ne parvenait pas à se poser sur lui.

Je pense – ou plutôt j'ai appris – que j'applique cette méthode à une plus grande échelle, à ma vie tout entière.

Je me dis ce que je désire, ce dont je suis en quête, je me le représente et hop, je le trouve. Ça a toujours fonctionné.

Le problème, c'est que tout ce que j'ai imaginé et obtenu à la sueur de mon front m'a été volé et ne m'appartient plus. La première chose que j'essaie de faire, c'est de tout récupérer et de tout me réapproprier tout de suite ; et si c'est impossible – ce qui ne se produit jamais, parce que je suis une femme réaliste, pas un marabout –, alors je dois me fixer un autre but et l'atteindre. Je parle bien évidemment de mon job. Je sais que je vais retrouver un emploi, que je suis juste en stand-by. J'ai été retardée et je n'y peux rien.

Je suis en ce qui s'appelle « congé de jardinage ». Ça n'a rien à voir avec le vrai jardinage, heureusement, sinon je passerais une année très longue à arroser et faire pousser l'herbe entre les pavés de mon jardin. Le congé de jardinage signifie qu'un employé qui a démissionné ou été licencié a interdiction de travailler pendant la période de préavis pendant laquelle il est toujours salarié. On utilise ce congé pour empêcher certains employés de partir avec des informations confidentielles, surtout quand ils passent à la concurrence. Dans mon cas, je ne suis pas partie pour un concurrent, comme je l'ai déjà expliqué, mais Larry était persuadé que j'étais prête à bosser pour une boîte rivale à qui j'espérais vendre la nôtre. Il avait raison. J'aurais travaillé pour ces gens. Ils m'ont appelée le lendemain de mon licenciement pour me proposer un poste. Quand je leur ai parlé du « congé de jardinage », ils m'ont répondu qu'ils ne pouvaient pas attendre aussi longtemps – *douze mois !!* – et ils ont donc embauché quelqu'un d'autre. Ce congé a non seulement éloigné tout employeur potentiel, mais en plus il me plonge dans le désœuvrement le plus total. C'est comme une peine de prison. Douze mois de congé de jardinage. C'est vraiment une condamnation. J'ai l'impression de prendre la poussière sur une étagère pendant que le monde continue de tourner et que je ne peux rien faire pour l'arrêter ni tourner avec lui. Je ne veux pas que mon esprit soit envahi par la mousse ; je dois continuer à l'arroser et à l'entretenir.

Les brins d'herbe humide me collent aux pieds et me chatouillent les chevilles tandis que j'arpente le carré de pelouse. *Que se passe-t-il quand on me met en jachère pendant une année entière et que je n'y peux rien ? Que faire ?*

Je piétine l'herbe. Mes pieds sont froids mais mon esprit s'emballe sous l'effet d'une idée nouvelle. *Un nouveau projet. Un but. Un objectif. Quelque chose à accomplir. Je dois réparer une faute. Je vais déraciner le sol sur lequel je marche, ce qui sera facile puisque j'ai l'impression d'être déjà déracinée.*

Je vais faire un cadeau à mes voisins. Je vais recréer le jardin.

Chapitre 5

— Il est magnifique, murmuré-je en contemplant le minuscule bébé dans les bras de mon amie Bianca.

— Je sais, répond-elle en le couvant d'un regard adorateur.

— Est-ce que c'est merveilleux ?

— Oui, c'est… merveilleux. (Elle détourne les yeux, le sourire un peu hésitant, les traits tirés de n'avoir pas dormi depuis deux jours.) Tu as trouvé un boulot ?

— Non. Je n'ai pas le droit – tu sais, à cause du congé de jardinage.

— Ah, oui, c'est vrai.

Elle grimace et garde le silence un instant. Je n'ose pas interrompre le fil de ses pensées.

— Tu trouveras quelque chose, finit-elle par dire avec un sourire compatissant.

Je déteste ce sourire. Je suis au Rotunda Hospital, en train de rendre visite encore une fois à quelqu'un qui fait autre chose. Je me suis rendu compte récemment que la plupart de mes visites se déroulent selon le même schéma. Je passe voir une copine au travail, j'assiste à un des cours de ma sœur, je vois mon père quand il s'occupe de Zara, je discute avec mes amies quand elles regardent leurs gamins nager, danser ou jouer au parc. Chaque fois que je vois des gens, j'interromps le cours de leur existence et je les distrais – ils me jettent un coup d'œil tout en faisant autre chose – et j'attends patiemment, immobile, qu'ils aient terminé pour me répondre. Je suis la femme immobile dans toutes les scènes de ma vie et j'ai commencé à me regarder de loin chaque fois que ça se produit, comme si j'étais hors de mon corps et que je m'observais, inactive et muette, tandis que les autres bougent autour de moi, bossent ou s'occupent de leurs enfants. Quand j'ai compris ça, j'ai essayé de ne plus rencontrer personne dans la journée, quand tout le monde est affairé et pas moi. J'ai tenté de donner des rendez-vous pour des soirées, des dîners, des apéros – des moments où on peut être à égalité, face à face, un à un. Mais c'est difficile parce que chacun est pris, certains ne parviennent pas à trouver de baby-sitter, on n'arrive pas à tomber d'accord sur une date qui convienne à tout le monde et on rame pour planifier quoi que ce soit. Il m'a fallu des semaines pour organiser une fête chez moi le week-end prochain. Je pourrai enfin m'agiter pendant que les autres seront immobiles. En attendant, me voilà à l'hôpital, assise au chevet d'une de mes meilleures amies qui vient d'accoucher et même si je suis bien évidemment très heureuse pour elle, et secrètement ravie qu'elle soit en congé maternité pour neuf mois, ce qui me fera de la compagnie, je sais qu'en réalité, je ne la verrai pas beaucoup, et que lorsqu'on se verra, elle sera occupée et pas moi, et que j'attendrai qu'elle puisse m'accorder la moitié de son attention.

— Tristan et moi, on s'est dit…, commence Bianca, interrompant le fil de mes pensées.

Je me raidis, devinant ce qui va suivre.

— Il n'est pas là, mais je suis certaine qu'il ne m'en voudra pas de te demander…

Je suis gagnée par l'angoisse mais je plaque sur ma figure une expression qui, je l'espère, ne dénote que de la curiosité.

— Tu veux bien être sa marraine ?

Bingo ! Troisième demande en deux mois, ça doit être un record du monde.

— Oh, Bianca, j'adorerais, réponds-je en souriant. Merci, c'est un grand honneur que vous me faites.

Elle me sourit, ravie, c'est un des moments les plus importants de sa vie, mais intérieurement j'ai l'impression qu'elle me fait l'aumône. C'est comme si elles avaient toutes conclu un pacte pour me proposer d'être marraine afin de m'occuper. Que vais-je faire ? Je vais me retrouver à l'église, immobile à leurs côtés pendant qu'elles tiennent le bébé sur lequel le prêtre versera de l'eau bénite et tout le monde fera un truc, sauf moi.

— Tu as vu ce qu'a fait le fils de ton pote ?

— Quel pote ?

— Matt Marshall.

— Ce n'est pas mon pote, rétorqué-je, agacée. (Puis je décide qu'il ne faut pas contrarier une femme qui vient d'accoucher.) Il a fait quoi ?

— Il a posté une vidéo sur YouTube pour dire au monde entier qu'il déteste son père. C'est super humiliant. Tu t'imagines parler d'un membre de ta famille comme ça ?

Le nouveau-né pousse un cri.

— Ce petit con ne cesse pas de me mordre le téton, siffle-t-elle et je garde le silence tandis que son humeur change brutalement et que la pénombre envahit la chambre.

Elle déplace son bébé de trois jours, le tenant comme un ballon de rugby. Son sein est plus gros que la tête de l'enfant et on dirait qu'il l'étouffe. Le bébé se remet à téter et se tait.

C'est un moment presque beau, sauf que lorsque je lève les yeux vers elle, je me rends compte qu'elle pleure.

La porte s'ouvre et son mari, le pâle Tristan, pénètre dans la pièce. Son visage s'adoucit à la vue de son premier-né, puis il pose le regard sur sa femme et ses traits se durcissent. Il déglutit.

— Salut, Jasmine, dit-il en avançant.

— Félicitations, papa, lancé-je gentiment. Ton enfant est magnifique.

— C'est un vampire, oui, observe Bianca en grimaçant de nouveau.

Le bébé hurle quand elle l'éloigne de son téton à vif.

— Sérieusement, Tristan, c'est… je ne peux pas…

Elle se décompose et je les abandonne.

Tandis que je rentre chez moi, je me dis que la vidéo de ton fils ne m'intéresse pas. Je ne m'abaisserai pas à ton niveau, j'ai mieux à faire que de penser à toi et me perdre dans ton monde, mais en fait, à part des courses, je n'ai rien de prévu. Faire les commissions pour une seule personne ne me déprime pas comme c'est le cas pour certains de mes amis célibataires ; je suis contente d'être seule et tout le monde a besoin de manger. Avant, je me contentais de caser des repas dans mon emploi du temps surchargé pour rester en vie. Maintenant c'est quelque chose que j'étire et qui remplit mes après-midi. Ces derniers jours, je me suis préparé des repas élaborés. Hier, j'ai passé cinquante-cinq minutes à compulser les bouquins de recettes à la librairie puis une heure à acheter les ingrédients, deux heures et demie à cuisiner et vingt minutes à manger. Je n'ai rien fait d'autre de la journée. C'était sympa mais je suis lassée de la plupart des choses nouvelles que j'avais hâte d'accomplir pendant mon « congé ».

Lorsque je me gare sur le parking du supermarché, sous un ciel étonnamment ensoleillé pour la première fois depuis des semaines, même s'il fait toujours froid, je sors mon téléphone de mon sac et j'ouvre YouTube. Je tape

« Matt Marshall » dans la barre de recherche et « fils de Matt Marshall » apparaît aussitôt dans les suggestions. Je clique dessus. Postée la veille au soir, la vidéo a déjà atteint trente mille vues – c'est impressionnant.

Même si je n'ai jamais vu ton fils de près, son image m'est tout de suite familière. C'est ce que j'aperçois la plupart du temps quand il part pour le lycée, la tête dissimulée sous une capuche, le casque sur les oreilles, ses cheveux roux dépassant un peu, quand il gagne l'arrêt de bus. Je me rends compte soudain qu'alors que je suis sa voisine depuis quatre ans, je ne connais pas son prénom, mais les commentaires sous la vidéo m'apprennent qu'il s'appelle Fionn.

« Bien joué, Fionn ! »

« Mon père est un loser aussi, je cpds ! »

« Ton daron devrait être en taule pour les conneries qu'il a dites. »

« Je suis psychologue professionnel et ta crise m'inquiète, appelle-moi. »

« Je suis super fan de ton père, il a aidé mon fils quand ce dernier a été victime de harcèlement scolaire et il a permis de faire bouger les choses en Irlande. »

« Que les anges guérissent ta colère. »

« Ton père est un tocard et toi, tu es un pédé. »

Petit aperçu des commentaires encourageants de la part des spectateurs.

Fionn a quinze ans et je sais à son uniforme qu'il fréquente le Belvedere, un lycée privé hors de prix de Dublin. Je n'ai pas encore visionné la vidéo, mais je suis certaine que ça ne va pas plaire aux dirigeants de cet établissement. Fionn a les yeux marron, et quelques taches de rousseur sur le nez et les pommettes. Ses yeux sont baissés vers la webcam : son ordinateur portable est placé de manière qu'on le voie en entier et le plafonnier répand une lueur aveuglante sur l'écran. Ses narines palpitent de rage. On entend de la musique au loin, je suppose qu'il est à une fête et qu'il a bu. Ses pupilles sont dilatées, même si ça peut être un effet de la fureur. Ce qui suit est une diatribe de quatre minutes dans laquelle il explique qu'il aimerait se dissocier de son père, qui, affirme-t-il, n'est pas un vrai père. Il dit que tu lui fais honte, que tu ne sers à rien, que sa mère se débrouille toute seule et que tu n'as aucun talent. C'est un garçon qui s'exprime bien et qui essaie de jouer les durs dans une attaque mal construite contre toi dans laquelle il explique pourquoi tu mérites d'être viré et de ne plus jamais trouver de job. C'est un coup de gueule assez gênant qui me met mal à l'aise et je regarde cet enregistrement entre mes doigts. La musique de fond devient plus forte, de même que des voix masculines. Il jette un rapide coup d'œil par-dessus son épaule et la vidéo s'arrête.

Malgré ce que je pense de toi, je ne ressens aucune joie ni aucun amusement. Je me sens coupable d'avoir regardé ça, et j'ai de la peine pour toi et pour vous tous.

Je fais rapidement mes emplettes, envahie par la morosité. Parfois j'oublie pourquoi je me sens comme ça, j'ai juste l'impression qu'il m'est arrivé quelque chose qui affecte ma vie. Puis je me souviens d'où vient ce sentiment et je le chasse parce qu'il ne me concerne pas. Le problème, c'est que même si c'est idiot, je me sens concernée par ce qui s'est passé.

Je décide de préparer un plat simple – des aubergines à la parmigiana – et je finis la bouteille de vin rouge que j'ai ouverte la veille. Je réfléchis à ton problème comme si c'était le mien. *Qu'est-ce qu'on devrait faire de Fionn, Matt ? Il ne se passe rien chez toi. La voiture de ta femme n'est pas là et tout le monde est sorti. Rien.*

La lumière de la chambre du docteur Jameson s'éteint. *Je n'ai pas de solution à te proposer, Matt.*

Je m'endors sur le canapé pour la première fois de ma vie et je finis par me réveiller sans savoir où je suis : la seule lueur de la pièce est celle, vacillante, du téléviseur. Je bondis sur mes pieds en renversant mon assiette et mes couverts sur le sol, et mon verre explose. Je suis bien éveillée à présent, le cœur battant à tout rompre, et je comprends ce qui m'a sortie du sommeil. C'est le bruit familier de ta Jeep qui remonte la rue à toute allure. J'enjambe les éclats de verre et je me dirige vers la fenêtre d'où je te vois conduire de manière erratique avant de faire une embardée dans ton allée, trop près de la porte de ton garage, comme d'habitude. Mais cette fois-ci, tu ne freines pas et tu emboutis la porte blanche. Elle tremble et vibre, et le fracas se répercute dans les pavillons endormis. J'imagine le docteur Jameson se réveiller en sursaut et tâtonner pour ôter son masque. La lumière de sa chambre s'allume à point nommé.

La porte du garage ne bouge plus et la demeure ne s'effondre pas sur ta voiture. *Dommage.* Il ne se passe plus rien pendant un moment. *Paradise City* passe toujours à fond. Je t'aperçois, immobile derrière le volant. Je me demande si tu vas bien, si l'Airbag s'est déployé et t'a assommé. J'envisage d'appeler les secours, mais je ne sais pas si c'est utile et je n'ai pas envie de leur faire perdre leur temps. Et même si je n'ai aucune envie de quitter le havre sûr de ma maison, je sais que je ne peux pas te laisser comme ça.

Tu as dormi dans ta voiture hier, tu ne t'es même pas donné la peine de frapper aux fenêtres et à la porte comme tu en as l'habitude, mais tu as réussi à rentrer chez toi entre le moment où je me suis endormie et mon réveil. Je me demande si c'est ton fils qui t'a ouvert. C'était peut-être trop dur pour lui, et il a désobéi à sa mère qui voulait qu'on t'ignore et t'a ouvert pour t'engueuler. Il était furax après avoir tourné sa vidéo et il t'a balancé tes quatre vérités. J'aurais bien aimé voir ça. Je sais que c'est bizarre.

Ce soir, ton état est pire que d'ordinaire. Je m'en doutais. Je suis certaine que tu es au courant pour la vidéo. J'ai écouté la radio pour savoir si tu étais vraiment mis à pied, et un autre animateur avait pris ta place et celle de ton équipe. Vous êtes tous suspendus pour vos singeries du réveillon et je découvre que tu as passé la soirée à picoler au lieu d'en profiter pour être avec ta famille. C'était étrange de ne pas entendre ta voix à la radio ; tu es devenu l'incontournable de cette partie de la soirée dans la plupart des foyers, des voitures, des bureaux, des camionnettes et des camions qui font de longs trajets nocturnes. En apprenant ta mise à pied, je n'ai pas ressenti autant de joie que je l'imaginais, mais j'en suis venue à la conclusion que c'est tant mieux. Tu vas avoir du temps pour réfléchir à toutes les saloperies que tu as dites dans ton émission, à la façon dont ça a affecté les gens et à ce que tu peux faire pour t'améliorer et améliorer la vie de tous ceux sur qui tu as de l'influence par la même occasion. Ça me fait penser à la raison pour laquelle je t'en veux encore.

Il y a seize ans, sur une autre radio à un autre horaire, tu as organisé une émission sur la trisomie. Elle abordait plusieurs aspects de cette maladie et une partie était purement informative, grâce à la femme en colère mais ferme qui a participé par téléphone des locaux de l'association irlandaise des trisomiques pour expliquer la réalité. Malheureusement, elle a été jugée trop calme et trop patiente pour ton talk-show, et tu lui as rapidement raccroché au nez. Les autres invités étaient des ignorants incultes et odieux à qui tu as accordé beaucoup trop de temps de parole. L'essentiel de la discussion portait sur le diagnostic prénatal et l'amniocentèse, une procédure médicale utilisée pour déceler les anomalies chromosomiques et les infections fœtales. La raison la plus banale pour décider de faire ce test est de déterminer si le bébé est atteint d'un désordre génétique ou d'une anomalie chromosomique comme la trisomie 21. Les femmes qui choisissent de faire ces tests sont surtout celles qui présentent un risque accru de maladies génétiques, parce que l'amniocentèse est une procédure dangereuse qui peut provoquer une fausse couche. Je comprends pourquoi tu voulais mettre la discussion sur le tapis ; c'est un sujet important qui peut aider les femmes à prendre une décision, si on l'aborde de manière mature et sincère – mais pas à ta façon, qui consiste à brasser la controverse et le drame. Au lieu de traiter le sujet correctement, tu as invité des idiots pour qu'ils formulent leur opinion débile sur la trisomie 21. Comme ce crétin anonyme qui venait juste de découvrir que le bébé que portait sa petite amie était trisomique, et qui voulait savoir si c'était légal d'interrompre la grossesse.

J'avais dix-sept ans et j'assistais à une fête avec un mec qui me plaisait depuis toujours. Tout le monde était bourré, les parents de celui qui nous recevait s'étaient barrés et au lieu d'écouter de la musique, on s'était dit que ce serait plus cool d'écouter Matt Marshall. Tu ne m'agaçais pas à l'époque ; je te trouvais même sympa, parce que c'était branché d'écouter tes débats à une époque où on n'avait pas encore vraiment d'opinions. Mais la conversation m'a filé la nausée. Elle a continué après le débat et j'ai dû écouter mes amis, qui auraient dû faire preuve de plus de bon sens, des gens que je ne connaissais pas et le type sur qui j'avais un coup de cœur, donner leur avis. Personne ne voulait un enfant trisomique. Il y en a même un qui a prétendu qu'il préférait un gosse séropositif. J'avais envie de vomir. J'avais une sœur magnifique endormie chez moi, une mère sous chimio qui était dévastée à l'idée de l'abandonner et c'était trop pour moi.

Je me suis levée et je suis partie. Les flics m'ont ramassée le long de la route côtière. Je n'étais pas enragée mais bouleversée et l'alcool ne faisait qu'aggraver les choses, du coup ils m'ont amenée au poste pour me protéger et me donner une leçon.

Maman était malade et devait se reposer. Je ne pouvais pas appeler ma tante après ce qui s'était passé ces dernières semaines entre moi et son fils, Kevin, ni aller chez elle et ils ont téléphoné à mon père. Il avait une soirée avec sa nouvelle copine et ils sont venus me chercher en taxi, lui en smoking, elle en robe de soirée, et ils m'ont ramenée dans son appartement. Pendant le trajet, ils n'ont pas cessé d'échanger des regards entendus en gloussant : ils trouvaient ça super marrant. Ils m'ont déposée chez mon père et ils sont repartis aussi sec, à mon grand soulagement.

Debout derrière la fenêtre, je regarde ton corps immobile dans la Jeep. Je me fiche que tu me voies et je ne me fais pas de souci. Au moment où je m'apprête à sortir pour te venir en aide, la portière s'ouvre et tu tombes la tête la première, le dos vers la portière comme si tu t'y étais adossé. Tu glisses lentement et ta tête heurte le sol. Ton pied est coincé dans la ceinture de sécurité. Tu ne bouges pas. Je cherche mon manteau des yeux et je t'entends rire. Tu luttes pour dégager ton pied, et ton rire meurt quand tu t'énerves et que tu dois te concentrer pour te libérer alors que le sang te monte à la tête.

Tu finis par y parvenir et par entamer ta routine de hurlements/sonneries à la porte/coups sur les fenêtres, mais nul ne réagit. Tu klaxonnes à plusieurs reprises. Je suis surprise qu'aucun voisin ne te demande de la fermer : ils dorment peut-être tous. Ou alors ils ont peur et ils font comme moi, ils t'observent, mais ça m'étonnerait. Les Murphy se couchent tôt, les Malone sont imperturbables et les Lennon, mes voisins directs, sont tellement timides qu'ils auraient peur de te défier. Tu n'ennuies que le docteur Jameson et moi. Ton domicile est entièrement silencieux et je me rends compte soudain que la voiture de ta femme n'est pas garée dans la rue comme d'habitude. Les rideaux ne sont pas tirés. La demeure a l'air vide.

Tu disparais derrière la maison et je t'entends avant de te voir. Tu réapparais en tirant derrière toi une table en bois pour six personnes. Ses pieds abîment la pelouse et creusent la terre, laissant des empreintes profondes comme si tu avais labouré le sol. Tu tractes la table de l'herbe au ciment. Le bois racle le sol de l'allée derrière la voiture, produisant un bruit affreusement strident qui dure presque une minute. Soixante secondes de crissement et je vois de la lumière chez les Murphy. Une fois que tu as traîné la table en bois, tu disparais à nouveau dans le jardin de derrière et il te faut trois voyages pour déplacer les six chaises assorties. Lors du dernier trajet, tu reviens avec le parasol, que tu batailles à installer dans le trou central. Tu finis par le balancer loin de toi, énervé, et en volant, il s'ouvre comme un parachute avant d'échouer dans un arbre. À bout de souffle, tu attrapes un sac en plastique dans ta voiture. Je reconnais l'enseigne du magasin d'alcools. Tu le vides, alignes les canettes sur la table, tu t'installes et t'assois comme si tu étais super à l'aise, chez toi. Ta voix a déjà pris possession de ma tête et voilà que tu es une verrue en face de chez moi.

Je t'observe un moment mais je finis par perdre tout intérêt parce que tu ne fais rien d'autre que boire et exhaler des ronds de fumée dans le ciel nocturne.

Je te regarde contempler les étoiles qui sont si lumineuses cette nuit qu'on distingue Jupiter à côté de la lune et je me demande à quoi tu penses. *Que faire de Fionn ? Que faire pour ton job ? On se ressemble finalement, non ?*

Chapitre 6

Il est huit heures et demie et je suis dans le jardin avec un maçon prénommé Johnny, un gros bonhomme aux joues couperosées qui a l'air de me détester. Personne ne dit rien ; son collègue, Eddie, qui s'appuie sur son marteau-piqueur, et lui se contentent de me regarder. Johnny te jette un coup d'œil – tu es endormi dans ta chaise de jardin, les pieds sur la table – avant de reporter son attention sur moi.

— Qu'est-ce que vous voulez qu'on fasse ? On attend qu'il se réveille ?

— Non ! Je…

— C'est ce que vous venez de dire.

C'est exactement ce que je viens de dire.

— Ce n'est pas ce que j'ai dit, déclaré-je fermement. Est-ce qu'il n'est pas trop tôt pour faire autant de bruit ? Je croyais que l'heure légale pour commencer les travaux du bâtiment était 9 heures.

Il embrasse la rue du regard.

— Les gens sont au boulot.

— Pas ici. Personne ne travaille.

Ils sont à la retraite.

C'est étrange mais vrai. Il me lance un regard perplexe, puis reporte son attention sur son compagnon comme si j'étais folle.

— Écoutez, vous avez affirmé que c'était urgent. J'ai deux jours pour en finir ici parce que après j'ai un autre chantier, alors soit je commence maintenant, soit…

— D'accord, d'accord. Allez-y.

— Je reviendrai à 18 heures pour voir où ça en est.

— Vous allez où ?

— J'ai un autre job. Eddie peut se débrouiller tout seul.

Sans un mot, Eddie, qui paraît avoir dix-sept ans, enfile son casque. Je me dépêche de rentrer chez moi. Je me tiens dans mon salon face à ton jardin et je te regarde, assis, la tête renversée en arrière, tu dors tranquillement, baignant dans ta stupeur alcoolisée. Une couverture repose sur toi. Je me demande si c'est l'œuvre de ta femme ou si tu t'es levé pour la prendre dans ta voiture après t'être réveillé, transi. Le bon sens aurait dû te pousser à dormir dans ta Jeep et à mettre le chauffage en route, mais tu en es cruellement dépourvu.

Quelque chose cloche ce matin. En dehors du fait que tu pionces au beau milieu de ton jardin en friche sur ton mobilier de plein air de traviole, au vu et au su de tout le monde, ta maison devrait bourdonner d'activité à cette heure-ci. Les enfants ont repris l'école et ta femme devrait s'apprêter à les déposer avant d'aller faire les courses, mais rien ne bouge. Aucun signe de vie en provenance de chez toi et les rideaux sont toujours dans la même position qu'hier matin. La voiture de ton épouse n'est nulle part en vue. Le parasol est toujours coincé dans l'arbre. *Aucun signe de ta famille.*

Le marteau-piqueur se met soudain en marche et même de l'intérieur, le bruit est si assourdissant que je sens des vibrations dans ma poitrine. Je songe pour la première fois que j'aurais dû prévenir les voisins du raffut qui aura lieu les deux prochains jours alors que je fais casser mes pavés parfaits pour planter de l'herbe. Je suis certaine que dans le cas inverse, ils m'auraient avertie.

Tu fais un bond sur ta chaise, les bras et les jambes s'agitant en tous sens et tu regardes autour de toi comme si tu avais été agressé. Il te faut un moment pour comprendre où tu te trouves, ce qui se passe et ce que tu as fait. Puis ton regard se pose sur l'ouvrier dans mon jardin. Tu fonces vers lui. Mon cœur se met à battre la chamade et je ne comprends pas pourquoi. On ne s'est jamais adressé la parole, on ne s'est même jamais salués en passant. À l'exception du soir du réveillon, quand tu m'as surprise en train de t'espionner derrière ma fenêtre, tu n'as jamais fait mine de t'apercevoir de mon existence, ni moi de la tienne, parce que je déteste toutes les valeurs que tu défends et parce que tu es incapable de comprendre comment une mère, même mourante, peut éprouver de la tristesse à l'idée d'abandonner sa fille trisomique. Je revis les commentaires que je vous ai entendus faire, toi et tes auditeurs, le soir où je suis « tombée haineuse » de toi et quand tu atteins mon jardin, je suis prête à me battre.

Je te vois hurler contre Eddie. Il ne peut pas t'entendre à cause du boucan et de son casque mais il te voit, debout devant lui, en train d'ouvrir et de fermer la bouche, furieux, une main sur la hanche, l'autre pointée vers ma maison, exigeant d'être écouté. Eddie t'ignore et continue de creuser mon pavage hors de prix. Je me rends dans mon entrée et je fais les cent pas derrière la porte en attendant que tu sonnes. Je sursaute. *Une seule sonnerie. Rien de grossier. Une unique poussée, un « driiiing » retentissant, rien de semblable à ce que tu fais subir à ta femme.*

J'ouvre la porte et je me trouve nez à nez avec toi pour la première fois de ma vie. *C'est pour ma sœur, pour toi, Heather, pour ma mère, pour l'injustice qui l'a forcée à abandonner la fille qu'elle voulait garder avec elle.* C'est ce que je me répète en boucle en ouvrant et en fermant les poings, prête à en découdre.

— Oui ? commencé-je sur un ton agressif.

Tu as l'air étonné.

— Bonjour, réponds-tu sur un ton condescendant, comme si tu voulais me montrer que c'est comme ça qu'on entame une conversation, comme si tu savais la moindre chose sur la politesse. (Tu me tends la main.) Je m'appelle Matt, je suis votre voisin d'en face.

C'est difficile pour moi. Je ne suis pas mal élevée, mais je baisse le regard sur ta main puis je le lève sur ton visage pas rasé, tes yeux injectés de sang, je sens l'odeur d'alcool qui émane de tous tes pores, j'observe ta bouche que je déteste à cause de tout ce que tu dis et je glisse mes mains dans les poches arrière de mon jean. Mon cœur bat à tout rompre. *Pour toi, Heather, pour toi, maman.*

Tu me lances un regard abasourdi. Tu mets la main dans la poche de ton manteau.

— J'ai raté quelque chose ? Il est huit heures et demie, et vous faites des trous dans le sol ! Vous avez quelque chose à nous révéler ? Vous avez trouvé du pétrole ? Histoire qu'on partage ?

Je devine que tu n'as pas dessoûlé. Tes pieds ont beau être fermement plantés dans le sol, ton corps oscille en cercle, comme si tu imitais Michael Jackson.

— Si ça vous perturbe tant, vous devriez peut-être déménager dans votre jardin de derrière pendant deux jours.

Tu me regardes comme si j'étais une grosse connasse et tu t'éloignes.

J'aurais pu dire plein de choses. Te faire part de ma déception sur la façon dont tu as traité la trisomie 21 de bien des manières. Par une lettre. Une invitation à prendre le café, peut-être.

Je regrette aussitôt, non pas parce que je t'ai blessé, mais parce que j'ai peut-être perdu l'occasion d'accomplir quelque chose d'important. Puis je songe soudain pour la première fois que, s'il le faut, tu as oublié cette émission. Tu en as animé tellement qu'elles ne signifient probablement rien pour toi. Je suis juste une voisine infecte qui ne t'a pas prévenu qu'elle faisait des travaux.

Je te regarde traverser la rue. Eddie ignore toujours le monde qui l'entoure et continue de creuser tandis que le vacarme résonne dans ma tête. Tu fais le tour de ta maison, jettes un coup d'œil par les fenêtres en essayant de trouver un moyen d'y entrer. Tu vacilles un peu, toujours ivre. Puis tu te diriges vers la table de jardin et je pense que tu vas t'asseoir mais au lieu de ça, tu t'empares d'une chaise que tu transportes jusqu'à la porte d'entrée. Tu la soulèves de toutes tes forces et la fracasses une fois, deux fois, trois fois, contre la fenêtre à côté de la porte. La vitre vole en éclats. On n'entend rien à cause du raffut du marteau-piqueur. Tu te mets de côté pour te faufiler chez toi, ce qui n'est pas facile parce que tu es baraqué, mais tu finis par y parvenir.

Même si je viens de te voir faire, tu me donnes de nouveau l'impression que c'est moi qui suis folle.

CHAPITRE 7

Eddie travaille sans s'arrêter pendant deux bonnes heures puis il disparaît pendant trois heures. Pendant ce temps, son marteau-piqueur demeure dans mon jardin de devant, qui semble avoir été victime d'un tremblement de terre. Il a fait des ravages et ça ne me plaît pas du tout mais je ne peux pas m'empêcher de regarder parce que je suis campée derrière la fenêtre, pas pour toi – je sais que tu ne réapparaîtras pas avant des heures – mais pour Eddie qui s'est éloigné, son casque de chantier toujours sur la tête et n'est pas revenu. J'appelle Johnny mais il ne répond pas et son téléphone n'a pas de messagerie. C'est mauvais signe. Il m'a été recommandé par le paysagiste que j'ai embauché pour mon jardin, ce qui n'est pas non plus un bon signe.

Mon portable sonne. *Un numéro masqué.* Je ne décroche pas. Ma tante Jennifer m'a dit à Noël, parce qu'elle était ivre, que mon cousin Kevin revenait pour le jour de l'an et voulait me parler. C'est le nouvel an et je filtre mes appels comme si j'étais membre de la CIA. Kevin a quitté l'Irlande quand il avait vingt-deux ans. Il a commencé par voyager dans le monde entier puis il s'est installé en Australie, même si je pense qu'il ne s'est jamais vraiment rangé. Il est parti pour se trouver après tout un tas d'histoires familiales et il n'est jamais rentré, ni pour les Noëls, ni pour les anniversaires, ni pour l'enterrement de ma mère. C'est le même Kevin qui m'a annoncé que je mourrais un jour quand j'avais cinq ans et qui m'a avoué qu'il était amoureux de moi quand j'en avais dix-sept.

Ma tante était partie en week-end avec ma mère, elles faisaient une retraite censée aider maman, et, comme toujours dans ces cas-là, je dormais chez eux. Mon oncle Billy regardait la télévision, et Kevin et moi, assis sur la balancelle dans le jardin de derrière, avions une conversation à cœur ouvert. Je lui ai parlé de la maladie de maman et il a écouté avec beaucoup d'attention. Puis il m'a révélé son secret : il venait de découvrir qu'il avait été adopté. Il se sentait trahi de l'apprendre si tard, mais soudain tout s'éclairait et il comprenait mieux les sentiments qui l'animaient. À mon égard. Il était amoureux de moi. La seconde suivante, il s'est jeté sur moi, mains baladeuses, souffle chaud et langue humide dans ma bouche. Chaque fois que je pensais à lui après cet incident, je me lavais la bouche le plus longtemps possible. Il n'était peut-être pas mon cousin par le sang, mais il restait mon « cousin ». On avait joué à Sa Majesté des mouches dans les arbres de son jardin, on avait attaché son frère Michael pour le faire rôtir à la broche, on s'était déguisés pour donner des spectacles sur l'appui des fenêtres. On avait fait des trucs « familiaux » ensemble. Tous mes souvenirs de lui étaient liés au fait qu'on était « cousins ». Il me répugnait.

On ne s'est plus parlé après ça. Je n'ai rien dit à ma tante, mais je savais qu'elle était au courant. J'ai supposé que maman lui avait tout raconté, mais on n'en a jamais discuté. Au bout d'un an, ma tante a cessé d'être nerveuse et embarrassée avec moi, et a commencé à me manifester de l'irritation. Je pense qu'elle se disait que si je pardonnais à Kevin, il lui reviendrait. Il n'avait pas encore quitté le pays à ce moment-là, mais il ne voulait plus faire partie de rien, et encore moins de sa famille. Il avait toujours été bizarre, peu sûr de lui et des autres. J'avais suffisamment de choses à régler à l'époque : ses problèmes étaient trop pour moi. C'est peut-être cruel, mais à dix-sept ans, je n'avais aucune envie de le comprendre : c'était mon cousin adopté, grossier et perturbé qui m'avait embrassée, et je n'avais qu'une envie, qu'il aille au diable. Mais il est de retour et il faudra bien que je le voie. Je n'éprouve plus le besoin de me laver la bouche quand je songe à lui. Cependant, et même si je n'ai rien d'important à faire, il y a des manières plus agréables d'occuper mes journées que d'engager une conversation gênée avec un cousin qui a tenté de me rouler une pelle sur une balancelle seize ans plus tôt.

Je suis toujours en train d'attendre le retour d'Eddie derrière la fenêtre quand le téléphone fixe se met à sonner. À part mon père et Heather, personne ne possède ce numéro et seule Heather s'en sert, du coup, je décroche.

— Pourrais-je parler à Jasmine Butler, s'il vous plaît ?

Je ne réponds pas tout de suite : j'essaie de reconnaître la voix. Je ne pense pas que ce soit Kevin. Je suppose qu'il a pris l'accent australien, mais peut-être pas. Quoi qu'il en soit, à mon avis, ce n'est pas lui. Tante Jennifer aurait été cruelle de lui donner mon numéro. L'homme au bout du fil a un léger accent que je ne parviens pas à identifier sous celui de Dublin, un accent irlandais mais pas de Dublin. *Un provincial.*

— Qui est à l'appareil ?

— Est-ce que vous êtes Jasmine Butler ?

Je souris en m'efforçant de dissimuler mon amusement.

— Pouvez-vous me dire qui vous êtes, s'il vous plaît ? Je suis la gouvernante de Mme Butler.

— Ah, pardon, lance-t-il sur un ton jovial et charmant. Comment vous appelez-vous ?

Mais qui est-ce ? C'est lui qui m'a téléphoné et voilà qu'il essaie de prendre les rênes de la conversation, mais pas de façon grossière, au contraire, il est très poli et son ton se révèle très agréable. Je ne reconnais pas son accent. *Pas celui de Dublin. Ni du Nord. Ni du Sud. Les Midlands ? Non. Mais vraiment délicieux. Probablement un commercial. Il faut que je me trouve un nom et que je me débarrasse de lui.* Je baisse les yeux vers la console de l'entrée à côté de moi et j'aperçois le stylo posé près du téléphone.

— Pen [1], réponds-je en tentant de ne pas rire. Pen-ny. Penelope, mais tout le monde m'appelle Penny.

— Et parfois Pen ?

— Oui.

Je souris.

— Quel est votre nom de famille ?

— C'est pour un sondage ?

— Oh, non, juste au cas où je vous appellerais de nouveau et où Mme Butler ne serait pas chez elle. Si jamais ce genre de chose arrivait.

Son sarcasme me fait rire.

— Ah.

Je cherche derechef du secours du côté de la table et j'aperçois le bloc-notes près du stylo.

— Pad[2]. (Je tousse pour étouffer mon rire.) Paddington.

— Bien, Penelope Paddington, répète-t-il et je suis certaine qu'il n'est pas dupe. *(S'il n'est pas idiot, il a compris.)* Savez-vous quand Mme Butler sera de retour ?

— Non.

---

1. « Pen » signifie stylo en anglais. (*NdT*)
2. « Pad » signifie bloc-notes en anglais. (*NdT*)

Je me juche sur l'accoudoir du canapé et jette un coup d'œil par la fenêtre : le docteur Jameson est devant ta porte d'entrée.

— Elle va et vient. Elle travaille. (Le docteur Jameson examine le verre brisé.) C'est à quel sujet ?

— C'est privé, répond-il sur un ton poli et chaleureux. Je préfère en discuter uniquement avec elle.

— Est-ce qu'elle vous connaît ?

— Pas encore. Mais vous pourriez peut-être lui dire que j'ai téléphoné.

— Bien sûr.

Je m'empare du calepin et du stylo pour noter ses coordonnées.

— Je vais l'appeler sur son portable, reprend-il.

— Vous avez son numéro ?

— Et celui de son bureau mais j'ai commencé par là et on m'a informé qu'elle n'était pas disponible.

Je suis perplexe. Cet homme me connaît assez bien pour avoir mes trois numéros mais il ne sait pas que j'ai été licenciée. Je suis décontenancée.

— Merci pour votre aide, Penelope. Bonne journée.

Il raccroche et j'écoute la tonalité, intriguée.

— Jasmine, me dis-je à moi-même en chantonnant. Un fou vient de t'appeler.

Le docteur Jameson traverse la rue dans ma direction.

— Bonjour, docteur Jameson.

Il tient une enveloppe blanche à la main, et je me demande ce que les voisins sont encore en train de comploter et combien ça va me coûter.

— Bonjour, Jasmine.

Il est tiré à quatre épingles, comme d'habitude, avec sa chemise et son pull à col en « V », son pantalon au pli impeccable et ses chaussures cirées. Il est plus petit que moi, et du haut de mon mètre soixante-douze j'ai l'impression d'être une créature exotique et anormale. Mes cheveux sont d'un rouge flamboyant, couleur camion de pompiers ou plutôt *Pure Scarlet* comme l'appelle L'Oréal. Je suis brune en réalité mais personne n'a vu cette couleur depuis que j'ai quinze ans. La seule trace de brun réside dans mes sourcils, puisque mes racines sont de plus en plus grises. On me dit que le rouge fait ressortir la teinte inhabituelle de mes yeux : ils sont turquoise et je suis habituée à ce que tout le monde fasse des commentaires sur eux. Mes yeux et mes cheveux sont les premières choses que les gens remarquent. Que je sois au boulot ou à une fête, je mets toujours, absolument toujours, un trait d'eye-liner très noir. Je ne suis qu'yeux et cheveux. Et seins. Ils sont gros, mais je ne fais rien pour les mettre en valeur, ils attirent l'attention tout seuls, les petits malins.

— Je suis désolée pour le bruit de ce matin, dis-je sincère. J'aurais dû vous prévenir.

— Aucun problème… (Il agite la main avec dédain, comme s'il était pressé de me révéler quelque chose.) Je suis passé chez notre ami, mais il a l'air occupé, ajoute-t-il comme si notre ami – c'est-à-dire toi – était en train de sculpter des ballons en forme d'animaux pour un groupe d'enfants dans le jardin arrière et non évanoui dans son vomi sur le sol de sa salle de bains – *je dis ça comme ça.*

— Amy m'a donné ça pour M. Marshall – on peut l'appeler Matt, n'est-ce pas ?

À sa façon de me regarder avec des airs de conspirateur, je devine qu'il sait que j'ai passé beaucoup de temps à t'espionner. Mais ce n'est pas possible, à moins qu'il ne me surveille lui aussi, ce qui est impossible, puisque c'est moi qui l'espionne.

— Qui est Amy ?

— La femme de Matt.

—Ah. Oui. Bien sûr.

Comme si j'avais oublié. En fait, je ne l'ai jamais su.

—Je pense qu'il est assez urgent que ce courrier lui parvienne (il agite l'enveloppe blanche) mais il ne répond pas. Je pourrais le glisser dans la, euh… fenêtre ouverte, mais je ne suis pas certain qu'il le trouverait. Et puis je voudrais vous donner un double.

Il me tend l'enveloppe.

—Un double de quoi ?

—De sa clé. Amy en a fait faire deux pour les voisins – elle s'est dit que ça pourrait être utile, constate-t-il sur un ton surpris alors que nous savons tous deux que c'est la chose la plus évidente et la plus sensée qu'on ait jamais entendue. Je ne pense pas qu'elle soit là ni qu'elle revienne avant un bon moment, conclut-il en plongeant son regard perçant dans le mien.

Ah ! Compris.

J'éloigne mes mains de la clé et de l'enveloppe.

—Je crois qu'il vaut mieux que vous les gardiez, docteur Jameson. Je ne suis pas la bonne personne à qui les confier.

—Pourquoi ça ?

—Vous savez bien que je ne suis jamais là. Je suis très occupée. Par le travail et… d'autres trucs. Il vaudrait mieux les donner à quelqu'un qui est là plus souvent.

—Ah. J'avais pourtant l'impression que vous… eh bien, vous êtes beaucoup chez vous en ce moment.

Touché.

—Oui, c'est vrai, mais il vaut mieux que vous les gardiez.

Pas question de céder.

—J'ai déjà un double, mais je pars pour quinze jours. Mon neveu m'a invité à passer des vacances avec sa famille. C'est la première fois, explique-t-il, radieux. C'est très gentil de sa part, même si je suis sûr que c'est Stella qui l'a convaincu.

Une femme adorable. Et je suis ravi. En Espagne. (Ses yeux se mettent à briller.) Bref…

Il se rembrunit avant de reprendre :

— Il faut que je trouve quelqu'un d'autre.

Il a l'air très ennuyé.

J'ai beau me sentir coupable, je ne peux pas le faire. Je ne peux pas accepter la clé de quelqu'un chez moi. Un parfait étranger. C'est bizarre. Je ne veux pas m'en mêler. Je veux qu'on me fiche la paix. Je sais que je t'espionne mais… je ne peux pas. Je ne céderai pas malgré son expression inquiète et troublée. Si j'avais un job, je ne me retrouverais pas embringuée dans ce bazar de voisinage, obligée de me mêler des problèmes des autres.

— Vous pourriez les confier aux Malone.

Je ne connais pas leurs prénoms. Je vis à côté d'eux depuis quatre ans et j'ignore toujours comment ils s'appellent, même s'ils m'envoient une carte de vœux tous les ans avec leurs prénoms dessus.

— C'est une idée, approuve-t-il sur un ton incertain.

Je sais pourquoi il hésite. Il ne veut pas leur attirer d'ennuis. Quand tu es enfermé au-dehors, ivre mort et violent, ce n'est pas à M. et Mme Malone, qui ont plus de soixante-dix ans, de te gérer. Idem pour les Murphy et les Lennon. Il a raison, et je le sais, mais je ne peux juste pas.

— Vous êtes certaine de ne pas vouloir ?

— Absolument, affirmé-je sur un ton sans appel tout en secouant la tête.

Je refuse de me laisser entraîner dans cette histoire.

— Je comprends.

Il hoche la tête, lèvres pincées et prend l'enveloppe à deux mains. À sa façon de me regarder, je devine qu'il a lui aussi assisté à la scène de la nuit.

— Je comprends vraiment, ajoute-t-il.

Il me dit « au revoir » et je suis obligée de courir le rattraper pour éviter qu'il ne se fasse renverser par une ambulance qui remonte la rue à toute allure. On jette automatiquement un regard en direction de ta maison en songeant que quelque chose a dû se produire mais l'ambulance s'arrête devant le domicile des Malone et les brancardiers se précipitent vers la porte.

— Oh, bonté divine, lâche-t-il.

Je ne connais personne qui dise autant de « ça alors », « balivernes », « bonté divine », « punaise » et autres « dacodac » que le docteur Jameson.

On observe, côte à côte, les ambulanciers embarquer Mme Malone, étendue sur une civière, un masque à oxygène sur le visage. Son époux, le teint gris, la suit. Il semble sous le choc. Ça me brise le cœur. J'espère que ce n'est pas ma faute et que ce n'est pas le marteau-piqueur qui a provoqué un infarctus comme pour toi.

— Vincent, dit-il en voyant le docteur Jameson. Marjorie.

Je suppose que c'est le prénom de son épouse et je me sens terriblement coupable de ne pas l'avoir su avant. *Pauvre Marjorie. J'espère qu'elle va s'en sortir.*

— Je m'occupe d'elle, Jimmy, répond le docteur Jameson. Deux fois par jour ? La nourriture est dans le placard ?

— Oui, lance rapidement M. Malone tandis qu'on l'aide à grimper dans l'ambulance.

Ah, non. Ce n'est pas le prénom de sa femme.

Les portières claquent et l'ambulance s'éloigne à toute vitesse, laissant la rue vide comme avant, comme s'il ne s'était rien passé. Le bruit de la sirène décroît dans le lointain.

— Eh bien, eh bien, commente mon voisin, qui a l'air bien secoué. Bonté divine !

— Ça va, docteur Jameson ?

— Appelez-moi Vincent, je vous en prie – je n'ai pas pratiqué depuis dix ans, répond-il distraitement. Je ferais mieux d'aller nourrir le chat. Qui va s'en occuper en mon absence ? Je devrais peut-être annuler mes vacances. D'abord ça (il baisse les yeux sur l'enveloppe et la clé qu'il tient en main) et maintenant les Malone. Oui, peut-être que ma présence ici est indispensable.

La culpabilité et l'angoisse m'envahissent, accompagnées d'une légère rancune à l'égard de l'univers qui conspire contre moi. Ce serait grossier de ma part de suggérer un autre voisin, même si j'en ai très envie. Deux « non » dans la même journée feraient mauvais effet.

— Je nourrirai le chat pendant que vous êtes en Espagne, dis-je. Il faut juste que vous me montriez où tout se trouve.

— Okidoki.

Il acquiesce, toujours ébranlé.

— Comment on entre ?

Je regarde la maison vide et parfaite des Malone avec ses nains de jardin, ses petits panneaux indiquant des passages piétons pour lutins, la cabane dans un arbre pour leurs petits-enfants, l'allée dallée qui permet d'explorer derrière les arbres et sous les saules pleureurs. Les stores datent des années 1980, couleur beige et saumon, chiffonnés comme des vesses-de-loup au sommet des fenêtres, de la vaisselle en porcelaine fleurie est alignée sur les appuis de fenêtre et une table près de la vitre disparaît sous les photographies. On dirait une maison de poupées coincée dans une boucle temporelle, décorée et entretenue avec amour.

— J'ai un double.

Évidemment. On dirait bien que tous ont les clés des uns et des autres sauf moi. Il baisse les yeux sur l'enveloppe qu'il a toujours en main et qui contient ta clé, comme si c'était la première fois qu'il la voyait. Ses mains tremblent.

— Vincent, je vais la prendre, déclaré-je gentiment en posant la main sur la sienne.

Et c'est comme ça que je me retrouve en possession de la lettre de ta femme et du double de ta clé.

Juste pour que les choses soient claires, je n'en ai jamais voulu.

Chapitre 8

Eddie revient et travaille de nouveau deux heures. Je suis en train de remplir la gamelle de Marjorie quand, en entendant le marteau-piqueur, cette dernière bondit, effrayée, avant de détaler et de disparaître. Je me demande si je ne devrais pas partir à sa recherche mais je ne veux pas visiter la maison sans autorisation, et puis après tout c'est un chat, Marjorie peut se débrouiller toute seule. Eddie bosse comme un dingue quand Johnny revient inspecter l'avancée des travaux, comme s'il n'avait jamais quitté son poste. Johnny écoute ma plainte sans ciller ni commenter, observe le chantier et déclare qu'ils sont dans les temps. Ils se barrent tous les deux dans une vieille camionnette rouge une heure plus tôt que prévu parce qu'ils ont un autre taf. Ils ne vont pas bien loin. Ils font demi-tour dans mon allée et redescendent de voiture. J'ai conscience que je me suis transformée en commère mais je ne peux pas m'empêcher de les espionner. Johnny mesure la vitre cassée à côté de la porte d'entrée puis ils sortent un panneau de bois de l'arrière du van. Je ne les vois plus mais je les entends scier derrière la porte ouverte. Il n'est que dix-sept heures trente mais il fait un noir d'encre au-dehors. Ils travaillent dans la pénombre, seulement éclairés par la lumière du porche. J'aperçois une vague lueur dans la cuisine à l'arrière de ta maison. Tu dois être réveillé à présent.

Il leur faut dix minutes pour fixer le pan de bois sur ta fenêtre, puis ils remontent dans la camionnette et s'en vont. Mon jardin est loin d'être terminé.

Je tiens ta lettre. Le docteur Jameson m'a fait promettre de te la délivrer en main propre. Il faut qu'il puisse dire à Amy que tu l'as bien reçue. J'ai posé ta clé sur le plan de travail de ma cuisine. Elle n'est pas à sa place là mais je ne sais pas où la ranger. On ne voit qu'elle, presque comme si elle palpitait ; où que je m'asseye, elle attire mon regard. Ça ne me plaît pas du tout d'avoir quelque chose qui t'appartient chez moi. Je baisse les yeux et retourne l'enveloppe. Je suppose que ta femme, Amy, t'a enfin quitté et qu'elle fait confiance à ses voisins pour que ses paroles, son raisonnement – je suis certaine qu'elle a passé un temps douloureusement long à rédiger ce courrier –, te parviennent. Je lui dois de te la donner. Je devrais être contente mais ce n'est pas le cas et c'est tant mieux. Je ne suis pas indifférente aux émotions humaines, contrairement à toi.

J'enfile mon manteau et m'empare de l'enveloppe. Mon portable se met à sonner et je ne reconnais pas le numéro. Je réponds au cas où ça serait l'étrange commercial.

— Salut, Jasmine, c'est Kevin.

Mon cœur se serre et je te vois sortir de chez toi, monter dans ta voiture et t'éloigner tandis que j'écoute le cousin qui a essayé de m'embrasser me dire qu'il est rentré.

Je suis incapable de dormir. Pas seulement parce que j'ai accepté de voir Kevin dans quelques jours – à l'extérieur et non chez moi, comme ça je pourrai partir quand je le voudrai – mais parce que j'examine tous les scénarios possibles sur ce qui pourrait se produire à ton retour. Moi te donnant la clé et ta lettre, moi ouvrant ta porte, toi m'agressant, ivre mort, me balançant une chaise à la figure, hurlant contre moi, qui sait. Je ne voulais pas me charger de ça, mais le devoir de voisinage m'y a forcée.

Je suis bien réveillée quand tu rentres, *Paradise City* à fond. Tu freines avant de heurter la porte du garage, tu ôtes les clés du contact, tu gagnes la porte en chancelant, tu trébuches à plusieurs reprises tout en te concentrant sur les clés que tu tiens à la main. Il te faut un moment mais tu finis par ouvrir la porte. Tu entres cahin-caha et fermes la porte. La lumière de l'entrée s'allume. Puis celle du palier. Celle du hall s'éteint. Celle de ta chambre s'allume. Cinq minutes plus tard, elle s'éteint.

Ma chambre est soudain étrangement silencieuse et je me rends compte que j'ai cessé de respirer. Je demeure allongée, perplexe.

Je suis déçue.

Le week-end, j'ai mon dîner. Nous sommes huit. Ce sont des amis proches. Bianca n'est pas là, elle est restée chez elle avec son nouveau-né, mais Tristan est venu. Il s'endort sur un fauteuil près de la cheminée avant même que j'aie servi l'entrée. On le laisse dormir et on commence sans lui.

La plus grande partie de la conversation tourne autour de leurs bébés. Ça me plaît, ça me distrait. J'en apprends beaucoup sur les coliques et j'arbore une expression compatissante quand ils parlent de privation de sommeil ; puis ils passent à la diversification alimentaire, et discutent des fruits et des légumes adéquats. Un père est obligé de chercher sur Internet si on peut donner du kiwi en premier. Caroline me bassine pendant une demi-heure sur sa vie sexuelle avec son nouveau copain depuis qu'elle s'est séparée de son connard de mari. Ça me plaît aussi, ça me distrait. C'est la vraie vie, ce sont des choses que je veux entendre. Puis l'attention se tourne vers moi et mon job, et même si ce sont mes amis, que je les adore et qu'ils sont sympas, je ne parviens pas à parler avec sincérité. Je leur dis que je profite de cette coupure et je me joins au chœur qui prétend que c'est génial d'être payé à ne rien faire. Ils rient quand j'essaie de susciter leur jalousie en leur racontant des histoires exagérées de grasse matinée, de lecture et du vrai luxe d'avoir le temps de faire tout ce qui me plaît. Mais c'est artificiel et je suis embarrassée comme si je jouais un rôle parce que je ne crois pas un seul mot de ce que je dis. Je suis reconnaissante d'entendre le moteur de ta Jeep. J'espère que tu es encore plus bourré que d'habitude.

Je n'ai pas raconté à mes amis tes récentes frasques avinées. J'ignore pourquoi. C'est pourtant un parfait sujet de conversation. Ils adoreraient l'écouter, et trouveraient ça encore plus intéressant parce que tu es célèbre. Mais je ne parviens pas à m'y résoudre. Comme si c'était mon secret. J'ai choisi de te protéger mais j'ignore pourquoi. Peut-être que je prends ta situation et ton comportement trop au sérieux pour en faire un sujet de plaisanterie dans un dîner. Tu as des enfants et une femme qui vient de te plaquer. Je te méprise, tous ceux qui me connaissent le savent, mais je n'ai pas envie de me moquer de toi. Je tire les rideaux pour que personne ne te voie.

Je t'entends frapper mais les conversations vont bon train, cette fois-ci le débat concerne la ligature des trompes et la vasectomie, et personne ne prête attention au bruit. Mes invités pensent que je plaisante quand je dis que je suis prête à subir une vasectomie mais en réalité, je ne suis pas concentrée.

Soudain le silence se fait à l'extérieur. Je suis perturbée, et je commence à me sentir gagnée par l'agitation et la nervosité. J'ai peur qu'ils ne t'entendent et que les hommes ne veuillent sortir pour te voir, te huer ou t'aider et gâchent la relation privée que j'ai avec toi. Je sais que c'est bizarre. C'est tout ce que j'ai et il n'y a que moi qui puisse vraiment comprendre ce qui se passe avec toi le soir. Je n'ai pas envie d'expliquer.

Je débarrasse les assiettes à dessert : mes amis bavardent et rient, l'atmosphère est joyeuse et Tristan est toujours endormi sur le fauteuil, il rôtit doucement. Caroline m'aide et elle profite des quelques minutes que nous passons ensemble dans la cuisine pour me décrire ce que son nouveau copain et elle ont fait au lit. Ça devrait me choquer, c'est clairement pour ça qu'elle me le raconte, mais je l'écoute d'une oreille distraite. Je ne cesse de penser à toi. Et la clé palpite toujours sur le plan de travail. Quand Caroline file aux toilettes, j'en profite pour m'éclipser : j'attrape la lettre et la clé, j'enfile mon manteau et je me faufile au-dehors sans que personne ne s'en aperçoive.

Lorsque je traverse la rue, je te vois, assis à la table de jardin. Il est 23 heures. *Tôt pour que tu sois rentré.* Tu manges un McDo. Tu me regardes approcher et je me sens mal à l'aise. J'entoure mon corps de mes bras, prétendant avoir plus froid qu'en réalité, parce que l'alcool me tient chaud. Je m'arrête devant la table.

— Bonsoir, dis-je.

Tu me dévisages, le regard trouble. Je ne t'ai jamais vu sobre, de près. Ni bourré de près non plus ; tu étais entre les deux quand on s'est rencontrés l'autre matin et je ne sais pas trop dans quel état tu es maintenant, mais tu es assis au-dehors en train de manger un McDo à 23 heures alors qu'il fait 3° C et tu pues l'alcool, alors je suppose que tu n'es pas complètement sain d'esprit.

— Bonsoir, réponds-tu.

C'est un bon début.

— Le docteur Jameson m'a demandé de vous donner ça.

Je te tends l'enveloppe.

Tu la prends et la poses sur la table.

— Docteur J est parti ?

— Il m'a dit que son neveu l'avait invité en Espagne.

— Ah, bon ? (Tu t'illumines.) Il était temps.

Voilà qui me surprend. J'ignorais que le docteur Jameson et toi étiez proches. Non pas que ta réponse dénote une familiarité, mais elle révèle une relation.

— Vous savez, la femme du docteur J est morte il y a vingt ans, ils n'avaient pas d'enfants, son frère et sa belle-sœur sont décédés, la seule famille qui lui reste, c'est ce neveu qui ne vient jamais le voir et ne l'invite jamais, expliques-tu, clairement agacé par tout ça. (Puis tu rotes.) Pardon.

— Oh.

C'est tout ce que je trouve à dire.

Tu me regardes.

— Vous vivez en face ?

Je suis perplexe. J'ignore si tu fais semblant de ne jamais m'avoir rencontrée ou si tu as vraiment oublié. J'essaie de deviner.

— Ah, mais oui. Au numéro trois, pas vrai ?

— Oui, finis-je par acquiescer.

— Matt.

Tu me tends la main.

Je ne suis pas certaine que ce soit un nouveau départ ; ça pourrait être une mise en scène, auquel cas, tu retireras ta main en me tirant la langue dès que je ferai mine de la serrer. Quelles que soient tes motivations, si tu as oublié la grossièreté dont j'ai fait preuve il y a quelques jours, c'est une chance pour moi d'agir comme je l'aurais dû.

— Jasmine, dis-je en te tendant la main.

Ce n'est pas vraiment comme serrer la main du diable, contrairement à ce que j'imaginais. Ta main est glacée et ta peau rêche comme si elle était gercée par la froideur hivernale.

— Il m'a aussi donné un double de votre clé. Votre épouse a fait faire des doubles pour lui et pour moi.

Je te montre la clé. Tu la regardes avec méfiance.

— Je ne suis pas obligée de la garder si vous ne le voulez pas.

— Pourquoi je ne voudrais pas ?

— Je n'en sais rien. Vous ne me connaissez pas. En tout cas, vous pouvez rentrer chez vous et garder la clé si vous voulez.

Tu la contemples.

— Il vaut probablement mieux que vous la conserviez.

Tu continues à me dévisager et je suis un peu gênée. Je ne sais pas quoi faire : comme tu n'as clairement pas l'intention de bouger, je vais déverrouiller ta porte.

— Vous donnez une fête ? demandes-tu en regardant les voitures garées devant chez moi.

— Juste un dîner.

Je me sens coupable. *Tu es en train de manger un McDo : suis-je censée t'inviter chez moi ? Non, on ne se connaît pas et tu es l'ennemi depuis que je suis adolescente, je ne peux pas t'inviter.*

— Qu'est-ce que vous trafiquez dans votre jardin ?

— Je fais installer de la pelouse.

— Pourquoi ?

Je ris doucement.

— Bonne question.

Tu attrapes l'enveloppe.

— Vous voulez bien me lire ça ?

— Non.

— Pourquoi ?

— Pourquoi vous ne la lisez pas vous-même ?

— J'y vois à peine clair.

Mais tu n'as pas l'air si ivre que ça et ton élocution est bonne.

— En plus, j'ai laissé mes lunettes à l'intérieur, ajoutes-tu.

— Non. (Je croise les bras et fais un pas en arrière.) C'est privé.

— Comment vous le savez ?

— C'est pour vous.

— Ça pourrait être un truc de voisinage. Docteur J est toujours en train d'organiser quelque chose. Un barbecue par exemple.

— En janvier ?

— Un apéro-recyclage alors.

L'idée te fait glousser. J'entends les cigarettes dans tes poumons, un rire sifflant et gras.

— Il a dit que c'était de votre femme.

Un silence.

Sous certains angles, je comprends pourquoi on te trouve beau. C'est ta façon de pencher la tête quand tu réfléchis ou peut-être la lueur de la lune : quoi qu'il en soit, parfois tu te transformes. Yeux bleus, cheveux blond vénitien, petit nez. Ou peut-être que tu ressembles à ça depuis toujours et que mon aversion pour toi t'a souillé.

Tu poses l'enveloppe sur la table et tu la pousses du doigt vers moi.

— Lisez.

Je m'en empare et la regarde. Je la tourne et la retourne plusieurs fois.

— Je ne peux pas. Je suis désolée.

Je la repose sur la table. Tu la contemples sans rien dire.

— Bonne nuit, conclus-je.

Je rentre chez moi pour retrouver les rires tapageurs de mes amis. J'enlève mon manteau. Tristan est toujours endormi sur le fauteuil. Je pense que personne ne s'est rendu compte de mon absence. Je pose une bouteille de vin sur la table et m'assois un moment avant de me relever pour ouvrir le rideau. Tu es toujours devant ta table. Tu lèves les yeux et m'aperçois. Tu te redresses et rentres chez toi en refermant la porte derrière toi. L'enveloppe blanche n'a pas bougé et elle brille au clair de lune.

Une pluie fine se met à tomber.

Je ne quitte pas du regard l'enveloppe. La pluie redouble d'intensité. Je suis incapable de me concentrer. Rachel raconte quelque chose et tout le monde l'écoute, elle a les yeux pleins de larmes, je sais que c'est important, son père est malade, on vient de lui diagnostiquer un cancer, mais ça ne m'intéresse pas. Je ne peux pas détacher mon regard de l'enveloppe. Le mari de Rachel pose sa main sur la sienne pour l'encourager à poursuivre. Je marmonne que je vais chercher un mouchoir, puis je sors sans manteau, traverse la rue en courant et m'empare de la lettre.

Je ne te connais pas et je ne te dois rien mais je sais que tu possèdes un bouton d'autodestruction et je ne peux pas te laisser appuyer dessus. Pas devant moi.

Chapitre 9

Johnny et Eddie finissent d'enlever le dallage une semaine plus tard que prévu. Ils ont tellement d'excuses et de raisons techniques que je ne sais même pas par où commencer pour protester, mais cent mètres carrés ont été dégagés et le reste disparaît encore sous mon pavage adoré. Mon père me conseille de conserver les dalles parce qu'il est persuadé qu'elles ont de la valeur et je les entasse dans une petite benne posée dans mon allée. Son opinion est confortée par le soudain empressement de Johnny à m'aider à « m'en débarrasser ». J'essaie de trouver une façon de les utiliser mais rien ne me vient et je pense que je finirai par les jeter.

Papa et Leilah nous invitent à déjeuner, Heather et moi, le jeudi. Le lundi, Heather travaille dans un restaurant, elle débarrasse les tables et remplit le lave-vaisselle ; le mercredi elle bosse dans un cinéma, elle accompagne les gens à leur place et nettoie la salle après le film, et le vendredi, elle travaille dans un cabinet d'avocats local, elle s'occupe du courrier, des photocopies et de la déchiqueteuse. Elle adore ses trois jobs. Le samedi matin, elle suit des cours de théâtre et de musique, et le mardi elle passe la journée dans un centre avec ses amis. Il ne lui reste plus que le jeudi et le dimanche pour nous et quand je travaillais je ne pouvais la voir que le dimanche. Ça s'est passé comme ça pendant les dix dernières années. J'étais prête à tout pour ne jamais manquer ce jour. Nos activités varient ; parfois elle a une chose bien précise en tête, d'autres fois, elle ne dit rien et me laisse décider. On va beaucoup au cinéma : elle adore les dessins animés et elle connaît *La Petite Sirène* par cœur. Parfois, elle veut juste s'asseoir par terre devant la télé et la regarder en boucle. Pour Noël, je lui ai offert une place pour Disney sur Glace. Tout le premier acte était consacré à *La Petite Sirène* et je n'avais jamais vu Heather si concentrée de toute ma vie. C'était magnifique, comme tous les moments que je passe avec elle. Quand la sorcière Ursula est arrivée sur scène, une énorme pieuvre gonflable a glissé sur la patinoire, accompagnée d'une musique terrifiante et d'un gloussement diabolique. De nombreux enfants se sont mis à pleurer et j'ai redouté que Heather ne soit effrayée mais elle m'a pressé la main et s'est penchée vers moi en murmurant : « Ça va aller, Jasmine », et j'ai compris qu'elle craignait que j'aie peur. C'est ma grande sœur et elle me protège tout le temps. À la fin du spectacle, les lumières se sont rallumées sur le pop-corn éparpillé et les restes de granités, et la magie s'est évanouie. Heather m'a regardée, les mains sur le cœur, ses immenses yeux pleins de larmes derrière ses épaisses lunettes et elle m'a dit :

— Je suis émue, Jasmine. Je suis tellement émue.

Je l'aime. J'aime tout chez elle. La seule chose que je souhaiterais changer en elle, c'est son hypothyroïdie, qui parfois la fatigue, l'endort et l'irrite. Je voudrais la surveiller comme le lait sur le feu, mais elle me l'interdit. Après des années passées à essayer de lui enseigner des choses de manière incompréhensible pour elle, j'ai fini par comprendre que Heather avait toujours été et serait toujours le prof et que moi, je resterais l'élève. Son élocution est souvent peu claire, même si en général je la comprends, et elle a des problèmes de motricité fine et d'audition mais elle peut réciter le nom de tous les personnages de Disney, ainsi que les paroliers et les compositeurs de toutes les chansons. Elle adore la musique.

Elle possède une belle collection de vinyles – je lui ai acheté un iPod et un iPad mais c'est une fille profondément démodée et elle préfère les disques. Elle peut citer tous les noms des musiciens, des producteurs et des arrangeurs. Elle lit les informations sur les albums de la première à la dernière ligne et elle peut les réciter au débotté. Quand j'ai découvert qu'elle adorait la musique, j'ai commencé à nourrir sa passion et je ne me suis jamais arrêtée, je lui achète des albums et je l'amène aux concerts. Quand j'avais quatorze ans, je l'ai présentée à un petit garçon trisomique qui s'appelait Eddie. Celui-ci adorait la musique lui aussi, surtout la chanson *Blue Suede Shoes* d'Elvis. J'avais découvert en discutant avec sa sœur que sa famille lui permettait de l'écouter en boucle toute la journée, ce qui horripilait tout le monde. Moi, ce qui m'a horripilée, voire énervée, c'est que ses proches n'avaient pas compris que cet enfant aimait la musique, et pas seulement cette chanson. Ils ne l'aidaient pas à exprimer ce qu'il avait de meilleur en lui. Lorsque Heather partage ses connaissances, les gens sont toujours surpris et impressionnés. Et que se passe-t-il quand elle s'en rend compte ? Comme tout le monde, elle s'épanouit.

La chose la plus admirable, presque magique, chez Heather, est sa lucidité sur les gens, plus précisément sur la façon dont ils la perçoivent. Je vois leurs opinions se refléter dans son comportement. Elle déchiffre les inconnus comme personne. Quand elle parle avec quelqu'un qui a pitié d'elle ou qui a envie de lui tourner le dos, elle rétrécit, elle disparaît presque, elle devient une fille trisomique parce qu'elle sait que c'est tout ce que cette personne voit chez elle. Mais quand elle est en présence de quelqu'un qui se fiche bien de sa maladie, comme les enfants avant qu'ils deviennent cruels, ou ceux qui connaissent bien cette pathologie, elle rayonne, elle s'ouvre, elle devient Heather, une personne. Elle sent souvent les choses avant moi et j'ai appris à comprendre les inconnus ou du moins leur avis sur Heather à travers elle. Elle a le don de percevoir tout de suite la vérité. C'est une capacité que possèdent beaucoup d'enfants, mais qu'on perd peut-être en grandissant. Heather, elle, s'est affûtée avec l'âge et, par voie de conséquence, sa perception du bien et du mal est très juste.

Nous allons en voiture à Sutton Castle, où papa, Leilah et Zara occupent un appartement de cinq pièces. Le château a été construit en 1880 par la famille Jameson – aucun rapport avec le docteur Jameson, du moins à ma connaissance – au milieu d'un prestigieux jardin de vingt hectares qui surplombe la baie de Dublin. Le château était un hôtel où nous déjeunions souvent le dimanche ; il a été rénové quand l'économie était florissante et le bâtiment principal a été divisé en sept appartements. C'est un foyer impressionnant et richement décoré par Leilah dans son style bohème. Cette dernière a trente-cinq ans, donc presque le même âge que Heather et moi mais on est tout sauf copines. C'est une jeune femme qui a épousé mon père et je me demanderai toute ma vie ce qui cloche chez elle. Je n'ai pas de problème particulier avec Leilah, mais la distance est mon alliée et j'y tiens. Heather, au contraire, l'a adoptée tout de suite, elle lui a pris la main la première fois qu'on l'a rencontrée, ce qui a fait rougir Leilah. Ni elle ni papa n'ont compris que c'était le plus grand compliment que puisse lui faire Heather. Ma sœur a correctement perçu les sentiments que j'éprouve pour Leilah et, même si on n'en a jamais parlé, elle essaie de nous trouver des points communs, comme une mère qui tente de rapprocher deux enfants pendant une fête. C'est mignon et j'aime ça chez elle. Et même si nous jouons le jeu uniquement pour faire plaisir à Heather, étrangement, ça facilite la communication entre nous.

Zara nous ouvre, déguisée en pirate. Elle transperce l'air de son crochet en plastique en hurlant :

— Arrrrgh, matelots !

Je sens Heather se raidir à mes côtés. Elle aime beaucoup Zara mais se montre un peu hésitante avec elle. Zara, à trois ans, est parfois capricieuse. Ses protestations bruyantes, ses sanglots soudains et son excitation extrême déstabilisent parfois Heather.

— Arrrgh toi-même.

Je m'agenouille pour prendre Zara dans mes bras sans me soucier de ses protestations de pirate et de ses menaces de me faire subir le supplice de la planche, et je me retrouve allongée par terre, elle à califourchon sur moi, le bout de son crochet sur ma gorge. Heather nous contourne vivement et se dirige vers le salon.

Zara presse le crochet en plastique contre ma peau et approche son visage du mien.

— Si tu vois ce Peter Pan, dis-lui que je le cherche – lui et la petite fée qui l'accompagne.

Elle me lance un regard noir puis bondit sur ses pieds et s'éloigne en courant dans le couloir.

Je ris, étendue sur le sol.

J'ai apporté à Heather de quoi fabriquer des bracelets, et elle s'assoit devant la table et se concentre sur l'enfilage de perles. Zara a envie de jouer avec elle, mais on a beau lui expliquer que ce n'est pas un jeu, que ça appartient à Heather et que Zara doit s'amuser avec ses propres jouets – et la mallette de vétérinaire que je lui ai offerte –, elle explose en sanglots, ce qui perturbe beaucoup Heather. Je la vois raidir les épaules tandis qu'elle se focalise sur son bracelet et plus Zara braille, plus les joues de mon aînée deviennent écarlates. Leilah gronde Zara d'une voix calme et ferme avant de la sortir de la pièce. Je reste avec Heather, la tête au creux de ma main et je l'observe attentivement.

—Qu'est-ce que tu fais, Jasmine ? demande-t-elle.

—Je te regarde.

Elle sourit.

—Pourquoi tu me regardes, Jasmine ?

—Parce que tu es belle.

Elle m'adresse un sourire timide et secoue la tête.

—Jasmine !

J'éclate de rire sans la quitter du regard. Elle glousse mais finit par se concentrer entièrement sur son bracelet. Zara revient, apaisée. Son bandeau de pirate a disparu, dévoilant deux yeux tristes et rougis. Une sucette à la main, elle s'installe dans un coin et s'amuse avec la mallette de véto que je viens de lui offrir. Elle soliloque à voix haute en utilisant des phrases mal construites et des mots sans queue ni tête qu'elle a entendu les adultes prononcer. Heather lui jette un bref coup d'œil avant de reporter son attention sur sa tâche. Pendant vingt minutes, les deux filles demeurent plongées dans leurs affaires et tout roule, tandis que Leilah prépare le déjeuner. Je ne suis pas paresseuse : nous savons toutes les deux qu'il vaut mieux que je reste avec Heather et Zara au cas où elles se disputeraient à nouveau.

Une odeur d'ail me parvient de la cuisine quand Leilah badigeonne l'agneau d'un mélange de beurre et d'ail. Elle cueille du romarin dans la jardinière et, après l'avoir rincé, elle entaille la viande pour le glisser dedans. Mon père n'est pas là ; il joue au golf et sera de retour pour déjeuner. Je mets *Raiponce*, le seul dessin animé que Zara accepte de regarder et je m'installe sur le canapé, tranquille pour une heure. Des baisers papillons me réveillent. Heather me sourit : c'est la manière la plus merveilleuse de s'éveiller.

—Papa est là, Jasmine, dit-elle.

Je suis endormie, pieds nus, la robe remontée autour de la taille, et qui se pointe derrière papa ? *Ted Clifford.* Il mesure plus d'un mètre quatre-vingt-deux et il est très carré. Il remplit tout l'encadrement et je sens Heather se figer. En fait, tout le monde se raidit, y compris Leilah, dont l'attitude décontenancée montre qu'elle ne savait pas que Ted allait venir.

— Ted, déclare-t-elle sans dissimuler sa surprise. Bienvenue.

— Bonjour, Leilah, répond ce dernier en lui faisant bruyamment la bise tout en l'enlaçant de manière trop familière. J'espère que tu ne m'en veux pas de m'incruster, mais Peter a perdu la partie, et donc il me doit un déjeuner !

Il s'esclaffe bruyamment. Leilah sourit mais je ne suis pas dupe : elle pince la bouche et une lueur d'avertissement brille dans ses yeux. Mon père est un peu froissé.

— Tu dois être la petite Zara, reprend Ted en baissant les yeux vers la fillette.

De sa place sur le sol, elle le regarde comme si c'était un des géants de *Jack et le Haricot magique*. Elle lance un regard incertain à sa mère, un sourire vacillant sur ses lèvres tremblotantes, mais Ted ignore les signaux et la soulève dans ses bras pour lui planter un gros baiser sur la joue. Leilah, diplomate, reprend sa fille qui serre étroitement les jambes autour de la taille de sa mère et enfouit le visage dans son cou pour se cacher du géant. Pendant ce temps, mon père rayonne et moi, je bouillonne parce que la venue de Ted, juste deux semaines après que papa a proposé de lui demander de m'embaucher, n'est pas un hasard. Leilah ne travaille que deux jours et demi par semaine pour pouvoir s'occuper de Zara l'après-midi, mon père est à la retraite, je suis au chômage et c'est le jour de congé de Heather : il est donc logique que nous nous retrouvions pour déjeuner un jeudi midi, mais la présence de Ted est incongrue. Il devrait être au boulot. Mais non, il est là en train de me parler. Je sens la colère monter en moi. Je parviens à peine à regarder mon père.

— Tu connais ma fille, Jasmine, dit-il avec un geste de la main dans ma direction.

Ted me lance un regard appuyé et fait une remarque sur le fait que j'ai beaucoup grandi depuis la dernière qu'on s'est vus. Ted a soixante-cinq ans, ce qui n'est pas une excuse pour traiter une femme de la moitié de son âge comme si elle venait juste d'entrer dans l'adolescence pour son profit. Il est évident qu'il n'est pas surpris par ma présence. Soit je suis parano, soit j'ai raison. On se serre la main et j'ai bien l'intention que les choses en restent là mais il m'attire à lui pour plaquer une bise humide sur ma joue que j'essuie immédiatement. Leilah m'adresse un regard compatissant.

— Et voici Heather, ajoute mon père.

Comme un détail. Il ne dit pas « ma fille, Heather », il ne fait pas de geste dans sa direction, rien. Je suis pointilleuse quand il s'agit de ma sœur – très ; je pense que c'est clair dans la façon dont je te traite –, du coup, je ne sais pas toujours si ce que je pense de la manière dont les autres lui parlent est réel, exagéré ou une projection de mes propres craintes. De mon point de vue, tout le monde commet des erreurs avec elle. Mais j'ai vraiment l'impression qu'en trente-quatre ans, mon père n'a pas fait grand-chose pour dépasser la gêne qu'il ressent quand il présente Heather aux étrangers, et surtout à ceux qu'il admire, comme Ted, pour qui il éprouve depuis toujours une embarrassante admiration de collégien. Il essaie sans cesse de lui faire plaisir, et il lui a vendu son entreprise à perte parce que « c'est Ted » et qu'il ne veut pas qu'il pense qu'il n'est pas cool. Il n'a pas forcément honte de Heather, il n'a pas non plus un cœur de pierre, mais il est conscient que certaines personnes éprouvent un malaise en sa présence. En réaction, il lui prête le moins d'attention possible, il la traite comme quelqu'un d'insignifiant, il minimise tout comme si les gens se sentaient plus à l'aise comme ça. Bien sûr, son manque d'affection apparent pour sa fille produit l'effet inverse. J'ai abordé le sujet à de nombreuses reprises avec lui, mais il considère que je suis trop sensible et irrationnelle.

— Ah, répond Ted en dévisageant Heather d'une manière qui ne me plaît pas. Bonjour, poursuit-il d'une voix de fausset. Je ne peux pas te laisser à l'écart, pas vrai ?

Sur ces paroles, il lui tend la main.

C'est risqué.

Comme élève de Heather, j'ai appris que tous les individus, quel que soit leur handicap, sont des êtres sexués. M'assurer que ma sœur, dont le développement physique dépasse le développement émotionnel, comprenne les aspects physiques et psychologiques de la sexualité a toujours été une de mes préoccupations. C'est une leçon sans fin, encore plus à présent qu'elle meurt d'envie d'avoir un petit ami. Je ne veux surtout pas qu'elle soit rejetée, moquée et encore moins maltraitée.

Pour gérer ça, dans notre jeune âge, nous avons appris le concept des cercles, un système qui aide à catégoriser les différents niveaux de relations personnelles et d'intimité physique. Un homme comme Ted m'inquiète parce qu'il a une conception malavisée de l'intimité : il n'y a qu'à voir comment il a pris dans ses bras et embrassé une enfant de trois ans, serré une épouse contre lui, m'a matée et maintenant il ne veut pas que Heather se sente exclue.

Le cercle privé violet représente l'individu – dans ce cas, Heather. Le cercle bleu du câlin vient ensuite. Il représente les gens qui sont les plus proches de la personne dans le cercle violet, à la fois physiquement et émotionnellement, et c'est là qu'il est normal de s'étreindre ; ce cercle inclut papa, Zara, Leilah et moi. Ensuite se tient le cercle vert des câlins lointains. Il concerne les amis proches et la famille éloignée. Certains amis veulent parfois être plus proches que ça mais Heather doit leur dire exactement quelle est leur place. Puis on trouve le cercle jaune des poignées de main, pour les amis et les connaissances dont on connaît le nom, suivi par le cercle orange du « coucou » pour les autres, les connaissances lointaines, comme les enfants qui ont envie de serrer Heather dans leurs bras mais elle sait qu'elle ne doit pas le faire, qu'elle doit juste leur faire « coucou » de la main. Aucun contact physique ni émotionnel n'est permis dans ce cercle. Et enfin, il y a le cercle rouge des étrangers. Ni contact physique ni conversation ne peuvent être partagés avec les gens qui entrent dans cette catégorie à moins qu'ils ne soient identifiables par leur badge ou leur uniforme. Si quelqu'un essaie de toucher Heather alors qu'elle ne le veut pas, elle doit dire : « Stop. » Certaines personnes restent des étrangers à jamais.

Heather et moi nous tenons à ces cercles de manière très rigide, même si ça met les autres mal à l'aise. Mon père connaît l'existence des cercles mais c'est maman qui nous les a appris. Papa ne s'est jamais mêlé de ce genre de choses.

Heather regarde la main tendue, troublée. Je sais qu'elle sait quoi faire mais elle me regarde, cherchant mon soutien.

— Orange, Heather.

Même si, personnellement, je le garderais volontiers dans la zone rouge.

Heather hoche la tête et lui fait juste « coucou » de la main.

— Je n'ai droit qu'à ça ? demande Ted comme s'il s'adressait à une enfant et non à une femme de trente-quatre ans.

Il esquisse un pas en avant. Je suis sur le point de me placer devant lui et de lui ordonner de s'arrêter quand Heather lève une main.

— Stop. Tu n'es pas dans mon cercle bleu.

Mais Ted ne la prend pas au sérieux. Il glousse sans tenir compte de ce qu'elle vient de dire et l'enlace. Heather se met aussitôt à hurler et je tire sur les bras de Ted pour l'éloigner de ma sœur.

— Jasmine ! s'écrie mon père en me voyant m'acharner sur Ted.

Leilah engueule mon père. Zara se met à pleurer et Heather hurle comme une possédée.

Ted recule en levant les mains comme s'il était victime d'un hold-up.

— C'est bon, c'est bon, je voulais juste être sympa, dit-il par-dessus le bruit.

Mon père s'excuse auprès de Ted, il essaie de le faire asseoir et il aboie contre Leilah pour qu'elle serve un verre à leur invité, mais elle ne l'écoute pas.

— Est-ce que ça va, Heather ? s'enquiert-elle, à mes côtés.

Heather crie toujours, blottie dans mes bras et je sais que la meilleure chose à faire est de partir. Elle ne voudra pas déjeuner avec Ted à présent, pas après qu'il a transgressé cette règle très sérieuse pour elle.

— Ce n'est pas la peine de réagir comme ça, constate mon père qui nous a suivies dans le couloir.

Heather a enfoui la tête contre ma poitrine et j'aimerais que mon père la ferme. C'est à moi qu'il s'adresse mais elle pourrait penser que c'est à elle.

— Papa, elle lui a dit « non ».

— C'était qu'une bise, putain !

Je me mords la langue. Je ne sais même pas par quel bout commencer pour l'engueuler mais il éclate avant que j'aie le temps de répondre quoi que ce soit.

— C'est la dernière fois que ça se produit. Je ne veux plus voir ce genre de choses. J'en ai ma claque.

Il est en colère. Je ne l'ai pas vu dans cet état depuis des années.

— Plus jamais ça !

Il tend le doigt vers Heather et moi puis vers la table de la salle à manger, comme si ce qui venait de se produire était déjà arrivé avant et que c'était notre faute.

— Tous les prétextes sont bons, rétorqué-je avant de quitter l'appartement.

Je propose à Heather de venir dormir chez moi mais elle décline et me tapote la joue de manière maternelle en descendant de la voiture, comme si elle était désolée parce qu'elle savait que c'était dur pour moi. Elle est plus heureuse quand elle est chez elle, dans son environnement.

Moi, de mon côté, je rentre chez moi toute seule.

Chapitre 10

Je suis déçue que Heather ne dorme pas chez moi pour plusieurs raisons : un, parce que j'aime sa compagnie ; deux, parce que je voudrais être sûre qu'elle n'est pas trop secouée par ce qui s'est passé chez notre père ; et trois parce que ça m'aurait permis d'annuler le rendez-vous tant redouté avec mon cousin Kevin demain. Elle aurait peut-être même pu m'accompagner, mais Heather est occupée chez l'avocat le vendredi.

On a prévu de se retrouver au *Starbucks* de Dame Street, près du musée de Cire, à midi. C'est bondé de touristes – rien d'intime. Et je pourrai partir quand je veux.

Au fond de moi, je sais que tout se passera bien. Il va s'excuser pour ce qu'il a fait à vingt-deux ans, me dire qu'il s'était toujours senti perdu et solitaire, tel un paria qui a utilisé la force et la peur pour garder la maîtrise sur une vie qui lui échappait. Il m'expliquera ensuite qu'il s'est cherché pendant ses voyages – en tenant un journal, en commençant un roman, ou peut-être qu'il sera devenu un voyageur en sandales, un poète. Bon, il a peut-être fini dans une banque. Il a probablement rencontré une femme – ou un homme, qui sait – et il est en paix avec lui-même, il est capable d'affronter qui il était et de s'excuser pour l'incident. Je sais que la glace sera vite brisée et qu'on pourra tourner la page, rire en nous rappelant la fois où on a ligoté son frère Michael à un arbre, où on a dansé autour de lui déguisés en

Indiens avant de lui ficher accidentellement une flèche dans la jambe ; ou le jour où on a caché les fringues de Fiona qui se baignait toute nue sous un rocher, ce qui l'a obligée à grimper pour les récupérer, pieds et cul nus. Je ferai peut-être allusion au « Tu mourras un jour, Jasmine » qui a changé le cours de mon existence à jamais, voire je mentionnerai le père Noël.

Quand je le vois, je suis surprise par son apparence. J'ignore à quoi je m'attendais, mais pas à ça. Il a trente-huit ans. J'aurais dû m'y préparer. En le voyant, je me sens vieille. Nous sommes des adultes à présent. Tout s'efface et je ressens uniquement de l'affection pour lui. *Mon cousin.* Tant de souvenirs me reviennent, certains avec ma mère, et je suis abasourdie de me trouver aussi abattue. Ça fait longtemps que je n'ai pas éprouvé ce manque de ma mère ; je suis à bout de souffle, perdue comme une gamine, comme si j'essayais d'attraper quelque chose hors de ma portée. Pendant un certain temps, son parfum avait plané dans la maison et je me blottissais dans son lit pour être plus proche d'elle ; parfois, je sentais son parfum sur quelqu'un d'autre et je me figeais, presque hypnotisée par son souvenir vivace. Mais au fil des années, ça se produisait de moins en moins. Tout ce qui me rappelait maman, tout ce que je voyais et entendais – les restaurants, les boutiques, les rues qu'on avait empruntées, les bus dans lesquels on s'était assises, les parcs, les chansons à la radio, les phrases saisies au vol –, tout, absolument tout, me reliait à elle d'une manière ou d'une autre. C'était normal, j'étais jeune à sa mort, elle était encore le centre de mon univers, avant que j'aie eu la possibilité de commencer ma vie. Comme j'étais restée dans la ville de tous ces souvenirs, je pensais que je ne les perdrais jamais. Chaque fois que j'en avais besoin – que je voulais une dose de ma mère –, je retournais dans ces endroits, espérant la faire revenir, invoquer son énergie. Mais au lieu de ça, je créais de nouveaux souvenirs et chaque fois que je m'y rendais, j'ajoutais une nouvelle couche sur sa mémoire, jusqu'à ce que je finisse par l'enterrer complètement et que ces lieux cessent de représenter mon passé avec elle pour n'être plus que mon présent. C'est rare, douze ans plus tard, que je sois foudroyée comme ça et je sais que c'est à cause de lui, parce que je ne l'ai pas vu depuis la disparition de maman, et donc tous mes souvenirs de lui sont liés à elle. Il lève la tête, me voit et s'illumine. Je me sens bien. Ça va être sympa et nostalgique. J'éprouve immédiatement de la culpabilité d'avoir choisi un *Starbucks* et je me demande si on ne devrait pas aller au restaurant à côté.

Il a trouvé une petite table avec deux chaises : on doit s'asseoir en diagonale pour éviter que nos genoux ne se touchent. J'espérais arriver la première pour réserver deux fauteuils bas qui nous auraient permis de nous installer loin l'un de l'autre. Il m'enlace longuement et chaleureusement. Il perd ses cheveux et ses yeux sont cerclés de pattes-d'oie. Je pense que c'est la seule personne que j'aie perdue de vue aussi longtemps. Mon cerveau doit faire un effort pour s'ajuster et c'est étrangement déconcertant.

— Waouh, dis-je en m'asseyant et en contemplant ses traits familiers qui se devinent sous le masque du temps.

Je ne sais pas par où commencer.

— Tu n'as pas changé, constate-t-il, rayonnant. Toujours les cheveux rouges.

— Oui, réponds-je en riant.

— Et ces yeux.

Il me contemple un instant puis secoue la tête en riant.

— Euh. Oui. J'ai décidé de les garder. (J'éclate d'un rire nerveux.) Et…

Un long silence s'installe. On se dévisage. Il est toujours radieux et ne cesse pas de secouer la tête comme s'il n'y croyait pas. *Je comprends mais ça suffit, passons à autre chose.* Je suis de nouveau contente de ne pas avoir proposé de déjeuner avec lui.

— Un café ? suggéré-je et il bondit de sa chaise.

Je l'observe à la dérobée pendant qu'il commande au comptoir. Un pantalon en velours marron, un pull à col en « V », une chemise, un look tout à fait conservateur, pas de la dernière mode, mais respectable, responsable, à mille lieues des jeans déchirés et des cheveux longs du fauteur de troubles.

Il s'assoit et les questions de routine démarrent. Le boulot, la vie, tu restes ici combien de temps, tu as toujours des nouvelles de Sandy, tu vois toujours Liam, tu te souviens d'Elizabeth ? Qui a épousé qui, qui a eu des enfants avec qui, qui a quitté qui. À quel point tante Jennifer est contente qu'il soit rentré. Aussitôt que ces mots ont franchi mes lèvres, je sais que je n'aurais pas dû les prononcer. C'était banal, mais j'aurais dû demeurer plus légère, plus vague, ne pas évoquer de sujets qui fâchent. Mentionner sa mère « adoptive » qu'il n'est pas venu voir pendant dix ans – mais elle a fait plusieurs fois le voyage en Australie – est un sujet dangereux. Je m'en veux. Son attitude change.

— Elle est contente que je sois là, bien sûr, mais les circonstances sont difficiles pour elle. Je suis revenu pour retrouver mes parents biologiques, avoue-t-il, les mains jointes sur son énorme tasse de café.

Il a les yeux baissés et je ne vois que ses longs cils bruns, mais quand il lève les paupières, je reconnais ce regard de chien perdu, perturbé et tourmenté. Il est toujours en quête même s'il a l'air moins en colère et ne semble plus du tout malveillant. On parle de la recherche de sa mère biologique, de son sentiment d'identité perdue, de son incapacité à se poser et à avoir des enfants sans comprendre sa propre ascendance, de son impossibilité de nouer des relations, de se lier à quelqu'un, ailleurs, pendant tout ce temps. J'espère me montrer réconfortante. Puis vient le moment gênant.

— Ce que j'ai dit sur la balancelle…, commence-t-il, comme si ça s'était produit il y a cinq minutes et non seize ans. C'était mal de ma part. J'étais jeune et tellement paumé, je t'ai effrayée, je le sais et je te demande pardon. Je suis parti et j'ai essayé de comprendre ce qui s'était passé, pour de bon, je me suis dit que j'avais confondu amour et amitié. On a toujours eu tellement de points communs, j'ai toujours eu l'impression que tu me comprenais. Toute l'histoire entre ton père et toi…

Je suis perdue parce qu'il n'y a jamais eu d'histoire entre papa et moi.

— Je me suis barré et j'ai essayé de t'oublier, mais quand j'étais loin, toutes les autres femmes… *(Ça devient vraiment embarrassant quand il se met à énumérer la longue liste de ses conquêtes avec qui ça n'a pas marché, et soudain, « bim ! »)* Je ne pouvais pas cesser de penser à toi. Mon esprit revenait tout le temps à toi. Mais je savais ce que tu pensais de moi. Ce que toute la famille pensait. C'est pour ça que je ne pouvais pas revenir. Mais maintenant… Jasmine, je n'ai pas changé d'avis depuis notre discussion sur la balancelle. Je suis éperdument amoureux de toi.

En règle générale, je suis une femme émotionnellement stable. Je gère plutôt bien. Je ne suis pas hystérique, je suis rationnelle, je raisonne à peu près correctement. *Mais ça… je ne peux pas. Pas maintenant, au milieu de tous mes problèmes.* Je m'excuse puis je me lève et je m'enfuis.

Quand je rentre chez moi, je trouve le paysagiste en train de charger sa camionnette. Même si les jours rallongent lentement, il fait déjà nuit. Les rouleaux de gazon sont toujours entassés dans mon allée sous le réverbère.

— Qu'est-ce que vous faites ? demandé-je d'une voix tranchante qui le surprend. Vous aviez assuré que la pelouse serait terminée aujourd'hui.

— Le sol a été plus long à préparer que prévu. Il faut que je revienne lundi.

— Lundi ? Vous m'aviez dit que vous travailliez le week-end. Pourquoi vous ne pouvez pas venir demain ?

— J'ai un autre jardin à faire.

— Un « autre jardin », répété-je dans un sifflement inquiétant. Pourquoi les gens ne finissent pas un job avant d'en entamer un autre ? (Il ne répond pas et je soupire.) Je croyais que le gazon était censé être posé le jour de sa livraison.

— Les rouleaux sont rangés à l'ombre et la météo ne prévoit pas de gel. Les conditions sont parfaites. (Il jette un regard appuyé à la pelouse comme s'il s'attendait à ce qu'elle lui réponde, puis il hausse les épaules.) Si vraiment vous y tenez, vous pouvez les dérouler et les arroser.

— Les arroser ? Il a plu toute la semaine.

— Ben, voilà, commente-t-il avec un nouveau haussement d'épaules. Tout va bien se passer.

— Dans le cas contraire, vous me les rembourserez.

Je le regarde s'éloigner au volant de son van, les mains sur les hanches, comme si la seule puissance de mon regard était capable de l'arrêter et de lui faire terminer le travail. Ce n'est pas le cas. Je scrute le tas de pelouse. Demain on est le 1er février. Ça fait trois semaines que j'attends que ce jardin soit achevé alors que j'aurais pu utiliser cet argent pour partir en vacances m'asseoir sur le gazon de quelqu'un d'autre.

Tu sors de chez toi et me salues de la main. Je t'ignore parce que je suis de nouveau furieuse contre toi, j'en veux à la terre entière et tu es toujours le premier sur ma liste, tu seras toujours en proie à mon courroux. Tu montes dans ta Jeep et tu t'éloignes. Le docteur Jameson n'est pas rentré de vacances, Mme Malone est toujours hospitalisée et M. Malone ne quitte pas son chevet. Je n'ai plus besoin de nourrir leur chat tous les jours, j'y vais uniquement quand M. Malone me le demande, ce qui ne m'ennuie plus depuis que j'ai découvert que Marjorie aimait ma conversation. Je jette un regard autour de moi. Je ne sais pas si les autres voisins sont chez eux, mais j'ai l'impression que la rue est vide. Je ne peux rien faire pour le jardin, il ne me reste qu'à prier pour qu'il ne gèle pas sur ma pelouse flambant neuve.

Cette nuit-là, je ne parviens pas à dormir. Je me tourne et me retourne, furieuse contre mon père : sa façon de traiter Heather, sa tentative pour m'imposer de travailler dans son ancienne boîte – parce que je suis presque sûre que c'est ce qu'il a en tête. Je suis encore plus ébranlée par la déclaration d'amour de Kevin et agacée par mon jardin qui n'avance pas. Tout me semble inachevé – pire, ravagé, comme si tout avait été lacéré et non recousu. C'est une drôle de façon d'exprimer les choses, mais c'est ce que je ressens. Ces réflexions se bousculent, ces idées irritables qui ne peuvent être ni maîtrisées ni rangées pendant mon sommeil. Je n'ai rien pour me distraire. D'ordinaire, j'aurais une réunion à planifier, un but, un objectif, une nouvelle idée, une présentation – quelque chose, « n'importe quoi » pour éloigner mon esprit des pensées parasites qui dansent dans ma tête. Je me lève, je descends et j'allume toutes les lumières du jardin. Elles sont si vives qu'on dirait des projecteurs. Ce que je vois me fait bouillonner. *L'inefficacité.* Mon sang ne fait qu'un tour.

J'enfile mon manteau sur mon pyjama et je sors. Je contemple alternativement les rouleaux de gazon et le sol bien dégagé à ma droite. « Si tu veux que quelque chose soit fait correctement, fais-le, toi » : c'est ma philosophie depuis toujours. Ça ne doit pas être bien difficile.

J'attrape le premier rouleau. Il est plus lourd que ce à quoi je m'attendais. Je le lâche en jurant. J'espère que je ne l'ai pas abîmé. J'examine la terre en essayant de comprendre comment faire. Puis je le déroule. Deux heures plus tard, je suis sale et en nage. J'ai enlevé mon manteau, qui restreignait mes mouvements, et enfilé un vieux polaire à la place. Je suis couverte de boue, d'herbe, de transpiration et à un moment, j'ai même pleuré de frustration : à cause de la pelouse, de mon job, de Kevin, de Heather, de ma mère et de l'ongle que je me suis cassé en heurtant la benne. Je suis tellement perdue dans mes pensées et dans ma tâche que je fais un bond quand une toux transperce le silence.

— Pardon, t'entends-je dire soudain.

Il est 3 heures du matin. Je jette un regard en direction de ton jardin mais je ne distingue rien. Je devine les contours de ton salon d'extérieur mais le reste n'est que ténèbres, ta maison est plongée dans l'obscurité. Le cœur battant à tout rompre, je scrute intensément la nuit. Puis j'aperçois la lueur rougeoyante d'une cigarette qui devient plus vive quand tu tires dessus. *C'est toi. Depuis combien de temps tu es là ?* Je n'ai pas entendu ta Jeep et je ne la vois pas, ce qui signifie que tu es peut-être là depuis le début. J'ai envie de pleurer. Enfin, je veux dire, j'ai pleuré, et plutôt bruyamment, pensant que personne ne m'entendait.

— Je suis enfermé dehors, dis-tu, rompant le silence.

— Depuis combien de temps vous êtes là ?

Maintenant que je sais que tu es là, je distingue ta silhouette, assise sur une chaise en bout de table, ta place habituelle.

— Quelques heures.

— Vous auriez dû dire quelque chose.

Je rentre chez moi chercher le double de ta clé. Quand je ressors, tu es devant ta porte.

— Pourquoi il fait si sombre ?

— Le réverbère est cassé.

Je lève la tête et je comprends pourquoi je ne pouvais pas te voir. Le docteur Jameson ne sera pas content en revenant. Sous le lampadaire, je vois des éclats de verre et un des pavés entassés dans la benne. Je me demande comment j'ai pu ne rien entendre. J'étais certaine de ne pas m'être endormie. Je te lance un regard accusateur.

— La lumière était trop vive. Elle m'empêchait de dormir, expliques-tu sur un ton égal.

Tu ne me parais pas ivre, tu es calme, tu as eu le temps de dessoûler – en ma compagnie, alors que je ne savais même pas que tu étais là – mais tu sens l'alcool.

— Où est votre voiture ?

— En ville. Les flics lui ont mis un sabot.

Je te tends la clé. Tu ouvres ta porte et me la rends.

— Vous auriez dû dire quelque chose, répété-je en te regardant enfin dans les yeux avant de détourner le regard. Je me sens vulnérable.

— Je ne voulais pas vous déranger. Vous aviez l'air occupée. Et triste.

— Je ne suis pas triste, rétorqué-je sèchement.

— Bien sûr. Vous jardinez à 4 heures du mat'. Et moi, je fracasse des réverbères. On va super bien, tous les deux. (Tu ris, de ce rire de poitrine que je déteste.) Et puis, c'était sympa de ne pas être seul pour une fois.

Tu m'adresses un petit sourire puis tu fermes doucement la porte.

Lorsque je regagne ma maison, je me rends compte que mes mains tremblent, j'ai la gorge sèche et serrée, et je me sens oppressée. Je suis incapable de cesser de bouger. Je ne mesure à quel point je suis hystérique qu'en voyant les traces de boue qui forment des cercles sur le sol, traçant la piste d'une foldingue.

On est au beau milieu de la nuit, mais je ne peux pas m'en empêcher : je décroche le téléphone.

Larry me répond ensommeillé. Il n'éteint jamais son portable, s'attendant toujours à apprendre le pire sur sa fille chaque fois qu'elle quitte la maison pour aller en boîte ou dormir chez une copine dans une jupe trop courte, vacillant comme Bambi sur des talons qu'elle ne maîtrise pas. Le stress qu'elle lui cause finira par le tuer.

— Larry, c'est moi.

— Jasmine, marmonne-t-il d'une voix pâteuse. Merde. Il est quelle heure ? (Je l'entends fourrager.) Tu vas bien ?

— Pas vraiment. Tu m'as virée.

Il soupire. Il a la décence de paraître embarrassé dans la réponse bégayante et respectueuse qu'il me donne mais je coupe court.

— Oui, oui, tu m'as déjà dit tout ça, mais écoute, je t'appelle pour autre chose. Cette mise au vert. Ça ne marche pas. Il faut qu'on l'annule. Arrête ça.

Il hésite.

— Jasmine, tu sais bien que ça faisait partie du contrat. On était d'accord…

— Oui, on était d'accord, il y a quatre ans, quand tu pensais que tu ne me virerais jamais avant de m'obliger à rester assise à ne rien faire pendant une année entière. Tu dois annuler cette clause.

J'ai l'air nerveuse, à cran, comme si j'avais besoin de ma dose. C'est le cas. J'ai besoin de travailler. J'ai besoin d'un taf comme l'accro sa dose d'héroïne. Je suis désespérée.

— C'est en train de me tuer, je te le jure, Larry. Tu ne sais pas ce que cette merde peut te faire.

— Jasmine, intervient-il cette fois bien réveillé et alerte. Est-ce que ça va ? Est-ce que tu es avec… ?

— Je vais bien, putain, Larry, d'accord ? Écoute-moi… (J'arrache l'ongle abîmé avec mes dents, mais j'en enlève trop ; l'air heurte la peau mise à nu et je pousse un petit cri sous l'effet de la douleur.) Je ne te demande pas de me réembaucher, je souhaite seulement que tu reviennes sur ta position. Même pas, en fait. Je veux juste que tu mettes fin à ce congé de jardinage. Il n'est pas nécessaire. Il est…

— Il est nécessaire.

— Non. Ou alors il est trop long. Raccourcis-le. S'il te plaît. Ça fait déjà deux mois. Ça suffit. Deux mois, c'est bien. Plein de boîtes s'en tiennent à deux mois. J'ai besoin de m'occuper – tu me connais. Je ne veux pas me transformer en mon voisin d'en face, un oiseau nocturne taré qui…

— De qui tu parles ?

— Aucune importance. Tout ce que je dis, c'est que j'ai besoin de travailler, Larry. Je dois…

— Personne ne t'oblige à te tourner les pouces, Jasmine. Tu peux mener à bien des projets.

— Des putains de projets. Comme quoi ? Construire un volcan avec des haricots ? On n'est pas à l'école, Larry, j'ai trente-trois ans, bordel ! Je ne peux pas ne pas travailler pendant un an. Tu sais à quel point ça sera dur de reprendre l'année prochaine ? Après une année entière ? Qui veut de quelqu'un qui n'a pas bossé pendant un an ?

— OK. Et tu comptes travailler où ? (Il reprend du poil de la bête, parfaitement réveillé.) Dans quelle branche ? Demain, si tu pouvais chercher un job – dis-moi où tu irais. Ou est-ce que tu veux que je t'aide à trouver la réponse à cette question ?

— Je..., bafouillé-je parce qu'il insinue quelque chose, ce qui me déroute. Je ne sais pas ce que tu...

— Eh bien, je vais te l'expliquer. Tu irais voir Simon.

Je me fige.

— Mais non, pas du tout, je...

— Bien sûr que si, Jasmine. Je sais que tu l'as vu. Je sais que vous avez pris un café. Dès que tu as mis un pied hors de la boîte, tu es allée tout droit le rejoindre au restau. Le *Grafton Tea Rooms*, si je ne m'abuse. (Il est en colère à présent et je devine à son ton qu'il se sent trahi.) Le même endroit où vous aviez l'habitude de vous rencontrer quand tu essayais de vendre la compagnie que tu n'étais pas censée vendre – je me trompe ?

Je ne m'attends pas à ce qu'il cesse de parler tout de suite et mon silence résonne comme un aveu. Le temps que je sois prête à me défendre, il reprend :

— Tu vois bien, Jasmine, que tu dois te montrer prudente. On ne sait jamais qui nous surveille. Tu croyais que ça ne me reviendrait pas aux oreilles ? Eh bien, si, et ça m'a mis en rogne pour être sincère. Je suis aussi au courant qu'il t'a proposé un job et que tu as accepté, mais qu'il ne peut pas t'embaucher à cause du congé de jardinage. Je le sais parce que ses avocats sont entrés en contact avec les nôtres pour avoir accès à cette clause. Une année, c'est trop long pour lui, tu vois. Tu ne vaux pas la peine qu'il attende aussi longtemps. Alors inutile de m'appeler pour me supplier d'être sympa avec toi alors que tu étais sur le point de me trahir...

— Pardon, mais c'est vraiment l'hôpital qui se fout de la charité. On a monté cette boîte ensemble, Larry, ensemble...

On continue à se disputer, et c'est la même conversation que celle qu'on a eue il y a onze semaines, quand il m'a virée. C'est même celle qu'on a eue avant qu'il me fiche à la porte, quand il avait entendu dire que j'étais en train de préparer la vente à Simon.

Tout ça ne sert à rien, parce que aucun de nous deux n'est prêt à céder. La voix de sa femme finit par se faire entendre, ensommeillée et irritée. Larry s'excuse platement auprès d'elle puis reprend le téléphone. Il est furieux et catégorique.

— Il est hors de question que je perde davantage de temps à discuter avec toi. Mais écoute-moi bien, Jasmine : Je. Ne. Mettrai. Pas. Fin. Au. Congé. De. Jardinage. Si je pouvais l'allonger à deux ans, je le ferais. J'en ai rien à foutre de ce que tu fais cette année – prends des vacances, fais une putain de retraite, essaie de terminer quelque chose une fois dans ta vie – je m'en tamponne, mais ne m'appelle plus jamais et surtout pas en pleine nuit. Une année. Une année, bordel, et tu pourras recommencer à tout entamer et tout vendre avant d'arriver au bout de quoi que ce soit, comme tu en as l'habitude.

Il raccroche. Je tremble, folle de rage.

Je fais les cent pas dans la cuisine en marmonnant. J'ai fini plein de trucs que j'ai commencés, j'en dresse la liste la plus exhaustive possible. Il a touché un point sensible. C'était soudain et surprenant, et ça m'a blessée plus que tout ce qu'il a déclaré d'autre, plus que de me licencier. C'est la chose la plus affreuse qu'on m'ait jamais dite et je tremble des pieds à la tête. Je continue à me défendre mentalement mais c'est inutile puisque je fais les questions et les réponses, et donc je ne peux que gagner. Je jette un coup d'œil dans le jardin en chantier, ce qui ne fait qu'aggraver ma colère. Je sors pour donner un coup de pied dans un des rouleaux de gazon, mon pied le perfore et je le piétine. Il tombe de la pile et se déplie. L'herbe se déchire autour du trou que ma chaussure a formé. Embarrassée par mes actes et surprise par ma réaction, je lève les yeux et vois ton rideau frémir. Je rentre chez moi et claque la porte.

Je passe beaucoup de temps dans la douche à pleurer de frustration. L'eau brûlante me pique la peau, et la laisse rouge et à vif. Je formule mentalement une promesse très claire. Je ne m'abaisserai pas à te tenir compagnie, surtout la nuit. Je pense que j'ai touché le fond et je ne recommencerai pas. Je m'élèverai au-dessus de tout ça, au-dessus de toi. Ce n'est pas seulement la conversation avec Larry qui m'a bouleversée. Ce qui m'a poussée à agir comme ça, c'est toi. C'est à cause de toi que je suis rentrée en trombe chez moi pour téléphoner. Tes paroles m'ont obligée à me regarder en face, à affronter ma situation et à vouloir en sortir.

J'entends ta voix en boucle : « C'était sympa de ne pas être seul pour une fois. » Tu m'as attirée dans ton monde sans ma permission, sans mon aval, tu m'as incluse dans ta crise, dans ton état d'esprit, tu m'as comparée à toi. Et en agissant de la sorte, tu m'as fait me sentir honteuse parce que j'ai toujours cru que tes mots étaient empoisonnés, qu'ils sont la pire part de toi, qu'ils sont dangereux.

Mais quand j'ai baissé la garde, tes mots m'ont fait du bien. « C'était sympa de ne pas être seul pour une fois. » Ta phrase m'a réconfortée. Je ne me suis plus sentie seule.

Je ne te permettrai plus de me faire ça.

Chapitre 11

Pour la première fois depuis longtemps, quand je me réveille, ma chambre baigne dans la lumière du soleil et dans la quiétude. C'est inhabituel, différent de la lumière bleu-gris qui a à peine éclairé la pièce ces derniers mois. On est le 1er février et même si le printemps n'a pas encore montré le bout de son nez, on peut raisonnablement penser qu'il va remporter la bataille. On le devine déjà dans l'air, mais peut-être que c'est parce que c'est la première fois depuis une éternité que je me réveille tard. Je déteste les grasses matinées, elles me donnent l'impression d'être paresseuse ; même si je me couche tard, la seule façon pour moi de me reposer est d'aller marcher le long de la baie, mais après l'exercice physique de mon jardinage nocturne, je suis épuisée. Dès que je bouge, mes membres raides se rappellent à moi.

La radio m'informe que j'ai dormi huit heures et que le pays a de nouveau été frappé par les tempêtes. « L'usine à tempêtes » est la nouvelle expression qu'on a pris l'habitude d'entendre, avec « vortex polaire » – il ne fait aucun doute que certains enfants nés en 2015 s'appelleront comme ça. On nous prévient que les quinze jours à venir vont être épouvantables à cause des perturbations qui nous viennent de l'Atlantique. Le calme qui règne au-dehors est trompeur. Trois villes ont été inondées, on prévoit des vagues de cinq mètres de haut, et la plupart des stations de radio ne parlent que de réchauffement climatique et de la fonte de la calotte glaciaire qui alimente les tempêtes. En janvier, les précipitations ont été de 70 % au-dessus des normales saisonnières et les prévisions pour février sont presque identiques. Mais pas aujourd'hui. Je regarde par la fenêtre, et je me sens revigorée par le ciel d'un bleu pur et les nuages clairsemés. Même si je suis courbatue par ma séance de jardinage et gênée que tu y aies assisté, j'enfouis tout ça dans un coin de ma tête.

J'examine mon ouvrage et je suis déçue – non, dévastée par ce que je vois. Je commence par croire que quelqu'un est venu détériorer exprès mon nouveau gazon, mais je comprends que je suis seule coupable. Vu de la fenêtre de ma chambre, qui surplombe le jardin, le spectacle résume parfaitement mon état d'esprit de la veille. On dirait un couvre-lit en patchwork mal cousu et inachevé. Je suis horrifiée. C'est comme si mon journal intime était exposé au vu et au su de tout le monde pour que tous puissent découvrir mes pensées les plus intimes et les plus sombres. Il faut que je le referme avant d'être exhibée aux yeux du monde entier. Je ne peux pas attendre lundi que le paysagiste répare mon souk. Hors de question de supporter la vue de mon fragile état mental pendant deux jours.

Une recherche sur Internet – ce que j'aurais dû faire hier soir au lieu de laisser l'adrénaline et la colère s'emparer de moi – me fournit la solution. J'apprends exactement comme résoudre le problème. Une heure plus tard, je reviens de la jardinerie, prête au combat. Ne jamais faire quelque chose qu'on ne peut pas défaire, c'est ce que je me dis toujours et je me le répète en boucle en évaluant la tâche qui m'attend. *Salissante, chronophage, éprouvante et frustrante mais possible.* Le paysagiste a déjà préparé parfaitement le sol ; ça lui a pris plus longtemps que ce qu'il avait affirmé mais il l'a fait.

Même si j'ai marché comme une idiote sur le gazon la nuit dernière, ce que je n'aurais pas dû faire, je déroule de nouveau soigneusement chaque morceau de pelouse avant de le soulever pour le mettre à sa place. J'aligne la première rangée contre le bord droit entre la terre et les pavés, et je déroule le gazon lentement pour réduire les dégâts. Le rouleau que j'ai frappé du pied gît toujours dans l'allée comme un cadavre sur une scène de crime. Je place le rouleau suivant le plus près possible du premier et je m'assure qu'il est en contact avec la terre en le tapotant avec le dos du râteau. Je sais à présent que c'est ce que j'aurais dû faire hier, mais je suis aussi convaincue que je n'en aurais pas eu la patience. Hier, il fallait que je bouge, que je m'occupe, que je fasse quelque chose – et non que je le fasse bien.

Pendant que je répare mes erreurs en ce jour étrangement calme, je sens la tranquillité s'abattre sur moi. J'oublie tout ce qui m'a énervée ces derniers jours, voire ces dernières semaines, et je me concentre uniquement sur la besogne à accomplir. *Une distraction.* Mon esprit se tait tandis que les heures s'écoulent et je recouvre la zone d'un motif de briquetage. Je suis sur le point de commencer les bords, de les tailler à l'aide d'un tasseau et d'un dresse-bordure en demi-lune spécialement achetés pour l'occasion lorsqu'une voiture passe devant la maison. Ce n'est pas un de mes voisins, mais ce n'est pas inhabituel le week-end, quand les gens qui prennent la route côtière explorent parfois les rues résidentielles environnantes. Je suis habituée à voir défiler des véhicules aux banquettes arrière envahies d'enfants qui pressent le visage contre les vitres, bouche bée et des voitures avec des couples plus âgés qui se promènent le dimanche. Notre impasse est l'endroit rêvé pour faire du lèche-vitrine : elle est jolie et accueillante, exactement le genre d'endroit où on s'imagine vivre.

Le conducteur est obligé de faire demi-tour en trois temps parce que la rue est courte. Je le vois regarder le numéro des maisons, ce qui n'est pas facile puisqu'on a tous décidé de le mettre où on voulait, sans aucune harmonisation. Chez toi, c'est une plaque noire avec de jolies fleurs roses, le docteur Jameson a une oie en plein vol, son voisin un nain de jardin qui brandit le numéro 2 tandis que l'autre tient la ceinture de son pantalon, qui est tombé, dévoilant un caleçon couvert d'énormes cœurs rouges. Le mien est le plus banal de tous : une boîte aux lettres fixée au mur avec le numéro 3 peint dessus.

Le chauffeur se gare devant chez moi et descend de voiture. Comme je suis certaine que ce n'est pas moi qu'il cherche, je continue à jardiner, mais j'ai du mal à me concentrer avec lui dans les parages. Puis je me rends compte qu'il a posé les yeux sur moi. J'entends le bruit de ses pas quand il s'approche.

— Excusez-moi, je cherche Jasmine Butler.

Je lève le regard en essuyant la sueur qui coule sur mon front maculé de terre. Il est grand, noir, avec des pommettes saillantes. Ses yeux sont d'un vert saisissant, qui détonne avec sa couleur de peau, et ses cheveux crépus lui retombent sur les yeux en minuscules tire-bouchons serrés. Il porte un costume noir, une chemise blanche, une cravate verte et des chaussures d'un noir luisant. En le voyant, je me rappelle que je dois respirer.

Vu que je le dévisage comme une idiote, il pense que je n'ai pas entendu ce qu'il vient de dire.

— Êtes-vous Jasmine Butler ?

Il m'est très familier mais je ne l'ai pourtant jamais vu, j'en suis sûre. Et soudain, je comprends : je reconnais sa voix. *Le commercial du téléphone.*

— Ou peut-être que vous êtes Penelope Paddington, poursuit-il en pinçant les lèvres pour dissimuler un sourire, ce qui creuse deux fossettes profondes dans ses joues.

Je souris, sachant qu'il m'a percée à jour.

— Jasmine, dis-je dans un croassement.

Je m'éclaircis la voix.

— Je m'appelle Monday O'Hara. Je vous ai appelée plusieurs fois ces dernières semaines.

— Vous n'avez pas laissé vos coordonnées, réponds-je en me demandant si j'ai bien saisi son nom.

— C'est vrai. C'est une affaire privée. Je voulais vous parler en personne et pas à votre… gouvernante.

Je l'examine. Pour l'instant, il ne m'en a pas révélé suffisamment pour que je quitte ma pelouse ou que je le fasse entrer.

— Je travaille pour la branche internationale de Diversified Search, l'entreprise qui recrute des dirigeants. J'ai été embauché pour DavidGordonWhite pour trouver des candidats qui ont le profil pour un nouveau poste et je pense que vous êtes plus que qualifiée pour ce job.

J'ai l'impression de me mettre à flotter.

— J'ai appelé votre bureau à plusieurs reprises mais je n'ai pas réussi à vous joindre. Ne vous inquiétez pas, je n'ai pas laissé de message. Je ne voulais pas éveiller les soupçons de vos employeurs, aussi leur ai-je dit que c'était personnel. Mais ils se sont révélés être des gardiens de porte plus forts que je ne m'y attendais ; vous serez peut-être heureuse de l'apprendre. Ou pas.

Je ne sais que répondre. Il était clair quand nous nous sommes parlé au téléphone qu'il ignorait que j'avais été licenciée. Je ne comprends pas pourquoi personne ne le lui a dit, peut-être parce que techniquement, je n'ai pas été virée, je suis toujours liée par contrat même si on refuse de me laisser entrer.

— Vous êtes une femme difficile à trouver, constate-t-il avec un sourire.

Il a un sourire magnifique. Deux fossettes et un petit éclat dans une incisive : même son imperfection est vraiment parfaite. À mon humble avis.

Ma maison est en désordre. Je n'ai pas nettoyé la boue que j'ai étalée sur le sol dans ma fureur de la nuit dernière et mes culottes sales sont entassées devant la machine à laver dans la cuisine, en attendant que mes serviettes de toilette aient fini de tourner. Je ne peux pas le faire entrer.

— Je suis désolé de vous déranger un samedi mais je trouve que les week-ends sont le meilleur moment pour discuter affaires. J'ai bien conscience que votre société doit absolument ignorer que nous sommes en contact.

Je suis toujours en train de songer à l'état de ma maison et il prend mon long silence pour de la méfiance. Il s'excuse et sort de sa poche une carte de visite qu'il me tend. Il doit étirer le bras pour m'atteindre : il sait qu'il ne doit pas marcher sur la pelouse et ça me plaît. J'examine la carte. « Monday O'Hara. Chasseur de têtes. Division internationale de Diversified Search. » Tout ça me fait sourire.

— On n'a pas besoin de discuter tout de suite. Je voulais juste prendre contact et…

— Non, non, maintenant, c'est parfait. Enfin, pas tout de suite… (Je passe la main dans mes cheveux sales et tirés en arrière, et ma main s'égare sur une feuille.) Ça vous ennuie de me laisser vingt minutes pour me changer ? On pourrait se retrouver au *Marine Hotel* au coin de la rue.

— Parfait.

Il m'adresse un éclat de son sourire magnifique, qui disparaît ensuite dans sa mâchoire carrée et il acquiesce, très professionnel, avant de regagner sa voiture. Je dois me retenir pour ne pas danser jusqu'à ma porte.

Assise sur un canapé surdimensionné dans le hall du *Marine Hotel*, je me sens revigorée et plus humaine. Monday est parti à la recherche d'un serveur. Je suis tout excitée. *Enfin quelque chose qui ressemble à un progrès.* Il ne sait pas que j'ai été virée. Je ne le lui ai pas encore avoué ni ne lui ai laissé entendre que je ne travaillais plus là-bas, et si ça m'échappe, il n'a pas besoin de savoir que ce n'est pas moi qui ai pris la décision de partir. Je sais très bien pourquoi je garde le secret : j'ai envie de jouer. J'ai envie de jouer le jeu, d'être une femme désirée pour laquelle deux entreprises sont prêtes à se battre, plutôt que la minable qui a perdu son job et qui n'a pas d'avenir. Ou peut-être, juste peut-être, dans un accès embarrassant d'ego et de faiblesse, je ne veux pas que le beau gosse voie en moi la femme ratée que j'ai l'impression d'être en ce moment.

Une femme et sa petite fille d'environ quatre ans sont assises à la table devant moi. La gamine attrape sa cuillère et en tapote son verre.

— Je voudrais faire des toasts, dit-elle et sa mère hurle de rire.

— « Porter un toast », Lily.

— Oh, pouffe l'enfant. Je voudrais « porter un toast ».

Elle heurte de nouveau le verre, étire le cou, et fait une grimace sérieuse et distinguée.

Sa mère s'esclaffe de nouveau.

La fillette est drôle mais c'est la réaction de la mère qui me pousse à me joindre à son hilarité. Elle rit si fort qu'elle en pleure et elle se tamponne le coin des yeux.

— Un toast pour quoi ?

— Le toast voudrait remercier, poursuit Lily d'une voix profonde et snob, le beurre et la confiture.

Sa mère s'affale sur le canapé, explosée de rire.

— Et l'œuf, qui le transforme en soldats.

Lily se rend compte que je n'en perds pas une miette et elle s'interrompt, gênée.

— Ne t'arrête pas, dis-je. Tu es parfaite.

— Oh, s'exclame sa mère en se redressant et en s'essuyant les yeux, à bout de souffle. Tu es géniale, Lily.

La petite fait encore quelques discours qui me font rire à mon tour. Je les observe en silence mais je ne reste pas seule bien longtemps. Mon chasseur de têtes me rejoint. Cet homme m'a chassée, et je trouve ça bestial. Je me sens rougir et j'essaie de faire taire ces pensées idiotes. Je concentre mon attention sur Monday et j'oublie la fillette.

— Je vous ai commandé un thé vert, dit-il.

— Parfait. Merci. Donc, vous vous appelez Monday. C'est la première fois que j'entends ce prénom.

Il se penche en avant, les coudes sur les genoux. Il est très proche de moi mais ce serait grossier de ma part de reculer, du coup je me perds dans la contemplation de son visage tout en essayant de me rappeler que je ne devrais pas faire ça, qu'il faudrait que je me focalise sur les mots qui sortent de sa bouche somptueuse à la dent ébréchée, et que je me souvienne que je suis ici parce qu'il m'a trouvée, débusquée et qu'il pense que je suis une femme ultraqualifiée et merveilleuse. Ou un truc du genre.

Ma question ne le gêne pas du tout. Il l'a certainement entendue un millier de fois.

— Ma mère est folle, répond-il sur un ton irrévocable qui me fait rire.

— J'espérais un peu plus.

— Moi aussi, avoue-t-il tandis que nous échangeons un sourire. Elle était violoncelliste au National Symphony Orchestra. Maintenant elle donne des cours dans une caravane dans le Connemara, dans le jardin d'une maison dans laquelle elle refuse de vivre parce qu'elle est persuadée d'y avoir croisé le fantôme de son père. Elle m'a prénommé Monday parce que je suis né un lundi. Mon second prénom est Leo parce que je suis né fin juillet et que je suis donc du signe du Lion. O'Hara est son nom, il ne s'agit pas de celui de mon père. (Il sourit et ses yeux se posent sur mes cheveux.) Sa chevelure est aussi rouge que la vôtre mais je n'en ai pas hérité. Elle m'a juste donné ses taches de rousseur.

C'est vrai, une poignée de magnifiques taches de rousseur parsèment son nez et le haut de ses joues. J'imagine une femme aux cheveux rouges avec des taches de rousseur et la peau pâle dans un champ de Galway, un violoncelle entre les jambes. C'est un peu osé.

À moi.

— Mon grand-père a apporté une brassée de jasmin hivernal de son jardin à ma mère quand elle a accouché de moi. Et elle m'a appelée Jasmine.

Il a l'air surpris.

— Les gens partagent rarement l'histoire de leur prénom.

— Si on en a une, il faut la raconter.

— Je n'ai guère le choix. Une telle présentation nécessite plus d'explications. C'est pareil pour ma sœur, Thursday – jeudi.

— Vous avez une sœur qui se nomme Thursday ?

— Non.

Il éclate de rire en voyant ma réaction.

— Moi, j'ai une sœur. Mon grand-père a apporté de la bruyère à ma mère quand elle est née, et donc, elle s'appelle Heather, la bruyère.

— C'est un peu prévisible, me taquine-t-il en souriant.

— Je suppose. Mon frère Marijuana a eu moins de chance.

Il plisse les yeux, soupçonneux, puis s'esclaffe.

— D'où vient votre père ? demandé-je.

— C'est un marin espagnol.

— Vous n'avez pas l'air espagnol.

— Je plaisante. Vous vous rappelez le film de Stephen Frears, *The Snapper* ? Bref. Non, il était l'homologue de ma mère – un commercial de passage, apparemment. Je ne l'ai jamais rencontré, je ne sais pas qui il est, elle ne l'a jamais dit à personne. Quand j'étais petit, mes amis et moi pensions que c'étaient tous les hommes noirs qu'on croisait. Ils étaient peu nombreux à Galway. C'était devenu un jeu. Devine qui est le père de Monday. Il y avait un musicien des rues sur Quay Street qui jouait du saxophone ; mes copains prétendaient que c'était lui. Quand j'ai eu douze ans, je lui ai posé la question. (Il rit.) Il m'a répondu que non mais qu'il était tout prêt à rencontrer ma mère si je le voulais.

C'est triste mais on rit tous les deux. Il passe soudain en mode affaires.

— Bon. Le job. (Il s'empare d'un dossier en cuir posé sur la table et l'ouvre.) J'ai été embauché par DavidGordonWhite. Vous connaissez ? Sinon, voici.

Il place une chemise devant moi. Très pro, très sérieuse, très chère : la photo d'un homme et d'une femme en costume à rayures devant un immeuble, qui regardent tous les deux le ciel comme si une météorite se dirigeait vers eux mais que ça ne leur faisait ni chaud ni froid. Mon cœur chante. Ils veulent travailler avec moi. Ils ont besoin de moi. Ils pensent que je suis très compétente et merveilleuse. Ils croient que je suis nécessaire, que je représente un atout. Ils veulent me payer pour me distraire du monde et de ses problèmes. Je ne peux pas m'empêcher de sourire de toutes mes dents.

— C'est une entreprise de conseil en impôts, fais-je remarquer.

— Dans les dix meilleures du monde. Oui. Vous savez que ce genre de sociétés possède des programmes de responsabilité sociale ?

— Des exercices de RP.

— Vous feriez bien de ne pas dire ça pendant l'entretien, répond-il en souriant avant de recouvrer son masque professionnel. Si c'était juste un exercice de RP, alors ça ne mériterait pas d'être qualifié d'œuvre de charité, or c'est que ce qu'ils ont en tête : la Fondation DavidGordonWhite, une œuvre caritative pour rendre la justice face au climat – droits civiques et changement climatique. Ils veulent que vous travailliez pour eux…

Il s'interrompt, attendant de voir si j'ai une question ou s'il peut poursuivre. Je suis tellement déçue que je ne sais pas quoi dire. *Ce n'est pas un vrai job ; c'est une « œuvre caritative ».*

— Je vais continuer à vous expliquer et si vous avez une question, vous m'arrêtez, d'accord ?

J'acquiesce. Je suis énervée. Contre DavidGordonWhite. Contre lui, qui m'a bernée avec sa beauté et ses flatteries, qui m'a fait croire qu'il me proposait un vrai boulot. Je sens le rouge me monter aux joues. Il parle et parle et parle de la fiche de poste. Rien de ce qu'il dit ne pique mon intérêt.

Il finit par s'interrompre.

— Dois-je poursuivre ?

J'ai envie de répondre « non ». Mon impulsivité me donne envie de dire plus que ça mais je ne dois pas déverser mes frustrations sur cet homme : il est trop beau pour ça.

— Je ne comprends pas bien pourquoi vous vous adressez à moi. Je n'ai jamais travaillé pour une œuvre de bienfaisance.

Je crée des start-up, je les transforme en succès, puis je les revends le plus cher possible.

Même moi, je sais que c'est une façon affreuse de décrire ce que je fais. On dirait que je répète ce que Larry m'a assené alors que je suis passionnée par mon métier dans lequel je suis très impliquée, mais je veux que ça lui paraisse aussi éloigné que possible d'une œuvre de charité. Il s'est trompé. *Comment mon nom a-t-il bien pu surgir dans ses recherches quand il a tapé « bienfaisance », mis à part le fait que je commence à me sentir comme une œuvre de charité moi-même ?*

Il a l'air un peu surpris par mon emportement, mais prend un moment pour choisir soigneusement ses mots sans me quitter de ses yeux verts attentionnés qui semblent dire « je comprends d'où vous venez ».

— Vous seriez responsable du contrôle général et de la direction de la fondation. C'est un business comme un autre et il faut démarrer de zéro.

Il devine l'hésitation sur mon visage. Il poursuit en énumérant tout ce que j'ai accompli, comme si je n'étais pas au courant, mais c'est malin : ça rebooste mon ego et me prouve qu'il a bien fait son taf. Il m'admire ouvertement, loue mes décisions et mes réussites, et je suis extrêmement flattée, comme si j'étais la femme la plus intelligente du monde. Je suis ferrée. Il m'explique que pendant qu'il cherchait le meilleur candidat, mon nom a été cité à plusieurs reprises. Sa beauté aide, parce que je veux lui faire plaisir, je veux qu'il pense que je suis talentueuse et brillante et tout et tout : c'est un chasseur de têtes remarquable, capable de donner confiance aux autres, de les persuader que quelque chose de plus grand les attend. Il parvient presque à me convaincre. *Enfin, je veux dire que je suis convaincue mais le job… bof.* Mon estomac ne fait pas de bonds comme c'est le cas quand j'ai un nouveau projet ou que je tombe sur l'idée de quelqu'un d'autre que je peux améliorer.

Il me jette un regard plein d'espoir.

Mon thé vert arrive. Lorsque le serveur le pose devant moi, ça me donne le temps de réfléchir. Ce poste n'est pas pour moi, mais il n'y a rien d'autre en vue. Je suis déchirée entre faire semblant d'avoir l'air intéressée et être honnête. Et cet homme me plaît, ce qui devrait être un détail, et qui l'est, certes, mais c'est aussi un fait incontestable. Depuis que j'ai été virée, j'ai perdu ma confiance en moi, je remets en question le pourquoi et le comment de toutes mes décisions. *Est-ce que je dois attendre la bonne proposition ou me précipiter sur la première, au cas où ?*

Il m'étudie avec intensité. Ses yeux verts sont rivés aux miens et j'ai l'impression de me noyer dans son regard, d'être aspirée. Puis je me sens bête parce qu'il ne fait rien d'autre que me regarder et que c'est moi qui réagis. Je détourne les yeux mais il continue à me contempler. Je suis convaincue qu'il sait, qu'il lit au plus profond de mon âme. Je ne peux pas faire ça, je ne peux pas lui mentir, pas à cet homme qui m'offre le soleil au milieu d'un hiver interminable.

— En fait, Monday, je suis désolée…

Je me frotte le visage, honteuse, avant de poursuivre :

— Il y a un malentendu. Je ne travaille plus à L'Usine à idées. J'ai perdu mon travail il y a deux mois. Un différend entre mon associé et moi. (Je sens mes yeux lancer des éclairs.) Je suis sans emploi pour le moment.

Je ne vois pas quoi ajouter. Le rouge me monte aux joues et je bois une gorgée de thé pour me donner une contenance. Je me brûle la langue et la gorge, et je fais de mon mieux pour ne pas ciller : au moins, ça chasse les larmes qui menaçaient de déborder.

— D'accord, lance-t-il sur un ton égal.

Il se détend. Son attitude change subtilement tandis qu'il ajoute :

— C'est une bonne chose, pas vrai ? Comme ça pas besoin de vous voler. Vous cherchez activement, je suppose.

J'essaie d'avoir l'air au taquet et je me demande si je dois lui expliquer l'histoire du congé de jardinage. J'en suis incapable. Je ne peux pas voir cette occasion – la seule pour l'instant – me passer sous le nez en révélant mon sale petit secret, que Larry me paie pour encore dix mois, ce qui m'interdit de chercher un emploi. Je ne peux pas le lui avouer, à lui, un chasseur de têtes. Il prend la décision à ma place en emplissant le silence.

— Je vous laisse ça… (Il fait glisser le dossier dans ma direction.) Ce sont toutes les informations concernant le poste. Vous pouvez m'appeler quand vous en aurez pris connaissance. On pourra se revoir pour en discuter.

Je baisse les yeux sur la chemise. Je me sens soudain affligée et triste. Ce qui a commencé comme un stimulant de mon ego et m'a fait planer me laisse à plat. Je ne veux pas de ce travail mais j'ai besoin de bosser. Je m'empare du dossier et le serre contre moi. Monday avale son expresso et je tente de finir mon thé brûlant.

— On peut se voir avant l'entretien, m'informe-t-il en me tenant la porte.

Je lui souris.

— Qui dit qu'on en arrivera là ?

— J'en suis certain, répond-il avec une assurance aimable. C'est mon job de savoir que vous êtes faite pour ce poste, et je suis très compétent dans ma partie.

Il m'adresse un sourire étincelant pour faire passer son argument de vente, qui du coup a l'air moins bidon. J'aurais dû trouver sa remarque ringarde mais ce n'est pas le cas. Quelque chose me dit qu'il est vraiment bon.

— Et ce serait bien pour vous, Jasmine, ajoute-t-il gentiment.

Nous sommes au-dehors. Le temps a changé, le vent s'est levé de nouveau : en l'espace d'une heure, les arbres se sont mis à se balancer violemment comme si on était une île tropicale – sauf qu'on est en Irlande au mois de février. Tout est squelettique et gris, les gens marchent, le visage fermé, les lèvres bleues et leurs mains rougies brillent dans la faible lueur du jour ou sont enfoncées dans leurs poches.

Je le regarde regagner sa voiture.

Ça ne me dérange pas qu'il prétende me connaître puis me flatte mais ça m'ennuie qu'il fasse semblant de savoir qui je suis avant de dire la vérité. Parce que même si on ne se connaît que depuis une heure, il a probablement raison. Au train où vont les choses, un poste – n'importe lequel – serait bien pour moi. C'est certainement la seule chose qui m'empêcherait de me laisser couler.

Chapitre 12

La tempête qui s'abat sur le pays cette nuit-là est un véritable ouragan, avec des vents qui atteignent cent soixante-dix kilomètres-heure. D'après les infos, deux cent soixante mille personnes sont privées d'électricité. Il y a eu des accidents de la route, des camions se sont renversés, des arbres sont tombés sur les voitures, des maisons ont été détruites, des toits ont été arrachés, des fenêtres ont volé en éclats sous l'effet des débris. La côte Est a été relativement épargnée. Je vois des branches dans les rues, des feuilles, des poubelles, des jouets d'enfants éparpillés mais comparés aux habitants de maisons inondées, nous avons une chance folle. Cependant, la nuit a été rude dans notre rue aussi, pour de nombreuses raisons.

Alors que je suis en train de lire le dossier pour découvrir le lien entre les droits civiques et le changement climatique, tu m'interromps. C'est différent de d'habitude. Tu ne rentres pas chez toi la musique à fond : tu es déjà chez toi et tu es sobre. Ce n'est pas non plus une première, tu ne fais pas non plus du raffut toutes les nuits, et il y a des variations d'intensité. Depuis que ta femme t'a quitté, tu es plus silencieux : tu n'as plus personne contre qui hurler même si certains soirs tu l'as oublié et que tu as crié comme si elle était là, tu t'es vite rappelé qu'il n'y avait personne pour t'entendre et tu t'es endormi dans ta voiture ou à ta table de jardin. Alors que les autres meubles d'extérieur du voisinage ont volé durant les tempêtes successives – les Malone ont perdu leur nain de jardin préféré qui s'est fracassé sur le sol –, les tiens sont restés solidement arrimés dans le marécage qui te sert de jardin de devant. La table penche sur le côté, les pieds droits s'étant enracinés plus profondément dans l'herbe que les pieds gauches et je t'ai vu répéter ce qui semble t'aider à réfléchir : tu poses ton briquet sur le point le plus élevé de la table et tu le regardes rouler jusqu'à ta paume ouverte de l'autre côté. J'ignore si tu te rends compte de ce que tu fais : l'expression de ton visage suggère que ton esprit est complètement ailleurs.

La plupart des nuits, tu t'es souvenu de prendre ta clé ou tu t'es rendu ailleurs quand tu t'es aperçu que tu ne l'avais pas, mais j'ai dû te dépanner et te faire entrer chez toi trois fois. Chaque fois, tu as trébuché dans ton entrée avant de me claquer la porte au nez et je savais que tu aurais tout oublié le lendemain. C'est ironique, du moins pour moi, que la chose pour laquelle je te déteste a sans doute été effacée de ta mémoire depuis longtemps et que tu oublies tout ce qui alimente cette haine chaque fois que tu te réveilles.

À 3 heures ce matin, ce n'est pas ta voiture qui me distrait de ma lecture mais il s'agit de ton fils, Fionn. Le vent rugit si fort que je ne parviens pas à distinguer ses paroles mais ses hurlements emplissent l'air et sont parfois envoyés dans ma direction : des mots sans queue ni tête qui ne me permettent pas de deviner quel est le sujet de la dispute. Je jette un coup d'œil par la fenêtre de ma chambre et je vous vois, Fionn et toi, dans le jardin, en train de brailler en remuant les bras. J'aperçois ton visage mais je ne distingue pas celui de ton fils. Aucun de vous ne porte un manteau, ce qui m'indique que cette empoignade sous les étoiles n'était pas prévue. Fionn est une espèce de lévrier, un ado de quinze ans grand et maigre qui manque d'être renversé chaque fois qu'il y a une bourrasque ; c'est du moins ce que je pense jusqu'à ce que je comprenne que ça n'a rien à voir avec le vent : il est ivre mort. Tu es solide, grand, baraqué, les baskets fermement plantées dans le sol ; ton corps est large et tu donnes l'impression d'être musclé même si tu as pris un peu de poids. Je distingue de petites poignées d'amour et tu as développé une légère bedaine depuis le départ de ta femme, ou alors c'est juste parce que le vent plaque ta chemise, soulignant les détails de ton corps de manière inhabituelle. Tu essaies d'attraper les bras de Fionn quand il s'agite près de toi, mais chaque fois que tu tends les mains vers lui, il bouge frénétiquement les bras, les poings serrés, et tente de te frapper.

Tu parviens à le saisir par la taille et à l'attirer vers la maison mais il se penche et t'échappe. Il te donne un coup de poing et tu recules comme s'il t'avait fait mal. Mais ce n'est pas ça qui me fait intervenir, ce sont les deux enfants plus jeunes debout dans l'encadrement de la porte qui assistent à la scène, en pyjama et pétrifiés. L'un serre un ours en peluche contre lui. Je sors du lit et enfile un survêtement sans prendre le temps de réfléchir. Quand je déverrouille ma porte d'entrée, je suis presque renversée par la violence avec laquelle elle s'ouvre tant le vent est fort. Tous les objets rangés dans l'entrée – le calepin sur la table du téléphone, les bonnets, les manteaux – sont projetés dans les coins comme des souris qui détalent quand on allume la lumière. Je bataille pour fermer la porte derrière moi : je suis obligée de l'empoigner à deux mains pour la tirer de toutes mes forces. Le vent est glacial et violent. Il fait rage et de l'autre côté de la rue, je vous vois vous agiter frénétiquement tous les deux comme si vous puisiez dans la colère de mère nature.

Je te vois faire ce que tu ne te pardonneras jamais et même si je ne t'apprécie pas outre mesure, je sais que ce n'était pas volontaire. Tu n'as pas l'intention de frapper ton fils mais c'est pourtant ce que tu fais. En essayant de l'attraper tout en te protégeant de ses coups, tu entres en contact avec sa figure. Je suis en train de regarder ton visage en cet instant précis et j'y lis ce que tu viens de commettre avant de le comprendre. Quelqu'un qui n'aurait pas vu ton expression pourrait penser que tu l'as fait exprès mais je sais que ce n'est pas le cas. Ton regard est soudain hanté, effrayé – horrifié. Tu éprouves tant de dégoût qu'on dirait que tu vas vomir. Tu tentes désespérément de l'attraper et de le protéger mais il hurle et te repousse, la main sur son nez ensanglanté. Il crie contre toi, il t'accuse, il te traite de noms qu'un père ne veut jamais entendre dans la bouche de son fils. Les enfants pleurent à présent et tu essaies de les calmer, tout ça pendant que la tempête se déchaîne ; les chaises de jardin agglutinées, qui donnaient l'impression d'être enracinées dans le sol, se renversent soudain, comme pour se joindre au drame familial. L'une d'elles s'écroule en arrière, une autre est soulevée, dérape sur le sol comme si elle ne pesait rien et atterrit dangereusement près de la fenêtre. Mon intention est de protéger les deux petits, de les faire rentrer et de les occuper. Je n'ai aucunement le dessein d'intervenir dans la bagarre père-fils, je sais que ça finirait mal pour moi, mais alors que j'avance vers vous, ton fils proclame qu'il ne mettra plus jamais un pied chez toi et il s'éloigne, tout seul, sans manteau, ivre, contre un vent qui souffle à plus de cent kilomètres-heure, le visage en sang – et ça change tout.

Et c'est comme ça que ton fils passe la nuit dans ma chambre d'amis pendant la tempête la plus rude que le pays ait jamais vue. Il refuse de parler, ce qui ne me dérange pas, je n'en ai pas envie non plus. Je lui nettoie la figure, soulagée que tu ne lui aies pas cassé le nez. Je lui donne des serviettes de toilette propres, un litre d'eau et un comprimé pour la douleur, un tee-shirt NYPD immense qu'on m'a offert il y a des années et je le laisse tranquille. Puis je reste assise une partie de la nuit à boire du thé vert en l'écoutant aller et venir entre la chambre et la salle de bains, où il vomit à plusieurs reprises.

Un peu avant 4 heures, je suis réveillée par le chant d'un oiseau. Je suis perturbée : je suis certaine que c'est un cri de détresse et que l'oiseau est tombé du nid pendant la nuit. Mais non : en écoutant attentivement, je me rends compte qu'il chante, c'est tout. J'ai l'impression que ça fait une éternité que je n'ai pas entendu d'oiseau gazouiller à 4 heures du matin. À 7 heures, le ciel est dégagé, l'air immobile, plus de vent, plus de pluie, c'est agréable, Mère Nature a l'air innocente tandis que dans la campagne, les habitants doivent gérer la dévastation et la destruction qu'elle a amassées sur eux pendant la nuit.

Une tasse de café à la main, j'examine mon jardin de devant. Je suis contente d'avoir posé presque toute la pelouse. Les rouleaux restants gisent, détruits, brisés et déchiquetés sous les roues de ma voiture.

Dès que tu m'aperçois, tu sors de chez toi et tu traverses, comme si tu avais passé la nuit à attendre que j'ouvre la porte.

— Comment va-t-il ? demandes-tu.

L'inquiétude se lit sur ton visage.

Je suis sincèrement désolée pour toi.

— Il dort. Il a vomi toute la nuit.

Tu hoches la tête, digérant l'information, une expression lointaine sur tes traits.

— Bien, bien.

— « Bien » ?

— Ça veut dire qu'il mettra un peu de temps avant de recommencer.

Mon regard se pose sur le gazon éparpillé.

— Tout votre labeur, constates-tu.

Je hausse les épaules comme si ce n'était rien, encore gênée que tu m'aies vue à l'œuvre, que tu aies assisté à ce qu'on pourrait aussi décrire comme un total pétage de plombs. Mon jardin est plat mais descend sur le côté et derrière ma maison, ce qui forme un second niveau. Ce niveau est dallé avec les mêmes pavés que l'allée mais la pente est affreuse et sans gazon. Je n'ai pas réussi à poser la pelouse à cet endroit. *Encore une tâche que je n'ai pas achevée.* Je songe à Larry et je sens la colère monter.

— Vous pourriez faire un jardin de rocaille avec, m'expliques-tu en désignant les pavés cassés dans la benne. Mes grands-parents avaient une colline dans leur jardin. Ils l'ont transformée en jardin de rocaille. Ils ont planté des fleurs dedans. Je pourrais exiger que Fionn vous aide. Ils doivent être lourds.

Je songe à une dizaine de reparties sarcastiques et agressives tant ton idée me semble absurde mais je les retiens.

Tu jettes un coup d'œil par-dessus mon épaule, espérant que je t'invite à entrer.

— Vous devriez le laisser dormir, dis-je.

— Je sais. Je le ferais volontiers mais sa mère ne va pas tarder.

— Oh ! Quand ?

Tu consultes ta montre.

— Dans un quart d'heure. Il a un match de rugby.

— Pas génial quand on a la gueule de bois. *(Encore un truc qui ne va pas plaire à son lycée.)* Qu'est-ce qui s'est passé ? *Je ne veux pas savoir, mais en fait, si.*

— J'étais censé aller le chercher après l'entraînement de rugby hier. Quand je suis arrivé, il n'était pas là. Il était sorti avec des potes. Il est rentré super tard, complètement pété. Enfin, bourré, il n'était pas drogué. Je pense. (Tu fronces les sourcils en examinant mon entrée.) Il a commencé à m'insulter.

— Écoutez, on est tous passés par là, observé-je en me souvenant de mes excès d'ado.

Le fait que je cherche à te consoler me dépasse. Toi, le mec qui rentre chez lui ivre mort plus souvent qu'il ne prépare le petit déjeuner. Mais tu as l'air d'apprécier le geste.

— Écoutez, dis-je en m'éclaircissant la voix. J'ai toujours cette lettre…

La voiture d'Amy se gare devant chez toi. Tu te raidis.

— Il est dans la chambre d'amis, à l'étage, à gauche.

— Merci.

Tu disparais dans ma maison.

Je la regarde entrer chez toi. La porte se referme et le silence s'installe. Quelques instants plus tard, tu redescends, suivi de près par Fionn, qui a l'air choqué. Un hématome presque noir orne son nez et le sang a séché tout autour. Malgré mes efforts pour le nettoyer, il a dû se remettre à saigner pendant la nuit. Ses traits sont tirés et blêmes, il semble épuisé et en proie à la gueule de bois. Lorsque la lumière qui se déverse de la porte ouverte le frappe, il grimace. Ses vêtements sont froissés et je suis certaine qu'il n'a pas dormi dans le tee-shirt que je lui ai prêté. Il traîne les pieds derrière toi et ta femme surgit sur le seuil de ta demeure, les mains sur les hanches.

Je ne veux pas en voir davantage. Hors de question qu'on me demande ma version de l'histoire. Je veux rester en dehors de ta vie mais je ne cesse pas d'y être entraînée. Une fois chez moi, j'ai peur que tu ne sonnes pour continuer la bataille ici mais j'aperçois soudain une image à la télévision et je me fige.

C'est la petite fille. Celle que j'ai vue à l'hôtel hier. La blondinette de quatre ans au minois de lutin, aux yeux bleus et au petit nez qui voulait porter un toast. J'ai coupé le son du téléviseur pour être sûre d'entendre Fionn, du coup je ne sais pas ce qui se dit mais ça ne peut pas être bon. Sa photo est suivie par celle de sa mère. Elles sourient de toutes leurs dents, la petite fille – Lily, je m'en souviens – est assise sur les genoux de sa mère qui l'enlace ; elles regardent l'objectif comme si quelqu'un avait fait une plaisanterie. Derrière elles, je vois un sapin de Noël, celui d'il y a quelques semaines. Puis la photo d'une voiture et d'un camion sur l'autoroute, la voiture est fracassée, le camion renversé et je suis obligée de m'asseoir. Je monte le son et j'entends les faits – elles sont mortes toutes les deux, le chauffeur du poids lourd est dans un état critique – et je suis bouleversée par le chagrin.

Lorsque la sonnette retentit, je l'ignore, j'écoute toujours les infos. Elle sonne encore. Et encore. En larmes, et furieuse contre l'intrusion, je déboule vers la porte que j'ouvre à la volée. Trois visages sidérés me font face.

— Je suis désolée, dit ta femme, Amy. J'arrive à un mauvais moment.

La colère que je ressens chez elle se dissipe immédiatement.

— Non… je… je viens juste d'apprendre une très mauvaise nouvelle.

Ils regardent par-dessus mon épaule. J'ai laissé la porte du salon ouverte et la télévision diffuse toujours les infos.

— Oh ! Je sais. C'est terrible. Ces personnes vivent au coin de la rue – c'est la femme de Steven Warren. (Elle lève les yeux vers toi.) Tu as entendu la nouvelle ? Rebecca est morte. Et la petite fille…

— Lily, dis-je, et son prénom se coince dans ma gorge.

— Non, je ne savais pas, réponds-tu.

Nous sommes tous perdus dans nos pensées un instant. Fionn, croyant que c'est à lui de parler, lâche d'une voix rauque :

— Euh, merci pour cette nuit.

— De rien.

J'ignore ce qu'Amy sait exactement. Soulagé de ne plus être dans la ligne de mire, Fionn regagne la rue en traînant les pieds. Son pantalon froissé dévoile l'élastique de son caleçon. Ton épouse et toi êtes toujours en train de regarder la télévision. Amy est vraiment attentive mais toi, tu penses à autre chose.

— Je les ai vues hier après-midi – Rebecca et Lily.

Je prononce leurs prénoms comme si je les connaissais, ce qui ressemble à un mensonge, mais c'est la vérité.

— Ça s'est passé hier après-midi. Vous devez être l'une des dernières à les avoir vues, explique Amy.

Cette remarque me fait quelque chose. Ce n'est pas une accusation, je le sais bien, ce n'est rien en réalité, elle se contente de penser à haute voix, mais je me sens responsable. Je ne sais pas vraiment comment réagir. C'est comme si leurs derniers instants m'appartenaient un peu. Dois-je les partager avec d'autres, afin que ceux qui les aimaient puissent vivre ce que j'ai vécu avec elles ? Tout remettre comme ça aurait dû l'être. J'analyse trop, je le sais, tandis que tu es là en train de fixer tes yeux sur moi, mais je suppose que c'est la faute du choc. Et je suis fatiguée, je n'ai pas beaucoup dormi, j'avais peur que Fionn fasse un malaise, qu'il se cogne la tête, qu'il s'étouffe dans son vomi ou qu'il se barre en plein milieu de la nuit, ce qui me serait retombé dessus parce qu'il est mineur.

Amy se tourne vers toi.

— Matt, tu les connais, toi aussi.

— Je ne vois pas…

— Si, tu jouais au badminton avec lui.

De tout ce que j'aurais pu apprendre, cette information est la plus surprenante.

— Il y a longtemps.

— Il demande toujours de tes nouvelles. (Elle se tourne vers moi.) Matt vous accompagnera.

— Pardon ?

— Il ira avec vous. Présenter ses condoléances. N'est-ce pas ? Ça te fera du bien, ajoute-t-elle sèchement. Je suis désolée de vous avoir dérangée, je voulais juste vous remercier de vous être occupée de Fionn.

Elle recule. Tu restes sur le seuil, tu attends que je te donne un ordre, tu obéis à la femme qui vient juste de te quitter, comme si tu espérais que ta docilité te fasse rentrer en grâce. Peut-être que je me trompe. Je comprends soudain que tu tentes de me dire quelque chose. Tu m'envoies un message. Je plonge le regard dans tes yeux pour essayer de deviner. Tu veux que je te défende. Que je lui dise ce que j'ai vu. Je la rappelle.

— Amy… à propos de la nuit dernière. Le coup était accidentel. Matt n'avait pas l'intention de…

Je m'arrête net. À la façon dont elle te regarde, avec une haine et un dégoût féroces, je m'aperçois que j'ai gaffé. Elle ignorait que tu avais frappé Fionn.

Amy installe les enfants dans la voiture et tu te précipites vers eux pour leur dire « au revoir ». Elle a déjà mis le contact, elle est prête à partir, les ceintures sont fixées, les portières fermées. Tu es obligé de tirer sur la poignée, de la forcer à la déverrouiller pour pouvoir l'ouvrir et glisser la tête dans le véhicule pour embrasser les deux petits à l'arrière. Tu tapotes maladroitement l'épaule de Fionn mais il ne t'adresse pas un regard. Tu claques la portière, donnes deux coups sur le toit et agites la main. Personne ne te répond, personne ne se retourne. J'ai de la peine pour toi mais j'ignore pourquoi parce que j'ai été témoin de tout ce que ton épouse a subi, de l'extérieur du moins : tes retours tardifs, ton attitude d'alcoolique… Je ne comprends pas pourquoi elle ne t'a pas quitté plus tôt, et pourtant je suis là, je te regarde, seul devant chez toi, les mains dans les poches de ton jean, en train de contempler les tiens qui s'éloignent, t'abandonnant dans cette grande maison qu'ils devraient occuper à ta place, et je compatis.

—Venez, dis-je.

Tu lèves la tête.

—Allons chez Steven.

Je me doute bien que c'est la dernière chose dont tu aies envie, mais tu as besoin d'une distraction. C'est la dernière chose dont j'aie envie aussi, mais moi aussi, j'ai besoin de penser à autre chose.

Tu attrapes ton manteau, moi, j'enfile le mien et on se retrouve dans la rue.

—Je suis désolée d'avoir dit ça. Je n'aurais pas dû. J'essayais juste de…

—Ce n'est pas grave, elle aurait fini par l'apprendre de toute manière. Il valait mieux que ça soit par moi.

Ce n'est pas ce qui s'est passé, mais je suppose que tu veux dire que la révélation est venue de « ton côté » et je me demande comment j'ai bien pu me retrouver dans ton camp alors que toutes ces fois où tu frappais aux portes, enfermé au-dehors, je priais silencieusement pour qu'elle ne t'ouvre pas.

—Où dorment Amy et les enfants ? demandé-je tandis qu'on descend la rue.

—Chez ses parents.

—Elle va revenir ?

— Je n'en sais rien. Elle refuse de me parler. Elle en a plus dit aujourd'hui que depuis des jours.

— Elle vous a écrit une lettre.

— Je sais.

— Vous devriez la lire.

Tu ne réponds pas.

— Tenez.

Je te tends l'enveloppe. Tu la contemples un instant, surpris, puis tu t'en empares et la glisses dans ta poche. Je pense que tu ne la liras pas, mais au moins je te l'ai donnée. J'ai accompli le devoir qu'on m'avait assigné. Je suis un peu soulagée mais mécontente. Tu ne l'as pas encore ouverte.

— Est-ce que vous allez la lire ?

— Mais enfin, c'est quoi, votre problème avec cette lettre ?

— Si ma femme qui venait juste de me quitter m'avait écrit une lettre, je voudrais savoir ce qu'elle contient.

— Vous êtes lesbienne ?

Je lève les yeux au ciel.

— Non.

Tu glousses.

— J'ai remarqué que vous ne travailliez pas. Vous êtes en vacances ou…

— Je suis en congé de jardinage, t'interromps-je avant que tu prononces un terme offensant.

— Ah ! (Tu souris.) Vous savez que ça ne vous oblige pas à refaire votre jardin.

— Bien sûr que je le sais. Et vous ? J'ai entendu dire que vous aviez perdu votre job.

Je t'avoue ça tout à trac, de manière un peu brutale et tu m'observes avec cet air perplexe, intrigué et blessé que tu arbores quand je te réponds sèchement, ce qui arrive assez souvent quand je me souviens que je ne t'aime pas.

— Je n'ai pas perdu mon emploi. Je suis en congé – en congé de jardinage aussi, d'ailleurs. Sauf que contrairement à vous, j'ai décidé d'occuper le mien.

— En prenant des bains de lune.

Tu éclates de rire.

— Exactement.

Quand nous étions plus jeunes c'était comme ça que Heather et moi désignions le fait de rester étendu sous la lune. Penser à ma sœur me rappelle tes opinions et je me ferme comme une huître. Je sais que tu remarques le changement, ma façon de souffler le chaud et le froid avec toi.

— Ce congé n'est que temporaire. En attendant les résultats de l'enquête sur ma conduite, poursuis-tu d'une voix formelle.

Je lis entre les lignes.

— Vous êtes suspendu.

— Mes employeurs appellent ça un congé de jardinage.

— Pour combien de temps ?

— Un mois. Et vous ?

— Un an.

Tu pousses un petit cri de surprise.

— Qu'est-ce que vous avez fait pour mériter ça ?

— Ce n'est pas une condamnation de prison. Je n'ai strictement rien fait. C'est pour m'empêcher de passer à la concurrence.

Je garde un long silence, le temps de me ressaisir et tu en profites pour m'examiner.

— Qu'est-ce que vous allez faire ?

— J'ai quelques idées. C'est plutôt bien d'avoir une année pour réfléchir. *(Je ne crois pas un mot de ce que je viens de dire.)* Et vous ?

— Je reviendrai quand on me donnera le feu vert. J'anime une émission de radio.

Je te jette un coup d'œil pour vérifier si tu plaisantes, mais ce n'est pas le cas. J'aurais cru que tu supposais que tout le monde te connaît, que tu arbores ton nom sur ta poitrine comme une médaille de guerre – même si j'ignore de quelle guerre – mais tu es sérieux. Tu n'es pas parti du principe que je te connaissais. Ça me plaît et du coup je te déteste encore davantage. *Tu ne peux pas gagner.*

— Je sais qui vous êtes, réponds-je sur un ton tellement désapprobateur que tu éclates de rire, ce rire de poitrine sifflant.

— J'en étais sûr !

— Sûr de quoi ?

— C'est pour ça que vous êtes comme ça avec moi. Coincée. Nerveuse. Toujours sur la défensive.

Si mes amis me décrivaient, aucun n'utiliserait ces adjectifs. Je suis déconcertée de m'entendre traiter comme ça. Je n'aime pas me voir comme ça à travers toi, je ne veux pas que tu penses que je suis ainsi, même si c'est exactement comme ça que je me comporte. J'ai oublié que tu ignores que je ne suis pas ainsi tout le temps : tu ne comprendrais pas les efforts que ça me demande pour m'écarter de ma véritable personnalité pour me montrer grossière avec toi. Mes amis considèrent que je suis anticonformiste ; je n'en fais qu'à ma tête, je ne suis jamais le troupeau. Ils me trouvent tenace, têtue au pire, mais ils ne connaissent que mon côté facile à vivre, alors que tu fais ressortir mes plus mauvais travers.

— Vous n'êtes pas une fan.

— C'est le moins qu'on puisse dire, rétorqué-je, de nouveau irritée.

— Qu'est-ce qui vous a insultée ?

Tu glisses un chewing-gum à la nicotine dans ta bouche.

— Comment ça ?

Ma tête pulse. Après toutes ces années, je peux enfin m'expliquer. *Nous y voilà.* Mon cerveau carbure à toute vitesse pour trouver les bons mots.

— Quelle émission ? Quel débat ? Qu'est-ce que j'ai déclaré qui vous a fait bondir ? J'ai un instinct pour reconnaître les auditeurs qui détestent mon programme. Dès que j'entre dans une pièce, je peux dire qui est fan et qui ne l'est pas. C'est mon sixième sens. Je le devine à la façon dont on me regarde.

Ton arrogance me perturbe. *C'est tellement toi, ça, cette capacité à transformer une chose défavorable – les gens qui te haïssent – en un avantage.*

— Peut-être que ça n'a rien à voir avec votre émission mais que cela a trait à votre personnalité.

— Vous voyez, c'est exactement ce dont je parle. (Tu souris en claquant des doigts.) Ce genre de commentaire mesquin. Ce n'est pas moi, Jasmine. C'est l'émission. Je mène la discussion. Je n'exprime pas des idées personnelles. J'invite des gens pour débattre.

— Vous semez la zizanie.

— Je suis obligé. C'est ce qui les pousse à témoigner. Qui fait avancer le débat.

— Et vous pensez que ces débats sont nécessaires ?

J'ai cessé de marcher. Nous sommes devant la maison de Steven, dont la pelouse disparaît sous une masse de fleurs, de cadeaux, de peluches, de bougies et de cartes.

— Ce n'est pas comme si votre émission instruisait les gens, poursuis-je. Vous vous contentez d'inviter des débiles pour qu'ils puissent exprimer leurs avis fascistes, racistes et incultes.

Tu me dévisages avec sérieux.

— Toutes les personnes, toutes les voix sont réelles. Elles représentent ce que les vrais habitants de ce pays pensent.

Les gens doivent l'entendre. Ce n'est pas bon de fréquenter uniquement vos amis politiquement corrects, de croire que le monde est un endroit ouvert et merveilleusement compréhensif, puis de découvrir au moment de voter que ce n'est pas du tout le cas. Notre émission donne la parole à tout le monde. Et elle a permis de discuter au Parlement de sujets importants : le harcèlement scolaire, le mariage homosexuel, on a fait fermer des maisons de retraite où les gens étaient maltraités, des crèches…, expliques-tu en comptant sur tes doigts.

— Vous pensez vraiment que vous rendez service au pays ? demandé-je, abasourdie. Ce serait le cas si vos débats étaient respectables. Pas quand vous donnez la parole à des idiots à moitié bourrés, ou qui ont pris de la drogue, ou qui sortent de l'asile. Permettre à ces gens d'exprimer leur opinion est une bonne chose ? Il faudrait plutôt les réduire au silence.

— Excellente idée, Kim Jong-un. La liberté d'expression, c'est pas bien.

Tu as l'air irrité.

— Vous devriez l'inviter à un de vos talk-shows – lui donner une chance de partager ses opinions. De toute façon, si j'en crois la presse, votre émission est définitivement supprimée, affirmé-je, le menton levé, en remontant l'allée jusqu'à la porte.

J'espère te réduire au silence et avoir le dernier mot. C'est mon dernier commentaire vache, défensif, nerveux et coincé.

— Certainement pas. Bob et moi sommes comme les deux doigts de la main, répliques-tu en brandissant tes doigts croisés. Bob est le patron de la radio, il m'accompagne depuis le début. Il m'a mis à pied pour suivre la procédure. Il n'avait pas le choix. Quand une émission reçoit autant de plaintes que la mienne, il faut faire semblant.

— Quelle fierté, rétorqué-je en appuyant sur la sonnette.

— Je vous ai vraiment foutue en rogne, constates-tu, ton souffle tout près de mon oreille.

Je lève les yeux. Les tiens brillent d'un éclat malicieux. Je comprends soudain que ma désapprobation te plaît, et d'une manière tordue, j'aime ça aussi. Te détester m'a donné quelque chose à faire. C'est devenu un job à plein temps.

La porte s'ouvre sur une femme aux yeux et au nez rougis, un mouchoir froissé dans la main. Elle te reconnaît tout de suite, et elle a l'air ravie et honorée de te trouver sur le perron. Elle te fait entrer avec précipitation. Je suis sidérée – est-ce que les gens n'entendent pas la même chose que moi ? Tu te montres assez courtois pour t'effacer devant moi.

À l'intérieur, la cuisine est remplie de gens silencieux qui échangent parfois quelques mots ou un rire nerveux et nostalgique. La table croule sous les victuailles : des lasagnes, des gâteaux et des sandwichs que les voisins ont apportés. On nous conduit au salon où un homme est assis, seul, sur un fauteuil devant la fenêtre. Les murs sont remplis de photos professionnelles de la jeune famille : des portraits en noir et blanc de Steven, Rebecca et Lily. Maman et papa en polo noir sur fond blanc ; la petite Lily dans une jolie robe blanche, rayonnante comme un ange sous la lumière du studio, un grand sourire aux lèvres. Lily une sucette à la main, Lily tourbillonnant sur elle-même, Lily riant, Lily tirant la langue à ses parents qui lui sourient.

En voyant les photos, je me rends compte que j'ai souvent croisé Steven, au supermarché, chez le boucher, en train de courir le long de la baie…

— Matt, dit-il en se levant et en t'attirant à lui.

— Je suis tellement navré, Steven, déclares-tu et vous restez enlacés pendant un long moment.

Des partenaires de badminton. J'embrasse la pièce du regard puis je contemple le sol, gênée, en attendant.

— Voici ma voisine, Jasmine. Elle habite au coin de la rue, en face de chez moi.

— Toutes mes condoléances, dis-je en lui tendant la main.

— Merci, répond-il en la serrant, solennel. Vous êtes une amie de Rebecca ?

— Je… non… en fait…

Je me sens bête. J'ignore par où commencer. C'était peut-être une erreur. Je ne sais plus. La responsabilité que j'ai ressentie un peu plus tôt a disparu et j'ai l'impression d'être une intruse. La femme qui nous a ouvert la porte est près de nous et tous les regards sont rivés sur moi.

— Je les ai vues toutes les deux hier à 15 heures au *Marine Hotel*.

Il a l'air perplexe. Il se tourne vers la femme. Elle semble perplexe elle aussi.

— Je ne suis pas certain qu'elles étaient là-bas…, observe-t-il en fronçant les sourcils.

— Lily avait commandé un chocolat chaud. Un « choc chaud », disait-elle.

Il sourit, porte la main à sa bouche et s'assoit sur l'accoudoir du fauteuil.

— Elle était de très bonne humeur. Rebecca ne cessait pas de rire. Je l'ai entendue dès que je suis entrée dans le hall. Lily essayait de porter un toast.

Il lève les yeux vers la femme, et je devine qu'il s'agit de sa sœur : ils se ressemblent.

— À cause de la fête de la semaine dernière, Beth, dit-il tandis qu'elle hoche la tête joyeusement, les yeux pleins de larmes.

Steven reporte son attention sur moi, le visage ouvert, aimable, impatient d'en entendre davantage. Tu fixes aussi ton regard sur moi et ça me déstabilise un peu, j'ignore pourquoi tu me rends aussi nerveuse, mais j'essaie d'oublier ta présence et de ne m'adresser qu'à Steven. Plus je l'observe, plus je vois la ressemblance avec Lily dans ses longs cils blonds et ses traits d'elfe. Alors, étrangère absolue, je lui raconte le toast, les nombreux toasts, la conversation qu'elle avait avec sa mère, la conversation que j'ai eue avec elle. Je lui dis tout ce dont je me souviens. Je mets l'accent sur le rire, le bonheur, la joie profonde qu'elles ont éprouvée durant la dernière heure qu'elles ont passée ensemble avant de monter dans la voiture pour se rendre chez les parents de Rebecca en ce jour de tempête. Je lui raconte tout parce que si j'étais à sa place, je voudrais savoir.

Steven absorbe tout ça comme s'il était en transe, sans en perdre une miette et sans me quitter des yeux. Il tente probablement de deviner si je dis la vérité, il l'espère puis le croit. Il observe mes yeux, mes lèvres et, quand il pense que je ne le vois pas, tout le reste. Le silence s'abat quand j'ai terminé et on dirait certainement qu'elles sont mortes une seconde fois, parce qu'elles passent de bien vivantes à disparues. Ses traits se décomposent et il se met à pleurer. Je me fige, ignorant comment réagir, j'ai envie de le consoler mais je sais que ce n'est pas à moi de le faire. Sa sœur s'en charge. Tu lui tapotes l'épaule et quittes le salon. Je te suis comme une pièce rapportée, gênée : je bouge de manière mécanique, je suis convaincue que j'ai fait une erreur en venant ici pour partager ça, mais je n'en suis pas certaine. Je voudrais que tu me rassures, mais en même temps je ne veux pas que ça vienne de toi.

Une fois au-dehors, tu jettes ton chewing-gum pour allumer une cigarette. On rentre en silence et je me sens devenir cramoisie. Quand on s'arrête devant chez moi, tu me regardes et peut-être devines-tu mon agitation intérieure, ou vois-tu mon embarras ou peut-être que mon expression est l'image du désespoir, parce que tu me contemples un instant, ton beau visage observe le mien, doux, attentionné, curieux et concentré comme toujours, tu essaies de résoudre quelque chose, comme si j'étais une énigme amusante.

Tu écrases ta cigarette.

— J'aurais voulu savoir moi aussi. C'était gentil, dis-tu en tendant la main pour me presser l'épaule.

Je me rends compte que je retenais mon souffle et je respire enfin. Le soulagement que je ressens me surprend. *C'est « toi » qui m'as fait ça, qui comptes pour moi, mais c'est en contradiction avec ce que je ressens pour toi depuis toujours.*

— Jasmine !

Une voix familière se fraie un chemin dans mes pensées et je pivote : Heather est assise sur mon perron. Elle se lève et se dirige vers nous.

Ma tête se met à tourner. Tu vas te retrouver face à face avec la personne que j'ai tenté de protéger contre toi toute ma vie d'adulte.

Chapitre 13

Un dimanche par mois, le groupe de soutien de Heather se réunit. On a instauré ce rituel quand elle était adolescente : c'est maman qui a mis ça en place, et même quand elle était sous chimio et très malade, elle n'a pas raté une seule de ces réunions. Même quand j'étais adolescente et que j'avais mieux à faire, elle insistait pour que je l'accompagne. À l'époque, ça m'agaçait, mais je suis contente qu'elle l'ait fait, parce que lorsque maman est morte, je savais exactement comment il fallait procéder et comment les diriger. Le programme centré sur la personne est un groupe de gens qui se rassemblent régulièrement pour aider quelqu'un à atteindre ses buts. Heather choisit les invités et le sujet de discussion. On parle du PLAN de Heather – planifier des lendemains autres et nouveaux –, on parle de ses rêves, de la façon dont elle peut les atteindre, de ce qui se passe dans sa vie et ce qu'elle doit faire ensuite. On cherche comment l'aider à exaucer ses rêves.

On se retrouvait une fois par semaine quand elle faisait des plans pour l'école, puis le lycée puis ce qu'elle voulait étudier à la fac – elle a fini par apprendre dans une université locale comment vivre de manière autonome, utiliser les transports en commun, faire ses courses, cuisiner et se préparer pour travailler. C'était important que les rencontres soient régulières tandis qu'elle programmait ce qu'elle voulait faire de son existence, et elle a décidé elle-même au bout d'un moment de les rendre mensuelles.

Les gens qui y ont assisté par le passé ont été des enseignants, son aide de vie – que Heather a choisie et embauchée elle-même –, des gens de sa fac, un conseiller d'orientation, ses employeurs, et toujours moi. Papa est venu quelques fois, mais il n'est pas bon dans ce genre de situation. Il ne comprend pas le but. Il s'agit de planifier et d'agir, oui, mais il faut aussi écouter Heather, et l'entendre exprimer ses sentiments sur la place qu'elle occupe dans le monde et où elle veut être. Mon père n'a pas la patience d'écouter ça. Si elle veut un job, il le lui trouvera, si elle souhaite pratiquer une activité, il se débrouillera pour le lui permettre. Mais ce que j'ai appris de ces réunions, c'est qu'elles m'aident à entrer dans la tête de Heather. Je veux entendre les explications du pourquoi, du quand et du comment. Comme la fois où elle a annoncé qu'elle voulait quitter son travail au supermarché où elle emballait les courses pour les clients alors qu'elle avait passé beaucoup de temps à le décrocher. Il n'a pas compris que si elle voulait partir c'était parce qu'une employée était cruelle avec elle. La caissière était trop rapide, elle se montrait désagréable avec elle, lui faisait comprendre qu'elle ne travaillait pas bien et lui prenait les sacs des mains quand elle trouvait que Heather n'allait pas assez vite. C'est exactement le genre de choses qu'on a besoin de l'entendre raconter aux réunions.

On était censées se rejoindre à 14 heures, mais elle est déjà là à 13 heures, elle se dirige vers toi et moi, et elle va se retrouver face à face avec l'homme qui incarne tout ce contre quoi je m'efforce de la protéger depuis que je suis enfant. Les mots sont impuissants à décrire ce que je ressens en cet instant mais je vais essayer. Je suis passée de la chaleur de ta consolation, consolation que j'ai délibérément cherchée auprès de toi – *et rien que ça, ça me perturbe* – à l'envie d'éloigner ma sœur de toi. *Pas étonnant que tu aies du mal à me comprendre.*

Je concentre toute mon attention sur Heather, je m'avance vers elle pour qu'elle ne t'approche pas, je me place à ses côtés pour faire barrage avec elle, un bras protecteur enroulé autour de ses épaules. Je suis incapable de te regarder ; je ne veux pas voir ton mépris ni ton jugement. J'ai peur que tu ne tentes d'évaluer une autre partie de moi à travers elle. Je ne regarde qu'elle, rayonnante de fierté, débordante d'amour pour elle, et j'espère que tu comprendras, que tu te souviendras de ton émission, que tu te sentiras coupable et que tu te remettras en question, toi, ton job et ta vie. J'y mets toutes mes forces. Je suis certaine que Heather sentira à quel point tu es un homme répugnant, pitoyable, injuste, cruel et prompt à la critique. Tu as beau prétendre que c'est uniquement pour les bienfaits du débat, tu prononces ces paroles, tu es la source, la racine, le créateur. Heather possède le talent de décrypter les gens et il n'y a pas de meilleur moment pour observer son don en action. Je veux que tu lui tendes la main et qu'elle refuse de la serrer comme elle l'a fait avec Ted Clifford. Je veux te voir t'agiter et te tortiller avec cette expression surprise qui s'affiche sur ton visage quand je te rembarre, quand je passe du chaud au froid.

— Bonjour, t'entends-je dire.

— Bonjour, répond Heather.

Elle me jette un coup d'œil puis me donne un coup de coude pour que je la présente.

— Voici ma sœur, Heather. La personne la plus merveilleuse du monde.

Elle glousse.

— Heather, voici Matt. Un voisin, reprends-je sur un ton égal.

Tu me lances de nouveau ce regard intrigué, curieux et concentré. Tu connais ma chaleur et ma froideur ainsi que tout ce qu'il y a entre.

Tu lui fais un signe de la main. Ça m'ennuie parce que c'est le comportement correct de la part de quelqu'un qui est dans le cercle orange. Puis Heather te tend la main. Je la dévisage, surprise, mais elle a les yeux fixés sur toi, un sourire poli aux lèvres. Je voudrais l'arrêter, l'empêcher de serrer la main du diable, mais je ne suis pas certaine de pouvoir l'expliquer à Heather, surtout après tout ce cirque chez papa – qui fait toujours la tête.

— Ravi de vous rencontrer, Heather, dis-tu en lui serrant la main. Vous avez un joli sac.

Elle porte en bandoulière le sac que je lui ai offert pour son anniversaire il y a cinq ans. Elle s'en sert tous les jours et l'entretient super bien, le nettoie et en prend grand soin. C'est un sac de DJ vintage pour transporter des vinyles et une platine portable. Comme elle préfère écouter des disques, j'ai pensé que ce serait sympa pour elle de pouvoir les trimballer facilement. Et c'est ce qu'elle fait. Sur le devant du sac, il y a le dessin d'un vinyle et même les jours où elle ne transporte pas sa collection, elle l'utilise pour emporter son porte-monnaie, son déjeuner et son parapluie. Toujours ces trois choses : je la supplie en vain de prendre son téléphone portable.

— Merci. C'est un cadeau de Jasmine. Je peux y ranger cinquante disques et ma platine portable.

— Vous avez une platine portable ?

— Une Audio Technica AT-LP60 noire automatique à courroie d'entraînement, répond-elle en ouvrant son sac pour lui montrer.

— Hé, c'est super cool, commentes-tu en faisant un pas en avant pour y jeter un coup d'œil mais sans approcher trop près. Et je vois que vous avez des disques aussi.

Tu es sincèrement surpris et intéressé, et tu veux vraiment voir ce que contient son sac.

— Oui. Stevie Wonder, Michael Jackson…

Tandis qu'elle fait défiler sa collection, je ne te quitte pas des yeux.

— Grandmaster Flash ! t'exclames-tu en riant. Je peux… ?

Tu tends la main vers son sac et je m'attends à ce qu'elle s'écarte.

— Oui, acquiesce-t-elle avec joie.

Tu le sors de son compartiment pour l'examiner.

— Je n'arrive pas à croire que vous ayez Grandmaster Flash.

— Et les Furious Five, le corrige-t-elle. The Message, avec Melle Mel et Duke Bootee, enregistré au studio Sweet Mountains, produit par Sylvia Robinson, Jiggs Chase et Ed Fletcher. Sept minutes et onze secondes au total.

Tu lèves les yeux vers moi, abasourdi, puis tu reportes ton attention sur elle. Je ne peux m'empêcher de rayonner de fierté.

— C'est fabuleux, Heather ! Vous savez tout sur ces disques ?

Et Heather continue à te parler de son disque de Stevie Wonder : quand il a été enregistré, quelles sont les chansons qui y figurent – elle nomme même les choristes et les musiciens. Tu es fortement impressionné et amusé, et tu le lui dis. Puis tu lui expliques que tu es animateur et que tu bosses dans une radio. Heather commence par être intéressée jusqu'à ce qu'elle comprenne que tu passes surtout beaucoup de temps à parler. Elle te répond qu'elle n'aime pas écouter les gens parler, elle préfère la musique. Tu lui demandes si elle a déjà assisté à une séance d'enregistrement, elle te répond que « non » et tu lui proposes de l'amener si elle en a envie. Heather est surexcitée mais je suis incapable de prononcer un mot, trop sidérée par la conversation. Je ne pensais pas que les choses se dérouleraient comme ça. Jamais. J'entreprends de reculer en entraînant Heather vers la maison, je te dis vaguement « au revoir » tandis que vous deux, déjà bons amis, vous promettez de garder le contact en passant par moi. *Par moi.* Une fois à l'intérieur, Heather ne cesse de parler de ta promesse et je sens la colère monter en moi, je cherche des moyens de te le faire payer si jamais tu ne la tiens pas. Et quand ça devient trop violent dans ma tête, j'essaie de faire oublier à Heather ce que tu as dit, de la préparer à la forte probabilité que ça ne se produira pas en raison de la forte probabilité que je l'empêcherai.

Assistent à la réunion aujourd'hui, en dehors de Heather et moi, son assistante de vie, Jamie, dont la seule concession à l'hiver est d'avoir enfilé d'épaisses chaussettes de tennis dans ses nu-pieds ; Julie, sa patronne au restaurant ; et Leilah, qui vient pour la première fois. Je suis contente qu'elle n'essaie pas d'excuser le comportement de mon père : elle ne l'évoque même pas, et c'est tant mieux. Leilah ne s'est jamais mêlée de rien, et ça me plaît. C'est surtout parce que jusqu'à présent, il n'y a pas eu grand-chose à quoi se mêler mais sa présence est un geste adorable et je suppose qu'elle est ici pour mieux comprendre ce qui s'est passé chez elle la semaine dernière.

Pendant que les autres attendent dans le salon, je prépare du thé et du café. Heather est avec moi.

— Heather..., commencé-je en m'efforçant d'employer un ton léger. Pourquoi est-ce que tu as serré la main de cet homme dehors ?

— Matt ?

—Oui. Rien de mal, ne t'inquiète pas, mais tu ne le connais pas et je me demandais… explique-moi.

Elle réfléchit.

—Parce que je t'ai vue lui parler. Et tu avais l'air très heureuse. Et je me suis dit que s'il rendait ma sœur heureuse, c'était un homme gentil.

Heather ne cesse jamais de me surprendre.

Je me concentre sur le plateau en essayant d'accepter la conversation que tu as eue avec Heather. Il faut que je t'oublie pour le moment. Ces réunions sont importantes pour Heather et pour moi aussi.

—Allez, prenez ça, mademoiselle Butler, déclaré-je comme une présentatrice cucu de télévision.

Heather pouffe.

—Jasmine, dit-elle, gênée, avant de se ressaisir. J'aimerais faire une nouvelle activité.

Elle me regarde d'une certaine façon et je sais que ça concerne Jonathan, dont elle ne cesse de parler. Mon cœur se met à battre à tout rompre. Elle est amie avec lui depuis un moment. Il est trisomique lui aussi et je sais qu'elle a un coup de cœur pour lui, ce qui m'effraie parce qu'il est réciproque. Je le vois bien à sa façon de la regarder. Je le sens quand ils sont dans la même pièce. C'est beau et ça me terrifie.

—Jonathan est l'assistant d'un professeur de taekwondo, explique-t-elle aux autres. (Je le sais déjà parce que je l'ai accompagnée pour assister à son cours aux moins de sept ans et elle m'a interdit de prononcer le moindre mot de peur de manquer un de ses mouvements.) Je voudrais apprendre le taekwondo.

Jamie et Leilah sont géniales : elles sont sincèrement intéressées et lui posent plein de questions, ce qui me laisse le temps de m'inquiéter. Heather a trente-quatre ans et elle n'est pas souple, de la même manière que je le suis moins qu'avant et ce cours me tracasse. Je suis apparemment la seule à éprouver de l'appréhension et j'accepte donc qu'elle fasse un essai samedi prochain, à la place du cours de poterie et de peinture qu'elle suit depuis deux ans et qui ne l'intéresse plus.

— J'ai une idée, suggère Leilah. Au cas où le taekwondo ne te plairait pas ou si ça ne marche pas pour une raison ou pour une autre, tu pourrais venir à ma séance de yoga. Je pourrais peut-être te donner un cours avec Jonathan ?

Heather est ravie et moi aussi. J'aime cette idée : qu'elle passe du temps avec Jonathan en compagnie de Leilah me rassure, et Heather programme donc le yoga et le taekwondo dans sa semaine déjà bien remplie. Je prends des notes dans mon agenda et je remarque que ses activités noircissent mes pages vides.

— Suivant, dis-je, et elle s'esclaffe de nouveau.

— Jonathan et moi, on voudrait partir en vacances ensemble.

Un silence assourdissant s'installe, que même Jamie ne sait comment remplir. Tout le monde me regarde. J'ai envie de dire « non ». *Non, non, non* – mais je ne peux pas.

— Waouh. Eh bien. C'est. Je vois. Bien. (Je sirote une gorgée de thé.) Où est-ce que vous voulez aller ?

— Dans l'appartement de papa en Espagne.

Leilah écarquille les yeux.

— Est-ce que ton père a accepté ?

— Je ne le lui ai pas demandé. Il n'a pas pu venir aujourd'hui, répond Heather.

— Je ne sais pas si l'appartement est libre. Est-ce qu'il est libre, Leilah ?

— Je l'ignore, repartit-elle lentement, mécontente que je fasse peser la réponse sur elle.

Elle ne comprend pas que je veux qu'elle dise qu'il n'est pas disponible, ou si elle l'a deviné, elle refuse de mentir.

— Elle ne t'a même pas dit à quelle date elle veut partir, intervient Jamie, qui ne cache pas son mécontentement en voyant la tournure que prend la conversation.

— Au printemps, explique Heather. Jonathan affirme qu'en été il fait trop chaud.

— Jonathan a parfaitement raison, approuvé-je en réfléchissant à toute allure.

Je sais ce que papa a pensé quand je lui ai annoncé que je partais pour la première fois en vacances avec mon petit ami. Puis je me souviens de ce que j'ai ressenti à la perspective d'aborder le sujet avec lui et je regarde Heather en me détendant enfin.

— Heather. Jonathan et toi n'êtes jamais partis ensemble et l'Espagne est très loin « pour un premier voyage ». (Je mets volontairement l'accent sur ces derniers mots pour qu'elle ne croie pas que je le lui refuse.) Pourquoi vous n'allez pas d'abord une nuit ou deux, dans un joli coin d'Irlande que tu ne connais pas encore ? Vous pourriez prendre le train ou l'autocar et vous éloigner de la maison, un peu, mais pas trop ?

Elle hésite. Jonathan et elle ont déjà économisé et ont décidé de partir en Espagne. La faire changer d'avis nécessite beaucoup de persuasion, mais Heather écoute, elle nous écoute tous, c'est ce qu'elle fait toujours, elle est intelligente et prend toujours en compte l'opinion de tout le monde.

Ces dernières semaines, j'ai programmé sans le lui dire un voyage avec Heather à Fota Island, qui est au large du port de Cork et qui héberge un grand parc naturel. Comme rien d'autre ne me vient, je suggère cette destination. Elle est tout de suite convaincue. L'Espagne est oubliée. Jonathan adore les animaux et les trains, c'est parfait. Je ne peux m'empêcher de me sentir triste à l'idée qu'elle visite avec quelqu'un d'autre l'endroit que j'étais ravie de lui faire découvrir.

— Bon. (Je prends une profonde inspiration.) Les chambres.

Je vois que Heather est embarrassée, aussi, je prends les rênes.

— Les options sont les suivantes : deux chambres ou une chambre avec deux lits. Ou…

Je suis incapable de poursuivre. Jonathan et Heather sont deux personnes avec des désirs et des passions, exactement comme tout le monde, mais je me sens comme une mère surprotectrice à qui la fille vient d'avouer qu'elle aimait les garçons.

Je respire profondément et je me force à dire :

— Ou une chambre avec un lit double – mais Jonathan aime peut-être dormir en diagonale, qui sait ? Il prend peut-être toute la place et tu finiras par terre au beau milieu de la nuit, conclus-je sur un ton léger.

Heather éclate de rire.

— Ou peut-être qu'il ronfle, ajoute Jamie. Comme ça…

Elle fait un bruit de cochon et on s'esclaffe tous.

— Ou peut-être qu'il pue des pieds, dit Leilah en se pinçant le nez.

— Jonathan ne sent pas mauvais, réplique Heather avec une moue boudeuse, les mains sur les hanches.

— Ooooh, Jonathan est « tellement » parfait, la taquiné-je.

— Jasmine ! couine Heather dans l'hilarité générale.

Les rires s'apaisent et le silence s'installe. Tous attendent ma décision.

— Des chambres séparées, décrété-je sur un ton égal et on passe rapidement à la suite.

Tandis que Jamie parle de la logistique du séjour, je fais un clin d'œil à Heather qui m'adresse un sourire timide.

Ce n'est pas la première fois que Heather part en voyage : elle a passé des vacances avec des groupes d'amis, mais toujours accompagnée de son assistante de vie ou d'un autre adulte que je connaissais. C'est la première fois qu'elle part seule, avec un homme, et je dois repousser la boule qui s'est formée dans mon estomac et dans ma gorge, et refouler les larmes qui me montent aux yeux.

On en vient au problème suivant. Elle est très contente d'avoir trois jobs, mais sa passion principale reste la musique et aucun des trois n'a de rapport avec elle. Elle voudrait travailler dans une radio ou un studio d'enregistrement et elle raconte la conversation qu'elle a eue avec Matt Marshall. Tout le monde fait remarquer que c'est une coïncidence extraordinaire qu'elle l'ait rencontré justement le jour où elle voulait évoquer ce sujet.

— Jasmine, on pourrait peut-être inviter Matt Marshall à la prochaine réunion pour discuter avec lui de ce qu'il est possible d'envisager ? demande Jamie.

Heather est tout excitée à cette perspective.

Je veux que ces réunions soient constructives, aussi fais-je appel à tout mon enthousiasme.

— On peut peut-être programmer ça pour la prochaine fois. Peut-être. Possible. Après que je lui aurai parlé pour voir s'il peut faire quelque chose. S'il a le temps – c'est vrai qu'il est provisoirement en congé en ce moment. Alors… oui. Peut-être.

Leilah me couve d'un regard soupçonneux. Je suis contente de passer au sujet suivant.

C'est le cœur lourd que je referme la porte sur tout le monde une fois la réunion terminée et que je monte dans ma chambre. Je ne suis pas jalouse de ma sœur, je ne l'ai jamais été. J'ai toujours désiré une existence meilleure pour elle, même si je sais qu'elle aime la sienne. Aujourd'hui, cependant, j'ai compris qu'elle avait toujours su ce qu'elle voulait faire de sa vie, et qu'elle avait toujours eu une équipe pour l'aider, la conseiller et la guider. Elle a toujours su où elle allait. Contrairement à moi. C'est moi qui ne sais absolument pas ce que je fais et qui n'ai aucun PLAN. Cette prise de conscience me frappe de plein fouet et je ne peux plus respirer. Si on me demandait quels sont mes rêves, mes espoirs et mes désirs, je serais incapable de répondre. Si on me demandait de mettre à exécution un plan, je ne saurais pas par où commencer.

Je me sens totalement perdue.

Printemps

La saison entre l'hiver et l'automne, qui, dans l'hémisphère Nord, comprend les mois de mars, avril et mai.

Capacité à sortir du sommeil imposé par l'hiver.

Chapitre 14

Toute ma vie, j'ai suivi et respecté les panneaux sur le bord des routes. Quand je vois le panneau « Enfants qui jouent », je ralentis. Lorsque j'aperçois le panneau « Attention rennes » en traversant Phoenix Park, je suis sur mes gardes au cas où l'un d'entre eux surgirait de derrière un arbre pour traverser la route en courant. Je marque toujours l'arrêt aux stops, je cède le passage quand c'est nécessaire. Je fais confiance à ces signes. Je crois qu'ils sont exacts – sauf quand des vandales les changent de place. Je crois qu'ils sont de mon côté. C'est pour ça que je suis perplexe quand les gens disent qu'ils croient aux signes comme si c'était une chose remarquable et édifiante, parce que comment ne pas croire en une chose qui t'indique un fait et t'ordonne d'agir ? Comment ne pas croire un truc aussi tangible ? C'est comme si je déclarais que je crois dans le lait. Bien sûr, c'est du lait. Je pense que la plupart des gens qui prétendent croire aux signes croient en réalité aux symboles.

Les symboles sont la représentation visible d'une idée. Un symbole est abstrait. Une colombe est à la fois un oiseau et le symbole de la paix. Une poignée de main est une action et le symbole de la bonne entente. Les symboles représentent quelque chose par association. Ils nous obligent à deviner ce qui est invisible, parce qu'ils ne sont pas toujours évidents. Alors que je cours en direction de chez moi le long de la baie le 1er mars, premier jour du printemps, je vois un magnifique arc-en-ciel, qui donne l'impression de se terminer sur le toit de ma maison ou dans mon jardin arrière. Ce n'est pas un signe. Il ne me donne aucun ordre. C'est un symbole. Comme l'étaient les perce-neige qui se sont battues pour s'élever du sol en janvier et en février, côte à côte, jolies et timides, comme deux innocentes, comme si réussir contre les éléments n'était pas un mince exploit. Elles donnaient l'impression que c'était facile.

Monday O'Hara en est un autre exemple. Il est entré dans ma vie, m'a recrutée pour un job et m'a fait sortir de ma tanière parce qu'il pense que j'en vaux la peine. C'est quelque chose d'invisible. Je songe souvent à lui, pas seulement parce qu'il est beau mais pour ce qu'il représente. On s'est téléphoné deux fois depuis notre rencontre et je n'ai jamais envie de raccrocher. Soit il est très dévoué à son boulot, vu le temps qu'il me consacre, soit il ne veut pas que nos conversations prennent fin non plus. Le mois qu'il m'a donné pour réfléchir est écoulé. Il me tarde de le revoir.

L'arc-en-ciel au-dessus de ma maison, les perce-neige, le tapis de crocus mauves dans le jardin des Malone et Monday O'Hara sont des symboles pour moi. Ce sont des choses visibles qui représentent une idée : l'espoir.

J'ai commencé la journée par faire du tri. La maison devient rapidement une telle panique que je me dis qu'il me faut une benne – j'en ai bien une dans mon allée, mais elle est pleine de pavés hors de prix qui attirent une ribambelle de mecs louches qui viennent frapper à ma porte pour me demander si je veux m'en débarrasser. Si je décide de mettre mon bric-à-brac dedans, il faut d'abord que je la vide. Mais que faire des dalles ? C'est alors que je me souviens de ta suggestion concernant le jardin de rocaille. Même si ça m'ennuie de suivre ton conseil – et pire encore, que tu l'apprennes, vu que ma benne est juste en face de chez toi –, je sais que c'est la meilleure solution. Il est trop tard pour solliciter l'aide du paysagiste. Quand il s'est pointé après la tempête, s'attendant à trouver la pile de rouleaux de gazon détruite par la pluie et le vent, il a découvert ma pelouse « pas parfaitement posée ». Je lui ai dit que je finirais le jardin toute seule. Je voulais achever ce que j'avais commencé. Même si je ne donnerai jamais à Larry la satisfaction de savoir que sa remarque m'a poussée à faire quelque chose toute seule.

J'abandonne l'intérieur saccagé que j'ai encombré davantage dans ma tentative de le désencombrer, et je concentre tous mes efforts sur le jardin. Je vais l'arranger comme il faut. Je rédige une liste et je vais à la jardinerie faire des emplettes. Je suis concentrée. Je suis dans la zone de jardinage. Je reçois deux SMS d'amies me proposant d'aller prendre un café mais alors que je m'apprête à accepter le premier rendez-vous – sauter sur l'occasion d'avoir de la compagnie en milieu de semaine ou en milieu de journée est devenu un réflexe –, je me rends compte que je suis occupée. J'ai beaucoup de travail à abattre avant que les nuages ne s'amassent de nouveau, annonçant une nouvelle tempête. La réponse est alors très facile à envoyer : je suis occupée. Très occupée. Et je me sens bien.

La journée se révèle idéale pour jardiner parce que le sol est sec. J'ai compris que mes dalles en grès clair ne me donneraient pas l'apparence accidentée que je voulais pour mon jardin de rocaille, et j'ai donc demandé qu'on me livre ce dont j'ai besoin. Avec un timing impeccable, l'employé obligeant de la jardinerie qui m'a donné des conseils chaque fois que j'y suis allée, arrive, les pavés dans une remorque. Il examine mes dalles en grès.

— C'est dommage de les jeter, dit-il.

On les regarde, mains sur les hanches.

— Vous pouvez vous en servir pour créer un sentier, finit-il par suggérer. Comme vos voisins.

On tourne les yeux vers le jardin parfait des Malone pour observer leur allée de pierres taillées en forme de cœur qui mène à une maison de fées. Eddie ne s'est pas montré particulièrement soigneux avec le marteau-piqueur, et mes pavés sont irréguliers. C'est plus naturel comme ça et ça me plaît. L'employé de la jardinerie s'en va, me laissant m'amuser avec les dalles que je place sur ma pelouse flambant neuve. J'improvise en les déplaçant avec le bout du râteau. Puis je mesure mon pas pour disposer les pierres de manière qu'elles soient séparées d'une dalle. Je me sers de mon dresse-bordure pour entailler la pelouse afin de bien enfoncer les pavés. Je commence par tracer les contours de la pierre avant d'ôter la motte de terre. Je creuse un trou de la largeur de chaque pierre puis je répète le processus pour les dix dalles qui mènent de chez moi au futur jardin de rocaille. Je mélange le ciment avec de l'eau dans ma toute nouvelle brouette jusqu'à ce que la mixture ait la consistance d'une pâte à gâteau. Je verse dix centimètres du mélange dans chaque trou pour éviter que les pierres ne bougent ou s'effondrent, puis je fixe chaque pavé à sa place grâce à un marteau. J'utilise un niveau pour que tout soit bien droit. Tout ça me prend pas mal de temps.

Quand arrive 18 heures, il fait nuit et je suis en nage, affamée, courbatue, épuisée – et plus satisfaite que je ne l'ai jamais été. J'ai complètement perdu la notion du temps, même si je me suis rendu compte que M. Malone a taillé ses rosiers en m'expliquant d'un ton enjoué qu'il n'avait pas pu s'en charger en janvier ni en février à cause de la maladie d'Elsa.

Quand je m'effondre dans mon lit ce soir-là et que je me détends dans mes draps lavés de frais qui ont cette odeur estivale de draps qui ont séché dans le sèche-linge, je me rends compte que je n'ai pas pensé à mes problèmes de toute la journée. Mon esprit a été entièrement accaparé par ma tâche. J'ai peut-être hérité des gènes de mon grand-père ou alors c'est parce que je suis irlandaise, et qu'une compulsion me pousse à creuser la terre et m'insuffle la vie. J'ai entrepris de jardiner toute tendue, mais dès que j'ai commencé à travailler, la tension a disparu comme par enchantement.

Quand j'avais sept ans, maman m'a offert mon premier vélo, un Purple Heather, avec un panier en osier blanc et violet attaché au guidon et une sonnette avec laquelle j'adorais jouer même quand j'étais assise sur l'herbe, la bicyclette à côté de moi. J'aimais le bruit qu'elle produisait, j'avais l'impression que c'était la voix de mon vélo. Je lui posais une question et « driiiing », elle répondait. Je passais mes journées à faire du vélo dans la rue, en cercles, je montais et descendais des trottoirs, vite, lentement, freinant, presque comme si j'étais une patineuse artistique tourbillonnant devant un public et un panel de juges qui brandissaient leurs notes sous les applaudissements de la foule. Je restais au-dehors le plus longtemps possible, je mangeais si rapidement que j'en avais l'estomac noué, tout ça pour rejoindre mon vélo. Le soir je pleurais quand j'étais obligée de l'abandonner. Je le garais dans le jardin et je le regardais, abandonné, qui m'attendait pour de nouvelles aventures. J'ai l'impression d'être de nouveau enfant. Je contemple mon jardin plongé dans la nuit, et je sais exactement ce que je vais en faire, j'imagine tous ses traits, je sais comment le modeler et le nourrir, j'en connais tout le potentiel.

Je rêve de Monday O'Hara et c'est délicieux. Il énumère la liste, avec une admiration sans bornes, de tout ce que j'ai accompli dans mon jardin – qui n'est plus mon jardin mais Powerscourt Gardens à Wicklow. Je balaie ses compliments d'un geste désinvolte, je lui réponds que je suis une perce-neige et que c'est ce que nous faisons, nous autres perce-neige, ce n'est pas grand-chose, nous sommes coriaces, nous nous élevons au-dessus du sol, comme de petits poings dressés en signe de victoire. Les choses commencent à devenir intéressantes entre nous quand *Paradise City* envahit mon rêve, se déversant d'un haut-parleur fixé sur le toit de la camionnette du gardien qui vient nettoyer le jardin après la fermeture – du coup Monday se rend compte que je suis un imposteur, que les jardins que je lui ai montrés ne sont pas les miens et que je suis une menteuse. Puis le gardien baisse sa vitre sombre et c'est toi. Tu me regardes en souriant, et ton sourire s'élargit et se transforme en rire de plus en plus sonore. Je me réveille en sursaut. *Paradise City* passe toujours. Je ferme les yeux en espérant replonger dans mon songe pour reprendre avant l'arrivée du gardien mais quand je me rendors, je me retrouve dans un autre rêve, avec Kevin qui fabrique des couronnes de marguerite, assis sur l'herbe. Tout le monde est vêtu de noir, et il parle et agit comme s'il avait dix ans même s'il ressemble exactement à l'homme avec qui j'ai pris un café au *Starbucks* et quand il passe le bracelet de fleurs à mon poignet, elles se transforment en roses dont les épines m'entaillent la peau.

Je me réveille de nouveau. J'entends des voix dans la rue. Je sors péniblement du lit, désorientée, pour regarder par la fenêtre. Tu es assis à ta table de jardin en compagnie du docteur Jameson. La table est tellement abîmée à présent que le bois pèle. Elle a besoin d'être traitée – et le fait de penser à ça au lieu de me demander ce que fait le docteur Jameson assis avec toi à 3 heures du matin me perturbe. Le docteur Jameson me fait face ; tu es installé en bout de table, comme d'habitude. Une collection de canettes décore la table et tu en descends une jusqu'à la dernière goutte, le visage levé vers le ciel. Quand tu as terminé, tu la froisses et la lances contre un arbre. Tu manques ta cible, t'empares immédiatement d'une autre canette et la projettes violemment contre le même arbre. Elle explose contre le tronc, répandant de la mousse de bière.

Le docteur Jameson regarde où elle est tombée puis se remet à parler. Je suis perplexe. Il a peut-être perdu le double de ta clé et vous êtes tous les deux trop polis pour me réveiller. Je trouve ça hautement improbable. Tu éructes tellement fort que ton rot résonne contre le mur du fond de l'impasse. Je ne parviens pas à saisir les paroles du docteur Jameson, ce qui me chagrine, et je m'endors en écoutant les modulations agréables de sa voix douce.

Cette fois-ci je rêve d'une conversation avec papi Adalbert. Je suis adulte dans mon songe mais je me sens comme une enfant. On est dans son jardin et il me montre comment planter des graines. Sous son regard attentif, je sème des graines de tournesol et les recouvre de terre avant de les arroser. Il s'adresse à moi comme si j'étais encore une gamine. Il m'explique comment tailler le jasmin hivernal qui peut l'être une fois que toutes les fleurs sont fanées. Il me montre comment élaguer les branchages abîmés pour que la plante se développe bien en partant de la pousse principale et il coupe tout ce qui pousse sur dix centimètres sur les côtés. Cela permettra à la plante de faire de nouvelles fleurs l'hiver suivant.

— Plein de bourgeons, Jasmine, déclare-t-il couvrant le sol de compost.

— Ce n'est pas un signe, papi, lui fais-je remarquer d'une voix enfantine que je prends exprès pour ne pas le blesser en lui rappelant que je suis une adulte à présent. *(Il pourrait se rendre compte qu'il est mort depuis longtemps et ça l'attristerait.)* Ça ne me dit pas quelle direction je dois prendre.

Il me tourne le dos.

— Vraiment ? lâche-t-il comme si mes paroles n'avaient aucun sens.

— Oui, papi. Le jasmin est taillé mais il est prêt à pousser et ce n'est pas un signe, c'est un symbole.

Il pivote vers moi et même si c'est un rêve, je suis sûre que c'est lui, que c'est vraiment lui. Il me sourit, le visage tout plissé, les yeux presque fermés et ses joues se creusent dans son sourire chaleureux.

— Ça, c'est ma Jasmine, dit-il.

Quand je me réveille, une larme coule sur ma joue.

Chapitre 15

On est samedi, et dès que j'ouvre les yeux et vois la lumière dorée qui inonde ma chambre, j'ai envie de sauter du lit, d'enfiler un survêtement et de courir dans le jardin comme le garçon dans *Le Bonhomme de neige* qui est si impatient de retrouver son nouvel ami. Dans mon cas, ce n'est pas un bonhomme de neige mais c'est un tas de cailloux que je dois placer dans mon jardin en pente.

Tandis que je suis au-dehors en train de regarder mes pierres, Amy arrive avec les enfants. Ces derniers descendent de la voiture, et s'éloignent de leur mère d'un pas lent et malheureux. Tu ouvres la porte et elle s'en va avant que tu aies pu remonter l'allée pour la saluer. Tu la regardes partir. Ce n'est pas bon signe. Les enfants t'embrassent – pas Fionn, qui se contente de traîner les pieds jusque chez toi.

Le silence revient et ça me plaît, mais il ne dure pas. M. Malone est sorti dans son jardin et je l'entends balayer ses pavés.

— Il ne faut pas les arroser, explique-t-il quand il voit que je l'observe. (Il s'est agenouillé pour brosser les pierres.) Ça les abîme. Il faut que je fasse le ménage parce que Elsa rentre demain.

— Je suis bien contente de l'apprendre, Jimmy.

— Ce n'est pas la même chose, répond-il en se relevant et en se dirigeant vers l'endroit où ses buissons rencontrent mon allée dallée.

— Sans elle ?

— Avec elle, sans elle. Elle n'est plus la même. L'AVC, ça… (Il opine comme s'il avait terminé la phrase dans sa tête et qu'il était d'accord avec lui-même.) Elle n'est plus la même. Mais Marjorie sera contente de la voir. Je vais tout préparer pour son retour mais je ne sais pas si elle remarquera quoi que ce soit.

J'ai cessé de nourrir Marjorie quand le docteur Jameson est rentré de vacances, mais j'avais constaté que Jimmy ne s'en sortait pas très bien sans sa femme. L'évier disparaissait sous la vaisselle sale et une odeur répugnante émanait du frigo. Ce n'était pas grand-chose et je n'ai pas eu l'impression d'être indiscrète, aussi, j'ai fait la vaisselle et jeté les légumes moisis ainsi que le lait périmé dans le réfrigérateur pour le reste vide. Il était tellement habitué à ne rien faire chez lui qu'il n'a pas remarqué, ou du moins il n'a rien dit. Cependant, même si le docteur Jameson a repris son rôle de voisin tout-terrain, je doute que ses devoirs incluent la vaisselle. Cela dit, ses devoirs envers toi, si c'était bien de ça qu'il s'agissait, s'étaient prolongés jusqu'à trois heures et demie la nuit dernière. Ce dont vous avez parlé – toi rond comme une barrique, chantant et braillant, et le docteur Jameson, bronzé dans son blouson North Face – est un mystère pour moi.

Je laisse planer un silence respectueux même si je sais qu'il n'attend pas de réponse. Puis je m'enquiers :

— Jimmy, c'est quoi, le meilleur moment pour planter un arbre ?

Son humeur larmoyante s'atténue aussitôt, il est tout requinqué par ma question.

— Le meilleur moment pour planter un arbre ?

Je hoche la tête et je regrette immédiatement d'avoir posé la question. Il va certainement se lancer dans une réponse interminable.

— Hier, répond-il en gloussant, le regard toujours triste. Comme tout le reste. Encore un raté.

Puis il reprend le nettoyage de ses dalles.

Ta porte s'ouvre et Fionn sort de chez toi, habillé tout en noir, la capuche de son sweat-shirt lui couvrant presque tout le visage, mais ses boutons et ses taches de rousseur démentent son étrange choix vestimentaire. Il se dirige droit vers moi.

— Mon père m'a dit de venir vous aider.

— Oh. (Je ne sais pas quoi répondre.) Je, euh, je n'ai pas besoin d'aide. Je m'en sors très bien toute seule. Mais merci.

J'aime travailler seule, ça me procure un sentiment de paix. Je n'ai aucune envie de bavarder ni d'expliquer ce qu'il faut faire. Je préfère continuer comme ça.

Il lorgne les pavés avec convoitise.

— Ils ont l'air lourds.

C'est vrai. Je me rappelle que je n'ai pas besoin d'aide, que je n'en sollicite jamais. Je préfère me débrouiller seule.

— Je ne veux pas retourner là-bas, affirme-t-il si bas que quand je lève les yeux vers lui, c'est comme s'il n'avait rien dit et je me demande si j'ai bien entendu.

Comment le rembarrer après ça ? Qui a eu l'idée de l'envoyer vers moi ? Je soupçonne que ce n'est pas toi.

— Commençons avec celui-là, déclaré-je. Je voudrais le mettre là-bas.

Avec Fionn, je bouge plus vite et je prends des décisions plus rapidement que seule. Au début, j'ai du mal à trouver des sujets de conversation – des trucs cool, drôles et jeunes – mais au fur et à mesure que le temps passe et qu'il se contente de marmonner des monosyllabes, je me rends compte qu'il n'a pas plus envie de discuter que moi. Et on œuvre en silence, en commençant par le bas de la pente et en remontant. On ne se parle que pour dire « à droite », « à gauche » – ce genre de choses. Les heures passent et il se met à faire des suggestions sur l'endroit où placer les pavés.

On finit par reculer, en nage et haletants, pour regarder notre travail. Comme on est contents de la façon dont on a disposé les pierres, on s'attaque à la phase suivante, on les fixe solidement dans le sol. Puis on mélange du terreau à du sable pour être certains que rien ne bouge. Ensuite, on installe les plus petits cailloux en laissant de la place pour planter des fleurs. À chaque étape, on recule et on se déplace pour avoir une meilleure vue.

Fionn garde le silence.

— Ce sera mieux avec des plantes et des fleurs, dis-je, mal à l'aise, avec l'envie de défendre mon jardin.

— Ouais, répond-il sur un ton indéchiffrable.

Sa voix est monotone et inexpressive, il a l'air à la fois de s'en moquer et de ne pas s'en moquer.

— J'ai envie de mettre une fontaine.

J'ai fait des recherches et j'ai découvert, tout excitée, une vidéo expliquant comment en construire une en huit heures. Et, encore mieux, je peux utiliser mes dalles en grès pour le faire.

On scrute le jardin, à la recherche du meilleur emplacement.

— Vous pourriez la mettre là, suggère-t-il.

— Et pourquoi pas là-bas ?

Il réfléchit avant de demander :

— Où est la sortie de courant la plus proche ?

Je hausse les épaules.

— Vous en aurez besoin pour la pompe. Vous avez un éclairage. (Il se met à marcher dans le jardin pour chercher la source d'électricité qui alimente les lampes.) Là. Ce serait mieux de la placer là du coup.

— Ouais, réponds-je d'une voix aussi égale que la sienne – je ne le fais pas exprès mais c'est addictif. (C'est beaucoup plus facile de ne pas faire d'efforts, je comprends pourquoi il s'exprime comme ça.) Je voudrais mettre une canalisation au milieu des pavés comme ça, tu vois.

J'empile les pavés pour lui montrer avant d'ajouter :

— L'eau coulera au milieu.

— Comme un geyser ?

— Non, comme un petit torrent.

Il acquiesce, blasé.

— Vous allez faire ça maintenant ?

— Demain.

Il semble déçu même si c'est difficile d'en être certaine, vu sa façon permanente d'osciller entre la nonchalance et la détresse. Je ne lui propose pas de revenir demain. Sa compagnie ne m'a pas dérangée mais je préfère travailler seule, d'autant plus que je ne sais pas ce que je fais. Je veux trouver des solutions toute seule sans discuter ni m'expliquer. Bon, c'est vrai qu'avec Fionn il n'y a pas beaucoup de discussions.

— Vous allez tout utiliser ?

— La moitié seulement.

— Je peux avoir l'autre moitié ?

— Pour quoi faire ?

Il hausse les épaules mais je devine qu'il a quelque chose en tête.

Je le dévisage en attendant la suite.

— Pour les casser.

— Oh !

— Je peux emprunter ça ? demande-t-il en désignant mon maillet.

Je ne l'ai jamais vu arborer un air aussi plein d'espoir.

— D'accord, réponds-je, hésitante.

Il entasse les pavés dans la brouette et les transporte de l'autre côté de la rue jusqu'à ta table. Puis il revient en chercher d'autres. C'est à ce moment-là que tu sors pour voir ce qu'il fabrique. Tu lui poses la question mais il t'ignore et fait encore un trajet. Tu l'observes un instant avant de le suivre.

— Salut, dis-tu en remontant mon allée, les mains dans les poches. (Tu jettes un coup d'œil au jardin de rocaille.) C'est bien.

— Merci. Merde, m'exclamé-je soudain en apercevant mon cousin Kevin tourner au coin de la rue, qu'il remonte d'un pas décontracté en regardant à droite et à gauche pour trouver ma maison. Je ne suis pas là, lancé-je en laissant tout tomber et en courant vers chez moi.

— Quoi ?

— Je ne suis pas là, répété-je en désignant Kevin avant de tirer la porte derrière moi.

Je la laisse entrouverte parce que je veux entendre ce que Kevin va dire.

Il remonte mon allée.

— Bonjour.

Il s'adresse à toi et à Fionn, qui, malgré son intention de les écrabouiller, entasse soigneusement les pavés dans la brouette.

— Bonjour, réponds-tu.

Tu ressembles plus à un animateur quand je ne te vois pas, comme si tu avais une « voix de téléphone » réservée aux étrangers. Je fais un pas de côté pour jeter un coup d'œil par la fenêtre. Kevin a l'air d'un prêtre, raide comme la justice, pantalon en velours marron, imperméable. Tout est précis, net et les couleurs sont neutres. Je suis sûre que l'été il porte des sandales.

— Jasmine n'est pas là, annonces-tu.

— Oh ! (Kevin lève les yeux et je me baisse.) Quel dommage ! Vous en êtes certain ? On dirait que… sa porte est ouverte.

J'ai peur qu'il ne rentre, comme quand on était enfants et qu'il se mettait à ma recherche alors que je n'avais absolument pas envie qu'il me trouve. On jouait à une variante de cache-cache où celui qui vous dénichait devait rester avec vous en attendant que les autres vous découvrent. Kevin avait le chic pour me trouver en premier et il pressait son corps contre le mien, il se faufilait dans l'espace étroit avec moi, et je sentais son souffle sur mon cou et son cœur contre ma peau. Même petit, il me mettait mal à l'aise.

Tu gardes le silence. Je suis surprise que tu n'inventes pas un mensonge – je n'ai aucune preuve que tu sois un menteur mais je te trouve tellement peu de qualités que j'aurais pensé que tu mentais facilement. C'est Fionn qui vient à mon secours.

— Elle l'a laissée ouverte pour nous. On est ses jardiniers, explique-t-il alors que son absence d'émotion et d'implication le rend tout à fait crédible.

Tu lui lances un regard admiratif.

— Oh, mince ! Bon, je vais la rappeler sur son portable, reprend Kevin en reculant. Au cas où je n'arriverais pas à la joindre, est-ce que vous pouvez lui dire que Kevin est passé ? Kevin, répète-t-il.

— Kevin, OK, dis-tu, visiblement mal à l'aise de te retrouver dans cette situation.

— Pas de problème, Kieran, répond Fionn en poussant la brouette le long de l'allée.

— C'est Kevin, répète mon cousin sans animosité mais avec une légère inquiétude.

— Compris, répliques-tu avant que Kevin reparte lentement par où il est venu en regardant régulièrement par-dessus son épaule pour vérifier que je ne surgis pas sur mon perron.

Même une fois qu'il est hors de vue, je ne me sens pas en sécurité.

— Il est parti, annonces-tu en frappant à la porte.

J'ouvre lentement et je me glisse à tes côtés en espérant que tu me dissimuleras à sa vue s'il revient.

— Merci.

— Petit ami ?

— Oh, non, heureusement ! Il voudrait l'être.

— Et vous ne voulez pas.

— Non.

— Il a l'air sympa.

Il faut que j'étouffe dans l'œuf cette conversation sincère. *Hors de question de discuter de ma vie sentimentale ou de son absence avec toi.*

— C'est mon cousin, lâché-je en espérant que la conversation en reste là.

Il écarquille les yeux.

— Nom de…

— Il a été adopté.

— Oh.

— Mais bon, ajouté-je, pour ma défense.

Je trouve ça répugnant et ça ne changera pas.

Un silence.

— J'ai une cousine : Eileen, dis-tu à brûle-pourpoint. Elle avait une sacrée paire de loches, même jeune. Tout ce dont je me souviens quand je pense à elle, c'est… (Tu mets les mains en coupe devant tes pectoraux et tu soupèses l'air.)

J'ai toujours eu un énorme béguin pour elle. On l'appelait Nichons à miettes parce que tout tombait dessus, vous voyez. Comme une étagère ?

On se parle en regardant Fionn. Nos regards ne se croisent pas. On tourne le dos à ma maison.

— Elle a des gosses à présent. Ses seins sont un peu tombés… (Tu baisses les mains au niveau de ta taille.) Mais si elle me révélait qu'elle a été adoptée… vous comprenez ?

— Matt, soupiré-je.

Je te jette un coup d'œil et je me rends compte que tu as l'air malicieux. Je secoue la tête. Que ton histoire soit vraie ou non, tu es en train de me taquiner. Je ne mords pas à l'hameçon.

— Votre sœur, elle…

— … est trisomique, finis-je en croisant les bras, prête à en découdre.

Toujours prête : « Qu'est-ce que tu viens de dire sur ma sœur ? » La cause de la plupart de mes bagarres adolescentes. Certaines choses ne changent jamais.

Tu as l'air stupéfait et je me détends un peu.

— J'allais dire que votre sœur est une grande fan de musique.

Je t'examine, soupçonneuse, et j'en conclus que tu es sincère.

— Oh ! (Un silence.) Oui. C'est vrai.

— Elle en sait probablement plus que moi.

— La question ne se pose pas.

Tu souris.

— J'ai organisé quelque chose pour elle la semaine prochaine. Une visite de la radio. Vous croyez que ça l'intéressera ? J'ai pensé que oui – j'ai déjà fait ça pour d'autres personnes, mais je ne l'ai jamais fait pour quelqu'un comme elle, qui l'apprécierait autant. Qu'est-ce que vous en dites ?

Je suis tellement abasourdie que je parviens juste à hocher la tête.

— Bien. J'espère que ma question ne va pas vous choquer mais je veux savoir ce qui vaut mieux : que ce soit moi qui la conduise ou que vous l'accompagniez ? Ou est-ce qu'elle viendra par ses propres moyens ?

Je continue à te dévisager, sidérée. Je ne te reconnais pas. Que tu aies programmé une visite pour elle et que tu sois suffisamment attentionné pour t'inquiéter de la logistique me dépasse.

— Vous avez organisé une visite pour elle ?

Tu sembles perplexe.

— Je vous avais dit que je le ferais. Il y a un problème ? Je devrais annuler ?

— Non, non, lâché-je sans hésiter. Elle va être super contente. (Je lutte pour trouver mes mots.) Elle prend le bus toute seule, ajouté-je, de nouveau sur la défensive. Elle en est parfaitement capable, vous savez.

— Très bien.

Tu me scrutes et je déteste ça.

— Mais je l'accompagnerai. Si ça vous va.

— Aucun problème. (Tu souris.) Vous êtes une grande sœur très protectrice.

— Petite sœur, rectifié-je.

Tu fronces les sourcils.

— Elle est plus âgée que moi.

Ça fait « tilt ». Tu as l'air de comprendre quelque chose. Mais de manière sarcastique.

— Ça ne m'étonne pas. Elle est plus mûre.

Un sourire frémit sur mes lèvres mais je le réprime. Je tourne mon attention vers Fionn. Tu suis mon regard.

On observe Fionn s'emparer du maillet.

— Ça vous est vraiment égal qu'il fasse ça ? demandes-tu.

— Et vous ?

— Ce ne sont pas mes pavés.

— Un éclat pourrait le blesser à l'œil, observé-je.

Un silence.

— Lui entailler le bras. Toucher une artère.

Tu le suis.

Je ne sais pas ce que tu dis à ton fils mais tu t'en tires mal. Avant même que tu aies fini ta phrase, Fionn fracasse une de mes onéreuses dalles de grès sur ta table de jardin. Tu bondis en arrière pour éviter de recevoir un éclat. Il fait comme si tu n'étais pas là.

Pendant vingt minutes, il réduit tout en poussière, les joues rendues rouges par l'effort, le visage crispé par la colère. Ta fille, la petite blonde qui se déplace toujours en dansant, le regarde de la Jeep parce que tu ne lui permets pas d'approcher davantage, et tu restes sur le seuil de ta maison, les bras croisés. Ta gêne se transforme peu à peu en inquiétude. Quand Fionn a terminé, il examine son œuvre, les bras le long du corps, détendus. Puis il lève les yeux et regarde autour de lui, soudain conscient de son environnement et des gens qui ont assisté à la scène, comme s'il sortait du coma. Il se raidit derechef et rabat sa capuche : la tortue rentre dans sa carapace. Il fait tomber le maillet dans la brouette qu'il pousse dans ma direction.

— Merci, marmonne-t-il avant de s'éloigner de nouveau en traînant les pieds, tête baissée.

Il dépasse sa sœur et te bouscule pour rentrer. De mon jardin, j'entends une porte claquer à l'étage.

Ça me fait penser que je devrais téléphoner à mon père.

Je le devrais. Mais je ne le fais pas. Il m'aura fallu quelques mois de ce congé de jardinage pour me rendre compte que j'ai claqué la porte il y a longtemps, je ne sais pas quand exactement – mais ça me saute aux yeux à présent et je ne suis pas encore prête à sortir de ma chambre.

Chapitre 16

Je suis réveillée au beau milieu de la nuit par les mêmes voix basses que le vent emporte jusqu'à ma fenêtre, comme si la brise était une messagère qui transporte les mots pour moi. Dès que j'ouvre les yeux, je sais que je suis bien réveillée et que je ne me rendormirai pas même si je suis épuisée, complètement éreintée ; le jardinage de la veille m'a cassé le dos et le moindre geste se révèle douloureux mais c'est une souffrance satisfaisante. Rien à voir avec les migraines qui m'assaillaient parce que je passais trop de temps au téléphone ni avec les joues et les oreilles rouges et les yeux qui piquaient à cause de mon écran d'ordinateur, sans compter les problèmes de dos et la tendinite à l'épaule droite à cause de ma mauvaise posture. Ça n'a aucun rapport avec ça ni avec la souffrance qui suit une séance de sport. Ce sentiment est tout à fait différent et tellement gratifiant que j'en ai presque le tournis. Même si je suis crevée, mon esprit est vivant. C'est revigorant, je me sens gonflée à bloc, en partie parce que la terre nourrit mon âme, en partie parce que je ne comprends pas pourquoi le docteur Jameson t'a encore rejoint à ta table de jardin à 1 heure du matin. *De quoi vous pouvez bien discuter ? Qu'est-ce qui est si important que vous ne puissiez pas l'évoquer dans la journée ? Et, encore plus perturbant, qu'est-ce que vous pouvez bien avoir en commun tous les deux ?* Vous êtes les deux personnes du quartier les moins susceptibles de vous entendre, peut-être encore moins que toi et moi – et ce n'est pas peu dire. Je finis par parvenir à la conclusion que tu es un raté et que le docteur Jameson adore réparer les choses. Tu dois faire partie de son programme de surveillance du voisinage : il te considère peut-être comme une menace potentielle pour les autres résidents, vu que tu as fracassé un réverbère, ta fenêtre et la porte de ton garage.

Je capitule et repousse les couvertures. Tu m'as eue.

Je traverse la rue avec mes Ugg et ma doudoune longue, une Thermos de thé et des mugs à la main.

— Ah, voilà la femme en question, constate le docteur Jameson comme s'ils étaient en train de parler de moi.

Tu plantes tes yeux troubles et ivres dans les miens.

— Vous voyez, je vous avais dit qu'elle ne pouvait pas se passer de moi, rétorques-tu sèchement mais le cœur n'y est pas.

— Bonsoir, docteur Jameson. Du thé ?

— Merci.

Ses yeux fatigués brillent au clair de lune, c'est la seconde fois d'affilée qu'il veille aussi tard.

Je ne prends même pas la peine de t'en proposer. Tu sirotes un verre de whisky et la bouteille à moitié vide trône sur la table. J'ignore à combien de verres tu en es. *Deux ou trois peut-être.* Une forte odeur de whisky plane dans l'air mais elle provient peut-être de la bouteille et non de ton haleine. Tu dégages une énergie différente ce soir : tu as l'air abattu, tu as perdu toute ardeur combative. Même si ça ne t'empêche pas de me chercher, tu le fais avec moins d'ardeur que d'habitude.

— Joli pyjama, constates-tu.

— Ce n'est pas un pyjama.

Je vérifie qu'il n'y a aucun éclat de grès sur la chaise. Ils sont éparpillés partout. Fionn a balayé derrière lui la veille, manifestement contre son gré, si j'en crois la façon dont les débris heurtaient brutalement le sol.

— C'est un pantalon de yoga.

Tu ricanes.

— Maintenant que le thé du chapelier fou est au complet, ajoutes-tu, est-ce qu'il est déjà l'heure de pleurer ?

Je suis un peu blessée mais je ne mords pas à l'hameçon.

— Je crains que notre ami ne soit un grossiste de la vanne, fait remarquer le docteur Jameson sur un ton de conspirateur jovial. Je serais vous, je n'y prêterais pas attention.

— Je suis payé pour ça, dis-tu.

— Plus maintenant.

Je te jette un coup d'œil par-dessus ma tasse. Je cherche peut-être la dispute, je n'en sais rien. Je voulais juste t'imiter, mais ça ne fonctionne jamais quand je fais ça. Tu me lances un regard glacial qui me surprend : j'ai touché un point sensible et ça me plaît.

Je souris. *Vengeance.*

— Qu'est-ce qui s'est passé, Matt ? Bob ne va pas tout arranger ? Je pensais que vous étiez comme ça…

Je croise les doigts comme tu l'avais fait.

— Bob a fait une crise cardiaque, m'informes-tu avec gravité. Il est à l'hôpital sous respirateur artificiel. On pense qu'il ne va pas s'en sortir.

Je me sens monstrueuse. Mon sourire s'efface aussitôt.

— Oh, mon Dieu ! Matt. Pardon.

Je bégaie des excuses, je me sens super mal.

— Bob a été viré, ajoute le docteur Jameson. Matt, s'il te plaît.

Tu ricanes, mais le cœur n'y est pas. Je suis furieuse que tu m'aies encore réduite à ressentir ça, à te présenter des excuses.

— Docteur J, cette femme a plus de hauts et de bas qu'une danseuse de pole dance.

— Allons, allons, l'avertit le docteur Jameson.

Je ne peux pas réfuter cette affirmation – sur mes hauts et mes bas, pas sur la danseuse de pole dance. Je me comporte vraiment comme ça avec lui.

— Donc votre pote a été renvoyé, dis-je en sirotant lentement mon thé. (Je me sens de nouveau au taquet.) Ça se présente mal pour l'enquête en cours, pas vrai ?

— Oui, c'est vrai.

Tu fixes tes yeux sur moi.

— À moins que vos patrons n'engagent un autre de vos copains pour le remplacer. Quelqu'un qui serait prêt à fermer les yeux sur votre totale erreur de jugement. Encore une fois.

Tu me lances un regard dangereux et avales ton whisky cul sec. Je devrais déchiffrer les signes mais je ne le fais pas, ou plutôt si mais je poursuis. Je pensais que tu étais sur une pente glissante mais je me trompais : avant ça tu étais solidement planté sur tes deux jambes. J'ai envie de te pousser du doigt. C'est thérapeutique.

— Oh, oh, deviné-je, sarcastique. Ils ont embauché quelqu'un qui ne peut pas vous blairer. C'est affreux. Je me demande bien où ils ont trouvé ce type.

— C'est une femme, intervient le docteur Jameson. Olivia Fry. Une Anglaise. Elle vient d'une grosse radio britannique.

— Une radio super naze, déclares-tu en te frottant le visage, tendu.

— Vous n'êtes pas un fan ?

— Non.

Tu me décoches de nouveau un regard noir. Je prends une autre gorgée de thé.

— Essayez de ne pas être aussi triste, Jasmine.

Je lève les mains.

— Vous savez quoi, Matt, je comprends, d'une certaine manière, que vous pensiez que ce que vous faites a des répercussions bénéfiques…

Tu essaies de m'interrompre.

— Laissez-moi parler, ordonné-je en haussant la voix.

— Chut, dit le docteur Jameson. Les Murphy.

Je baisse la voix jusqu'à murmurer mais je garde la main.

— Mais le réveillon du nouvel an ? La femme dans le studio d'enregistrement ? C'était quoi, ce bordel ?

Il y a un long silence. Le docteur Jameson nous regarde tour à tour. Je devine qu'il est curieux de voir si tu vas répondre sincèrement.

— J'étais bourré, finis-tu par avouer, mais c'est un simple constat, non une excuse. (Je lève les yeux vers le docteur Jameson, surprise.) J'ai mélangé par erreur mes anxiolytiques avec de l'alcool avant l'émission.

— Vous ne devriez pas faire ça, le tance le docteur Jameson en secouant la tête brusquement. (Il connaît déjà l'histoire.) Ces médicaments sont très forts, Matt. Vous ne devriez pas boire du tout. Et, franchement, vous ne devriez pas prendre d'anxiolytiques.

— Je les avais déjà pris avec de l'alcool et ça n'aurait rien dû me faire, mais ce soir-là j'avais encore des somnifères dans le sang.

Le docteur Jameson enfouit le visage entre ses mains, horrifié.

— Donc vous admettez que vous n'auriez pas dû faire ça à l'antenne, dis-je, plus surprise par le fait que tu reconnaisses tes fautes que par le mélange de drogues que tu as absorbé.

Tu me regardes, les sourcils arqués, indifférent à ma provocation. Quand je comprends que tu ne répondras pas, je me tourne vers le docteur Jameson.

—Alors, vos vacances ?

—Oh, eh bien, c'était sympa de voir les enfants et…

—Il a plu pendant deux semaines, ils étaient coincés dans l'appart et ils lui ont demandé de garder les gosses tout le temps.

—Tout n'a pas été si noir.

—Docteur J, vous m'avez dit qu'il était temps que je cesse de me voiler la face. C'est valable pour vous aussi. Ils se sont servis de vous.

Le docteur Jameson a l'air abattu.

Le « vous m'avez dit qu'il était temps que je cesse de me voiler la face » résonne à mes oreilles. C'est un petit aperçu de ta relation avec le bon docteur. Je ne pensais pas que c'était ce que vous fabriquiez à cette heure tardive, attablés dans ton jardin.

—Je suis désolée pour vous, déclaré-je au docteur Jameson.

—C'est… vous savez, c'est… J'espérais aller chez eux à Noël, mais non. Hors de question.

—Docteur J a passé les quinze derniers Noëls tout seul.

—Un peu plus. J'espérais que cette année, ce serait différent. Mais ce n'est pas grave, dit-il en se ressaisissant.

On reste assis en silence, chacun perdu dans ses pensées.

—Vous avez fait du bon boulot dans votre jardin, constate le docteur Jameson.

—Merci.

Je contemple mon œuvre avec fierté.

—Elle est en congé de jardinage, expliques-tu avant d'éclater de rire et de tousser : « elle a été virée » dans ton verre de whisky.

Je sens monter la colère.

—Fionn m'a aidée pour le jardin de rocaille. Il voulait s'éloigner de son père.

Nos piques amusent le docteur Jameson. Pas moi.

— Il a quinze ans. Aucun ado de quinze ans n'aime passer du temps avec son père, observes-tu.

Je suis d'accord.

— Et il n'y a rien à faire ici. Ils passent leur temps à jouer sur leurs iPad, tous les trois.

— Eh bien, faites quelque chose « avec eux ». Trouvez un truc. Il aime être dehors, inventez un projet. (Je baisse les yeux sur la table.) Réparez et vernissez cette table. Ça l'occupera. Faites-le ensemble. Il se pourrait même que vous vous parliez, dis-je, sarcastique.

Un silence.

— Un congé de jardinage, Jasmine, intervient le docteur Jameson. Pour combien de temps ?

— Un an.

— C'était quoi, votre job ?

— J'étais la cofondatrice d'une boîte appelée L'Usine à idées. On inventait, et on développait des idées et des stratégies pour d'autres sociétés.

— Du conseil ? demandes-tu.

— Non, réponds-je en secouant la tête.

— De la pub, alors.

— Non, non.

— Ce n'est pas très clair…

— Je n'ai pas à m'expliquer, Matt, crié-je.

— Ouh ! là, là, chantonnes-tu. (Tu sais que tu as touché un point sensible et que j'ai réagi exactement comme tu l'espérais.) Je l'ai offensée, docteur J, j'ignore comment, j'ignore quand.

— Pourquoi s'arrêter à une seule fois ? Et si tout ce que vous me disiez m'offensait ?

Je sais que ce n'est plus vrai et je me sens coupable. Je songe à toutes les fois où tu m'as réconfortée.

Je regarde mon jardin, la seule chose qui me permette de me changer les idées en ce moment et de ne pas dire un truc que je pourrais regretter. Tu t'es montré plutôt sympa jusqu'à présent mais si je continue à te pousser à bout, tu pourrais péter un plomb, et vice versa.

— Qu'est-ce que vous comptez faire ? demande le docteur Jameson.

J'ai l'impression de devoir revenir de très loin pour lui répondre.

— J'avais envie de construire une fontaine.

— Je ne pensais pas au…

— Elle a très bien compris ce que vous vous vouliez dire.

Tu me lances un regard songeur.

— Le couple qui habite à côté de moi, docteur J, commencé-je sans me rendre compte que j'ai utilisé le surnom que tu lui donnes.

— Les Lennon, me rappelle-t-il.

— Je les ai vus faire du porte-à-porte hier. Pourquoi ?

— Ils créent un club échangiste secret, rétorques-tu. Juste sous notre nez.

Je t'ignore.

— Je pense que je lui plais, dis-tu à docteur J.

— Vous êtes un vrai gamin.

— Vous êtes si facile à charrier que ce serait dommage de s'en priver.

— Uniquement avec vous.

— Les Lennon faisaient leurs adieux, explique le docteur Jameson sans prêter attention à notre querelle puérile. Ils ont décidé de louer leur maison et de partir en croisière pendant plusieurs mois. Après ce qui est arrivé à Elsa Malone, ils veulent profiter de la vie tant qu'il est encore temps.

— Qui va louer ?

— Votre cousin, réponds-tu.

— Ah, bon ? Et moi qui croyais que c'était votre femme, répliqué-je aussi sec.

— Un chef d'entreprise. Seul. Les compagnies paient une fortune pour leurs dirigeants. Il emménage la semaine prochaine. Je l'ai vu visiter. Il est jeune.

Tu fais un bruit bizarre qui m'est adressé. *Une raillerie de lycéen.*

— On ne sait jamais, Jasmine, ajoutes-tu en m'adressant un clin d'œil.

— Pfff.

— Le temps passe. Vous n'allez pas en rajeunissant. « Tic-tac, tic-tac », il est temps de faire des gosses.

La colère bouillonne de nouveau en moi. *Tu as le chic, je le reconnais, pour mettre le doigt sur les faiblesses des gens.*

— Je ne veux pas d'enfants. *(Tu me dégoûtes et je sais que je ne devrais pas répondre mais je refuse de te laisser croire que tu as eu le dernier mot.)* Je n'en ai jamais voulu.

— Ah, bon ? demandes-tu, intéressé.

— C'est vraiment dommage, observe le docteur Jameson. (J'ai envie de m'éloigner de ces deux mecs qui pensent soudain que ce que je fais ou ne fais pas de mon corps les regarde.) Je vois des femmes plus âgées qui regrettent cette décision. Vous devriez y réfléchir, y penser sérieusement, poursuit-il comme si j'avais dit ça comme ça.

J'ai toujours su que je ne voulais pas d'enfants. Depuis toujours.

— Je ne vois pas l'intérêt de regretter quelque chose maintenant que je ne regretterai pas plus tard. (C'est ce que je réponds systématiquement à tous ceux qui me disent exactement ce que vient de déclarer le docteur Jameson.) Je vais donc m'en tenir à ma décision puisque c'est la bonne pour moi.

Tu as toujours les yeux rivés sur moi mais je refuse de croiser ton regard.

— Est-ce que les Lennon sont venus vous dire « au revoir » ? te questionné-je.

Tu secoues la tête.

— Pourquoi ils ne sont pas venus nous voir ? interrogé-je sans m'adresser à personne en particulier. On était dans mon jardin tous les deux. Ils nous sont passés devant sans rien dire.

Tu ricanes et fais tourner ton whisky dans ton verre. Tu n'as presque rien bu depuis que je suis là et c'est tant mieux parce que tes enfants dorment chez toi, c'est la seule nuit de la semaine qu'ils passent avec toi et tu es dans ton jardin, bourré.

— Pourquoi ils vous auraient dit « au revoir » ? Vous n'êtes pas vraiment la voisine du siècle. Vous avez passé deux mois à creuser dans votre jardin pour vous remettre d'un épisode psychotique...

Je me sens déraper et je sais que je devrais me retenir. *C'est exactement ce que tu veux, foutre tout le monde en rogne – sauf toi.* Les gens blessés deviennent blessants. Mais je ne peux rien y faire, je suis peinée, moi aussi.

— Et que fait un animateur qui a été viré, alors ? Vous avez eu des propositions de la part d'autres radios ?

— Je n'ai pas été viré.

— Pas encore. Mais ça va venir.

— On a rallongé mon congé de jardinage pour un temps indéterminé, réponds-tu avec un éclat malicieux dans le regard. On dirait bien qu'on est coincés ici tous les deux. Vous et moi.

Un truc craque dans ma tête. Ou plutôt se brise net. Je viens de comprendre quelque chose et je sens la colère me consumer.

— Vous pourrez quand même aller à la radio la semaine prochaine ?

— Non, dis-tu lentement en levant les yeux de ton whisky pour les plonger dans les miens. Les dirigeants ont décidé de restructurer la radio. J'ai interdiction d'y mettre un pied jusqu'à ce qu'ils m'aient informé de ce qu'ils comptaient faire de moi.

— Mais vous avez promis à ma sœur de la lui faire visiter.

Tu m'observes pour voir si je suis sérieuse et quand tu vois que je ne souris pas, ne ris pas et ne réponds pas, tu poses violemment ton verre sur la table, ce qui nous fait sursauter le docteur Jameson et moi.

— Vous croyez vraiment que j'en ai quelque chose à foutre de votre sœur en ce moment ?

La colère éclate en moi, elle se répand dans mes veines comme un poison. *Partout. Haine. Fureur. Dégoût. Rage.*

— Non, je ne le crois pas, en fait.

Je sens le regard du docteur Jameson posé sur moi : il devine quelque chose dans ma voix que tu n'entends pas.

— J'ai trois enfants là-dedans. Et une femme que j'aimerais bien reconquérir. C'est à eux que je pense en ce moment.

— Ah, oui ? Intéressant. Parce qu'il est deux heures et quart du matin et vous êtes en train de boire du whisky dans votre jardin au lieu d'être avec eux. Mais vous ne savez pas vraiment ce que le mot « responsabilité » signifie, pas vrai ?

Je devrais certainement m'arrêter mais j'en suis incapable. Toute la semaine, Heather a manifesté son excitation à la perspective de visiter la radio. Tous les jours. Non-stop. Elle a fait des recherches. Elle peut réciter les programmes, elle sait qui bosse sur quelle émission et à quelle heure, elle a cherché les noms des producteurs et des documentalistes. Elle m'a appelée tous les jours pour me tenir au courant.

Le dernier coup de fil qu'elle m'a passé, c'était pour me dire qu'elle pourrait peut-être cesser de travailler dans le cabinet d'avocats qu'elle aime tant pour prendre un job à la radio si M. Marshall voulait bien l'aider. J'avais l'impression qu'elle sentait que je désapprouvais tout ça. Mais en réalité, je n'étais pas contre ; j'étais réticente, j'hésitais à suivre le mouvement parce que je craignais que quelque chose dans ce genre ne se produise. Du coup, elle essayait de me convaincre de toutes ses forces, de me montrer à quel point c'était important pour elle, elle étalait son enthousiasme pour m'empêcher d'intervenir et d'annuler. Ma rage bouillonne, prête à se déverser.

— Votre femme vous a quitté, vous avez perdu votre job, vos enfants ne vous supportent pas…

— Fermez-la, marmonnes-tu en secouant la tête, les yeux baissés sur la table.

Je décide de poursuivre parce que je veux te faire du mal. Je veux te faire subir ce que tu m'as infligé il y a des années.

— Vos enfants vous détestent…

— Fermez-la ! hurles-tu tout à trac.

Tu t'empares de ton verre pour me le lancer à la figure. Je lis de la haine dans tes yeux mais tu vises comme un pied et je n'ai même pas besoin d'esquiver le missile. Il vole au-dessus de ma tête et atterrit sur le sol quelque part derrière moi. J'ignore ce que tu comptes faire ensuite. Me frapper avec quelque chose de plus gros, comme la chaise que tu as fracassée contre la fenêtre ou peut-être ton poing, comme avec ton fils – sauf que cette fois-ci, ce ne serait pas accidentel.

— Allons, allons, intervient le docteur Jameson en murmurant.

Il se lève, nous aussi, et il tend les bras pour nous séparer, comme un arbitre de boxe, mais la table nous tient déjà à distance raisonnable l'un de l'autre.

— Espèce de garce – comment pouvez-vous dire des choses pareilles ? siffles-tu.

— Et vous, vous êtes un ivrogne, ajouté-je en avalant ce dernier mot tandis que le courage me quitte, et que la tristesse et la terreur se fraient un chemin en moi. Désolée, docteur J, mais il a fait une promesse à ma sœur. Il devrait la tenir.

Je tourne les talons et je m'éloigne. Je tremble des pieds à la tête sous l'effet de la rage et de la peur. Je ne prends pas la peine de récupérer ma Thermos et mes mugs, et je me demande s'il va m'en balancer un à la tête pendant que je traverse la rue.

Chapitre 17

Quand j'ai étudié la mythologie grecque à l'école, le maître nous a demandé d'écrire notre propre version de l'histoire d'Achille. On l'a ensuite lue à haute voix, et au fur et à mesure que mes camarades présentaient leurs rédactions, des histoires de gens à travers l'Histoire, des chefs d'État renversés par leurs faiblesses, je me suis rendu compte que j'avais mal interprété la consigne – mais non pas mal comprise. J'avais écrit l'histoire d'une sorcière qui haïssait les enfants parce qu'ils étaient cruels et qu'ils faisaient des remarques blessantes sur son chat préféré. Elle avait prévu de les attraper, de les tuer et de les manger mais le problème, c'était qu'elle avait peur des sucettes et chaque fois qu'elle s'approchait d'un gamin, il avait une sucette dans la bouche, qui agissait comme un bouclier protecteur. La rumeur concernant sa phobie se répandait rapidement et les enfants se mettaient tous à trimballer des sucettes qu'ils brandissaient devant elle, collantes et sucrées, et elle finissait par fuir et se cacher à jamais.

J'ai eu un « C+ », ce qui m'a ennuyée, mais le plus gênant, c'est que les autres se sont moqués de moi quand j'ai lu mon devoir, certains ont cru que j'avais écrit ça pour énerver le prof mais la plupart ont pensé que j'étais débile. Le maître m'a mis un « C+ » non pas parce que j'avais mal compris la consigne mais parce qu'il a considéré que je n'avais pas saisi le fond de l'histoire originelle. Les sucettes ne pouvaient pas être le talon d'Achille de la sorcière, m'a-t-il expliqué, elle les craignait mais elles n'avaient pas causé sa perte. Il ne m'a pas donné la possibilité de m'expliquer – c'était toujours comme ça à l'école, soit on vous comprenait, soit on ne vous comprenait pas – mais c'était lui qui se trompait, pas moi, parce que ce n'étaient pas les sucettes, le talon d'Achille de la sorcière, mais il s'agissait de son chat. Dans son effort pour le protéger, elle finissait au ban de la société et seule pour l'éternité.

J'ai écrit cette histoire quand j'avais dix ans. Je savais déjà ce à quoi je dois faire face maintenant : ma faiblesse, c'est Heather. Toutes les disputes, tous les malentendus, toutes les relations avortées, celles auxquelles je n'ai pas donné de chance peuvent tous sans exception être ramenés à une réaction, un commentaire, une remarque, ou quelque chose qui a un rapport avec Heather. Je ne peux pas fréquenter quelqu'un qui manifeste son arrogance ou son ignorance, que ce soit innocemment ou non, envers ma sœur. Si les gens regardent ma sœur de travers, je les écarte tout de suite. Je n'engage pas de discussion sur leur façon de penser ou leurs opinions, je n'ai ni le temps ni la patience pour ça. Mes petits amis. Mon père. Mes amis. Je les sors de ma vie. J'ignore si j'ai toujours réagi comme ça ou si c'est parce que maman est morte et que du coup je me comporte ainsi parce que je crois que c'est ce qu'elle aurait voulu. J'ai le souvenir, le sentiment, qu'elle se montrait aussi protectrice envers Heather que moi, mais je n'ai pas de faits précis pour étayer cette idée. Pour la première fois, je songe que mes actions sont dictées par quelque chose d'infondé et de totalement injustifié. Ça me secoue.

Je me sens très mal de t'avoir balancé ces choses affreuses, mais je m'oblige à ne pas y songer. Le sommeil s'abat facilement sur moi parce que mon cerveau n'a pas envie de se pencher sur ce que je t'ai dit. Ma dernière pensée avant que je sombre est la suivante : *Est-ce que le chat serait plus heureux si la sorcière était moins protectrice envers lui ? Après tout, de quelle utilité lui est l'insatisfaction de la sorcière ?*

Je me gare au coin de la rue de chez ma tante Jennifer. Mon plan était de venir jusqu'ici et de me garer, et ensuite, je ne sais pas. *Dois-je entrer ? Est-ce que je sais ce que je fais avec Heather, avec tout, ou non ?* Grande question pour moi qui ai été sûre de moi toute ma vie. Toujours dans la voiture, je contemple la maison, l'esprit à la fois emballé et vide. Mon plan est de descendre de la voiture et ensuite je ne sais pas.

Ce n'est jamais la peine d'avertir tante Jennifer qu'on va passer. Sa demeure est toujours pleine, avec ses quatre enfants qui vont et viennent à l'improviste, leurs conjoints et leurs petits, et maintenant qu'elle est devenue famille d'accueil pour enfants, je croise souvent des gens que je ne connais pas. Son foyer a toujours été comme ça et je m'y suis toujours sentie bienvenue – et heureusement parce que je n'avais nulle part où aller quand maman était malade. Il avait été prévu que quand maman mourrait, j'emménagerais ici mais l'incident Kevin a tout changé, il a entaché ma vision de la maison, ma relation avec Kevin et au final, celle avec Jennifer.

Je comprends à présent que ça a dû être très dur pour elle à l'époque, elle a perdu son fils et sa nièce, alors qu'elle avait juré à sa sœur de s'occuper de sa fille. Elle ne nous avait pas complètement perdus, nous étions toujours là, mais quand Kevin est parti, je n'ai pas pu me décider à vivre avec ma tante et j'ai choisi de m'installer sur le campus de l'université de Limerick. C'était une façon de repartir de zéro et de couper avec tout ça. Je voyais Heather un week-end sur deux. Je me suis fait des amis et nous avons créé notre propre famille.

Je me suis autorisée à me faire dorloter par les familles de mes amis pendant les vacances. Heather était heureuse dans le logement que maman lui avait trouvé avant de mourir et quand il y avait des réunions de famille, elle dormait chez Jennifer, et papa venait déjeuner et bavarder avec elle comme si c'était la base de leur relation. Ça fonctionnait très bien pour tout le monde, moi y comprise, et c'est à ce moment-là que j'ai créé une mère pour Heather dans ma tête, une mère qui n'existait pas forcément et à qui j'ai donné des idéaux qui n'étaient pas les siens.

Je me dirige lentement vers la porte. Mon plan est de l'atteindre et après je ne sais pas.

— Jasmine, dit Jennifer, surprise de me trouver sur son perron.

Ses cheveux sont teints en roux et coupés court depuis toujours. Elle porte des teintes neutres, des velours froissés vert terne et ocre fade, de longues robes hippies avec des leggings dessous, des chaussures aux semelles épaisses comme des aéroglisseurs et des colliers énormes. Ses lèvres sont laquées de la même couleur que ses cheveux, qui sont acajou alors que les miens sont rouge vif.

— Quelle bonne surprise ! Entre, entre. Oh, tu aurais dû me dire que tu allais venir. J'aurais demandé à Fiona de rester. Elle est à la messe avec Enda. Je sais, ne me regarde pas comme ça, personne n'a mis les pieds à l'église depuis le mariage de Michael mais Enda fait sa communion cette année et il a été fermement encouragé d'aller à la messe pour ne pas avoir l'air d'un touriste ce jour-là. Les enfants peuvent jouer pendant le service de 10 heures. Si elle continue à avoir ce genre d'idées, l'Église catholique va remplir tous les bancs.

Elle me pousse dans la cuisine, qui devrait être la même qu'avant et faire resurgir le passé mais elle a été entièrement refaite.

—C'était le cadeau pour mes soixante ans, explique-t-elle en voyant que j'ai remarqué les changements. Ils voulaient me payer une croisière. Je voulais une nouvelle cuisine. Qu'est devenue ma vie ? conclut-elle, enjouée.

Ça me plaît que la cuisine soit différente ; ça change la donne, je me sens loin des souvenirs des années passées. Ou du moins, ça m'aide à les voir sous une autre lumière, un autre angle, moins comme une participante et plus comme une observatrice tandis que j'essaie de me souvenir où étaient les choses avant.

—Je ne peux pas rester longtemps, déclaré-je quand elle s'assoit, une théière fumante contenant de la tisane entre nous. J'ai rendez-vous avec Heather dans une heure. On va construire une fontaine dans mon jardin.

Mon plan est de lui dire ce que j'ai en tête et ensuite je ne sais pas.

—Je suis venue parce que… j'ai beaucoup réfléchi ces derniers temps. J'ai beaucoup de temps libre, comme tu le sais.

—Tant mieux pour toi.

Pas de compassion. J'aime ça.

—J'ai beaucoup pensé à maman. En réalité, j'ai beaucoup réfléchi à pas mal de choses, mais plus précisément à son comportement avec Heather.

Elle est surprise mais elle se ressaisit. Je suis certaine qu'elle s'attendait à ce que j'évoque Kevin.

—Il y a des blancs.

—Si je le peux, je t'aiderai.

—C'est vague. Elle était comment avec Heather ? Je sais qu'elle était protectrice, bien sûr. Je sais qu'elle voulait que Heather soit indépendante, qu'elle mène une bonne vie, mais j'ignore ce qu'elle ressentait. De quoi elle avait peur ? Est-ce qu'elle te parlait de Heather ? Elle se confiait à toi ? De quoi elle voulait protéger Heather ? Heather déploie vraiment ses ailes – elle l'a toujours fait, à la vérité. Elle a un petit ami.

— Jonathan. (Elle sourit.) On entend beaucoup parler de lui. Il est venu prendre le thé.

— Ah, bon ?

— Puis il nous a fait une démonstration de taekwondo. Billy a voulu l'imiter et il a renversé mes poupées russes en porcelaine.

J'éclate de rire avant de mettre la main sur ma bouche.

— Ce n'est pas grave, dit-elle en riant. Ça valait le coup de voir Billy lever la jambe aussi haut.

Un silence amusé plane entre nous.

— Tu sais, Jasmine, tu t'y prends comme un vrai chef. Heather est heureuse. Elle est en sécurité. Elle fait des tas de trucs – elle a besoin d'une secrétaire pour gérer son emploi du temps ! Je ne sais jamais où elle est.

— Oui, je sais. Mais… parfois j'aimerais que maman soit là pour me guider.

Elle réfléchit.

— Un jour, une femme a dit quelque chose sur Heather. Quelque chose d'horrible. Elle ne l'a pas fait exprès, c'était une remarque naïve.

— Ce sont les pires, commenté-je mais je tends l'oreille : c'est ce que j'ai besoin d'entendre.

— Ta mère a bien réfléchi et elle a invité cette femme à notre partie de bridge du mardi.

— Non ?

— Si. Elle lui a demandé d'être là à 19 heures, alors que la partie ne commençait qu'à 20 heures. Elle a prétendu s'être trompée sur l'horaire et l'a fait asseoir dans le salon pendant qu'elle vous préparait toutes les deux pour aller vous coucher.

Je fronce les sourcils.

— C'était sa vengeance ? Lui faire perdre une heure ?

Jennifer sourit et je comprends que je suis passée à côté.

— Ta mère voulait que cette personne voie Heather chez elle, sa façon d'être tout le temps, sa vraie personnalité, qu'elle vous voie dans votre routine du soir toutes les trois, comme n'importe quelle famille. Elle a fait en sorte que cette femme voie et entende absolument tout – la banalité de tout, je suppose. Est-ce que tu sais qui était cette femme ?

Je secoue la tête.

— Carol Murphy.

— Mais c'était la meilleure amie de maman.

— Exactement. Elle l'est devenue après cette histoire.

J'essaie de digérer cette information. Carol était l'amie la plus fidèle de maman. Elles étaient comme les deux doigts de la main. Je n'arrive pas à croire que Carol ait pu un jour avoir cette opinion sur Heather. Je sais que c'est possible mais je bataille pour l'accepter et mon amitié pour Carol est soudain ternie. En un clin d'œil. De la manière dont mes sentiments pour les gens changent instantanément quand je découvre qu'ils n'ont pas de jugeote, qu'ils n'en savent pas assez ou qu'ils ignorent comment se comporter avec Heather.

Comme si elle devinait mon agitation, Jennifer poursuit :

— Ta mère n'a jamais rayé personne de sa vie, Jasmine – parce qu'elle avait très peur que les gens fassent subir ça à Heather.

Et c'est ce que je cherchais. Mon plan est de me servir de cette information et de la mettre en pratique dans mon existence d'une façon ou d'une autre. Et après, je ne sais pas.

Je télécharge les instructions pour construire une fontaine. J'ai regardé plusieurs fois sur YouTube la vidéo d'un homme au gros nez bulbeux et à l'allure aristocratique dans son gilet matelassé et ses bottes en caoutchouc kaki m'expliquer comment s'y prendre, debout devant son manoir comme si j'étais une gamine. Quand il s'agit de jardinage, j'aime qu'on me parle comme ça, parce que je n'en connais pas plus qu'une enfant en la matière. Il affirme qu'il ne faut que huit heures et il le prouve en accomplissant la tâche dans ce temps-là – réduit évidemment à huit minutes. Je me dis qu'il va me falloir une semaine malgré l'aide de Heather. Ou à cause de son aide. J'espère que ça va être long, vu que je n'ai rien d'autre à faire.

— Oooh, Jasmine, s'exclame Heather dès qu'elle voit ce que j'ai fait à l'extérieur. Je n'arrive pas à croire que c'est le même jardin.

— Je sais. Ça te plaît ?

— J'adore.

Elle me regarde en silence, ce qui m'embarrasse.

— Quoi ?

Je détourne les yeux et m'affaire sur mes outils.

— Je suis surprise que Jasmine ait fait ça, répond-elle comme si je n'étais pas là mais sans me quitter du regard. (Son ton me surprend.) Jasmine a été très occupée.

— Tu peux parler ! m'exclamé-je en essayant de garder une certaine légèreté. Tu as un emploi du temps plus chargé que le mien.

Elle repousse une mèche de cheveux de mes yeux. Elle doit se mettre sur la pointe des pieds pour y parvenir.

— Je suis fière de toi, Jasmine.

Les larmes menacent de me submerger et je suis mal à l'aise. Je ne l'ai jamais entendue dire ça avant et je ne comprends pas pourquoi ça m'émeut autant, aussi soudainement et profondément.

— Eh bien, je suis en congé de jardinage après tout. Bon, ajouté-je en frappant dans mes mains, avant qu'on commence, j'ai quelque chose pour toi.

Je lui donne la tenue de jardinier que j'ai achetée sur Internet pour elle. Des bottes en caoutchouc vertes avec des fleurs roses, une salopette, un bonnet en laine et des gants de jardinage roses.

On est en train de creuser un trou assez grand pour y placer la vasque de la fontaine quand ta porte s'ouvre. J'essaie de ne pas lever la tête et j'y parviens, le cœur battant à tout rompre à l'idée d'un face-à-face avec toi, mais quand, à la façon dont les pieds qui s'approchent de nous traînent, je reconnais le pas de Fionn, je n'ai plus peur de lever la tête. Le casque autour du cou et les mains dans les poches, on dirait une illusion tout droit sortie du sac de Mary Poppins. Ses mains sont bien trop grandes pour rentrer dans ses poches et l'effort fourni pour les enfoncer a fait remonter ses épaules plus haut que ses oreilles. Il ne dit rien, il se contente de rester là à attendre que je lui adresse la parole.

— Salut, Fionn, lancé-je en redressant mon dos déjà douloureux.

Il grommelle quelque chose d'inaudible.

— Voici ma sœur, Heather.

Le test de la bonne personne en action. Puis je me rappelle de cesser de donner autant d'importance à cet instant : la présentation. Mais Fionn réussit l'examen. Il marmonne la même réponse inaudible à Heather et ne nous regarde dans les yeux ni l'une ni l'autre.

Heather lui fait un signe de la main.

— Mon père se demandait si vous aviez besoin d'aide. (Il examine les outils et le trou.) Vous creusez une fontaine ?

— Oui.

Je me sens coupable, mais même si j'ai eu tort de te balancer à la figure toutes ces horreurs hier soir, je n'ai aucune envie de m'occuper encore de ton fils. Et puis j'ai prévu de passer la journée avec Heather. Mais je ne peux pas faire ça. Je ne peux pas le rejeter. Tu es certainement encore au lit avec la gueule de bois. J'imagine ta chambre sombre et encombrée, toi roulé en boule sous la couette, les rideaux tirés pour barrer la route à la lumière du jour, tandis que tes petits sont en bas, encore en pyjama à midi et qu'ils s'amusent à renverser des céréales avant de les piétiner et de les étaler sur les tapis. En train de mettre le feu.

Juste au moment où je tends la pelle à Fionn, j'entends un rire d'enfant, et les deux blondinets et toi surgissez du jardin de derrière. Tu es en train de dire quelque chose, tu es enjoué, gai et espiègle. Ton pas est primesautier et tu es en forme pour quelqu'un qui me balançait des verres de whisky à la tête dans ce même jardin il y a moins de douze heures.

Tu siffles. *Un appel.*

Je sais que c'est pour Fionn. Ton fils aussi, mais il ne bouge pas. Et je ne lève pas les yeux.

— Fionn, viens par là, dis-tu avec bonne humeur.

— J'aide.

La voix de Fionn est geignarde avant de se briser.

— Non, le contredis-tu sur un ton léger avant de poser des choses sur la table.

Je voudrais bien savoir de quoi il s'agit mais je ne veux pas te regarder.

— Bonjour, Heather, lances-tu gaiement.

— Bonjour, Matt, répond Heather en agitant la main et je suis abasourdie par leur échange.

Tu m'ignores. J'ai peur de te regarder dans les yeux.

Fionn soupire, laisse tomber la pelle et sans un mot pour Heather ni pour moi, il traverse la rue d'un pas lourd, les mains de nouveau enfoncées dans ses poches magiques, le poids de ses longs bras repoussant son pantalon, qui dévoile l'élastique de son caleçon.

Tu commences à expliquer aux enfants ce que vous allez faire sur un ton joyeux. J'aimerais écouter mais Heather me parle et je ne peux pas lui dire de se taire. Puis tu allumes la musique dans ta voiture. Les enfants sont tout excités et la fillette qui danse tout le temps s'agite autour de la table tandis que les autres se concentrent sur leur tâche. J'essaie de jeter des regards à la dérobée sans que ça se voie ; je tente de me placer de manière à te faire face tout en ayant l'air passionnée par mon travail. Vous êtes tous réunis autour de la table. Vous êtes en train de la poncer et je manque de cesser de creuser, sidérée. *Tu as écouté mon conseil.*

Heather parle toujours.

Je finis par me concentrer enfin sur ce qu'elle raconte. Elle veut aller te voir pour discuter de la visite de la radio. Elle a fait des recherches et elle voudrait découvrir certains studios. Je lui dis que ce n'est pas approprié, qu'on est dimanche et que tu es en famille.

— Je serai polie, Jasmine, répond-elle, le regard suppliant et ça me crève le cœur parce que je sais bien qu'elle sera courtoise et je ne veux pas qu'elle croie que c'est ce qui m'inquiète.

Je finis par poser mes outils.

Il y a autre chose à propos de ma sœur. Quand elle se met des idées en tête, elle doit les accomplir. Absolument. Si elle n'y parvient pas, elle ne le supporte pas et ça bouleverse son monde. C'est peut-être à ça que servent les défis que la vie place sur notre chemin : ils nous forcent à voir la réalité en face, ils ne nous permettent pas de baisser les bras. On accomplit plus de choses que la plupart des gens pour être à la hauteur du challenge et s'assurer que notre peur, ou ce qui menace de nous retenir, ne gagne pas. Quand j'avais terminé mes devoirs et que je pouvais regarder la télévision, Heather avait ses leçons d'orthophonie. Quand je pouvais sortir jouer avec mes amis, Heather suivait des cours de lecture supplémentaires. Elle a mis du temps à apprendre à faire du vélo, alors que moi non. Elle a toujours travaillé plus dur pour tout. C'est pour ça que les réunions sont importantes, parce que si elle suggère quelque chose qui ne fonctionne pas, en tant que groupe, on peut en discuter avant que ça ne devienne une obsession. Elle a parlé de la visite de la radio avec le groupe et tout le monde a trouvé que c'était une bonne idée – sauf moi mais je n'ai rien dit. Et en me taisant, je l'ai laissée tomber.

J'ai rencontré une mère un jour, qui, pour décrire le caractère de son fils, a employé l'expression « trisomique typique ». J'ai eu envie de la gifler. On ne peut pas définir quelqu'un par une seule caractéristique : nous sommes tous uniques. Cette partie de la personnalité de Heather n'a rien à voir avec sa pathologie. Si c'était le cas, alors mon père et moi aussi sommes trisomiques parce qu'on est têtus comme des mules.

J'envisage de mentir. C'est sur le bout de ma langue. J'ai toujours l'impression que si je peux garantir personnellement le bonheur de Heather, alors tout ira bien dans le monde. Mais ma philosophie a toujours été de dire la vérité à ma sœur ; il m'arrive d'enrober un peu les choses à l'occasion mais rien de plus. Je ne lui ai jamais menti. Je m'arrête en songeant que je suis sur le point de briser mon code de conduite. Un de mes petits amis m'a dit un jour que je voulais faire plaisir à tout le monde, mais je sais bien que ce n'est pas le cas, parce que je ne lui faisais pas plaisir à lui – je n'ai même pas essayé. C'était la dernière personne de ma liste que j'avais envie de satisfaire. Je comprends en revanche à présent que je veux tout le temps faire plaisir à Heather. Et à quelques autres rares personnes ; tout tourne autour d'elle. Et ça ne fait pas de moi quelqu'un d'attentionné. En réalité, je suis une égoïste, parce que ça signifie qu'au final, tout tourne autour de moi.

Pendant des années, je me suis raconté que Heather attendait de moi que je règle tous les problèmes. *Mais est-ce vrai ? Ou est-ce uniquement ce que je pense ?* Je me rends compte à présent qu'elle ne m'a jamais demandé de m'occuper de quoi que ce soit, elle n'a jamais manifesté le moindre désir que je change quoi que ce soit, c'est moi qui me suis mis la pression toute seule. Je suis en train d'avoir une illumination. Dans mon jardin. Agenouillée dans un trou que je viens de creuser.

La première pensée qui m'a traversé l'esprit quand j'ai été licenciée a été : *Je ne peux pas le dire à Heather.* J'avais peur que ça ne la bouleverse, je pensais que je devais la protéger, qu'elle devait ignorer que des événements désagréables peuvent se produire, qu'elle craindrait d'être virée à son tour. Mais c'était quoi, cette idée ? Quel genre d'éducation est-ce là ? Heather en sait plus que moi sur la cruauté du monde. On lui lance des commentaires injurieux à la figure, des gens respectables sans aucun discernement l'humilient devant elle et dans son dos, tous les jours. Je ne l'accompagne pas pour tout ça. Tandis que je vous entends, toi et tes enfants, poncer en riant en cette lumineuse et douce journée de printemps tout en écoutant *Happy* de Pharrell Williams qui braille dans ton iPhone, j'ai une révélation. Je ne suis pas obligée d'adapter mon existence pour faire plaisir à Heather. Je ne peux pas continuer à la protéger de tout mais je peux peut-être me contenter de l'aider si la vie lui fait du mal.

— D'accord, finis-je par dire d'une voix tremblante.

Qu'est-ce que je fiche ? Je l'envoie vers toi pour que tu lui brises le cœur. C'est ma faute. Je laisse ça se produire. Je tremble tellement que je ne parviens plus à respirer. Je m'assois sur le banc pour la regarder traverser.

Les deux blondinets cessent de poncer pour lui jeter un regard méfiant.

— Bonjour, commence Heather sur un ton joyeux.

Heather et toi discutez. Je n'entends pas ce que vous dites et ça me tue. *Je veux savoir.* J'ai besoin de savoir pour maîtriser la conversation afin d'éviter que ma sœur ne soit blessée. Je me sens impuissante mais j'ai aussi l'impression d'être un bourreau. Je l'ai envoyée là-bas pour détruire sa foi en l'humanité et peut-être en moi.

Je te regarde lui expliquer quelque chose, ton expression est douce, tes mains s'agitent lentement pour souligner tes propos. Puis tu te tais et tu la dévisages. Tu attends sa réaction mais elle ne dit rien. Tu poses les mains sur tes hanches. Tu hésites. Tu ne sais pas s'il faut que tu la réconfortes ; tu tends la main mais tu ne la touches pas, conscient que ce n'est pas une bonne idée. Puis tu lèves les yeux vers moi. Tu es inquiet. Tu ne sais pas quoi faire de cette jeune femme qui fixe son regard sur toi sans parler. Tu ne sais pas quoi dire. Tu as besoin de mon aide.

Ça me tue de faire subir ça à Heather mais je ne t'aiderai pas.

Tu commences une phrase mais Heather tourne les talons et traverse de nouveau la rue. Elle a l'air d'avoir été giflée. L'air peinée, les yeux pleins de larmes, le nez rose. Je ne bouge pas, je la regarde venir vers moi puis me dépasser.

C'est ce qui arrive, Matt Marshall, quand on déçoit les gens. Tu l'apprendras et tu t'en souviendras à la seule vue de l'expression sur le visage de ma sœur.

Heather reste dedans à écouter de la musique sur sa platine portable pour gérer en silence son chagrin de ne pas pouvoir visiter la radio. Elle n'a pas envie d'en parler et ça me va, je n'ai pas envie d'en discuter non plus. Je continue à creuser dans le jardin et plus je creuse la terre, plus je creuse en moi-même. Quand je suis arrivée assez loin, et que je suis à vif et mise à nu, il est temps de refermer la blessure. Je répands dix centimètres de gravier dans le trou et je place la vasque dessus. Je mesure la distance entre le trou et la prise électrique la plus proche, et je coupe un morceau de tuyau en PVC de la même longueur. Je fais courir une ficelle dans un tuyau et je scotche l'embout sur la bonde de la pompe à eau que j'ajouterai plus tard. Puis, à l'aide de la ficelle, je fais remonter la bonde le long du tuyau et je la fixe à l'extrémité. Cette partie me prend pas mal de temps. Je pose ensuite le tuyau en plastique dans une tranchée et je le recouvre de terre. Je place la pompe à eau dans la vasque et je mets un grillage sur le bassin. Je fais un trou au milieu avec mes nouvelles tenailles.

Ensuite, je suis censée relier la pompe à eau à la canalisation mais je n'y arrive pas. C'est trop compliqué. Je suis en train de pester en jurant, énervée, quand j'entends une voix derrière moi.

— Salut, belle jardinière.

Ce n'est pas toi. Je le sais tout de suite. Je sursaute et fais tomber les tenailles dans le bassin.

— Merde ! Monday. Salut. Désolée. Vous m'avez fait peur. Je suis juste. Putain ! Mes tenailles. Je vais… là. Ce truc, soupiré-je en essuyant la sueur qui macule mon visage. J'essaie de construire une fontaine.

Je suis dans un trou et de là, Monday est encore plus majestueux que d'habitude. Il porte un costume bleu marine et en lieu et place de cravate, il arbore une expression amusée qui n'est destinée qu'à moi. Je lance un regard à la dérobée dans ta direction. Je te surprends à détourner rapidement les yeux et tu reportes ton attention sur la table que tu es en train de vernir avec tes enfants sans perdre cette voix enjouée de chef scout que tu utilises depuis presque une heure.

— Je vous ai appelée plusieurs fois mais vous étiez perdue dans vos pensées, dit-il avec un sourire. (Il s'agenouille sur ses talons.) Qu'est-ce qu'on a là ?

— Un gros bazar.

Je lui montre ce que je suis censée faire.

— Je peux ?

— Je vous en prie.

Il tend la main et je m'en empare pour lui permettre de me sortir de mon trou. Ce n'est pas un signe. Pas même un symbole. C'est juste un fait. Dès que ma peau touche la sienne, quelque chose me parcourt le corps. Il ne recule pas et je suis tout près de lui, le nez contre le tissu de sa chemise, j'aperçois même sa peau entre les boutons. J'aimerais rester là pour toujours et sentir son corps musclé contre le mien mais au lieu de ça, je m'éloigne maladroitement, incapable de le regarder dans les yeux au cas où il devinerait ma gêne. Il enlève sa veste et je la rentre pour lui. Je profite de cette occasion pour me laver, me coiffer, rajuster mon eye-liner et me calmer. Quand je reviens, il a roulé les manches de ses chemises et, agenouillé dans l'herbe, les sourcils froncés sous l'effet de la concentration, il tente de relier la pompe à eau à la canalisation. J'essaie de meubler la conversation mais il est concentré et j'ai l'impression de lui casser les pieds, aussi, je me contente de le regarder mais je me sens coupable d'admirer son corps de rêve. Je te jette des coups d'œil en biais. En dehors de Fionn, qui a déserté la tâche et qui joue sur son iPad, assis sur une chaise, les deux autres s'amusent bien. Tu es vivant, investi, expansif et drôle. Tu es un bon père et je suis désolée d'avoir affirmé le contraire. Mon côté cynique se demande si c'est une mise en scène pour moi après ce que je t'ai balancé hier soir mais on ne peut se méprendre sur ton air heureux et j'ai honte de n'avoir pensé qu'à moi encore une fois. Je me dispute ensuite avec moi-même pour me sentir coupable vu tout ce que tu as fait par le passé, ta façon de laisser tomber Heather et le fait que tu m'aies lancé un verre à la figure. Je gagne cette dispute haut la main : tu mérites que je ne te fasse pas confiance.

Monday me regarde et je sors de ma transe. Il m'a dit quelque chose apparemment et il attend ma réponse. Au lieu de se répéter, pour mon plus grand embarras, il suit la direction de mon regard et pose les yeux sur toi.

— Sa voix m'est familière. C'est Matt Marshall, non ?

— Oui.

Monday n'est ni impressionné ni blasé et je suis surprise de ma propre réaction. Je ne souhaite pas qu'il sautille en déclarant qu'il est fan, ni qu'il traverse la rue en courant pour te réclamer un autographe mais je me prépare, nerveuse, à l'entendre exprimer sa désapprobation, comme si j'étais prête à te défendre. C'est une réaction étrange, surtout si on considère que je suis censée te mépriser, en particulier après ce que tu viens de faire à Heather. Si on était ensemble, je serais obligée de te quitter et de partir loin de toi. C'est ce que ta femme a fait, quand on y songe. C'est peut-être l'effet que tu produis sur les gens.

— Il va me falloir quelques minutes de plus, annonce Monday en me dévisageant d'une façon qui me fait sourire.

— Vous n'avez pas à faire ça.

— Je sais. Mais ça va vous donner quelques minutes de plus pour réfléchir à ma proposition d'embauche. On dirait bien que vous avez eu besoin de beaucoup réfléchir.

Je me mords la lèvre inférieure.

— Désolée. Vous aviez dit que j'avais un mois pour me décider.

—Maximum. On peut en parler quand j'aurai fini si ça vous va.

Je contemple les fils électriques qu'il tient en main.

—Est-ce que vous savez ce que vous faites ?

—J'ai acheté un vieux cottage à Skerries et je l'ai entièrement retapé tout seul. J'ai refait le toit, la plomberie et l'électricité. Ça m'a pris quelques années mais il est habitable à présent. Ne vous inquiétez pas, je n'ai rien fait sauter. Pour l'instant.

J'essaie de l'imaginer dans son petit cottage dans la ville tranquille de Skerries, portant un pull irlandais et achetant son poisson à la criée tous les jours mais je n'y parviens pas. Je le vois torse nu, arracher le plancher et le papier peint avec d'énormes outils électriques dans les mains.

—Vous avez le temps de discuter ensuite ?

Quand il se rend compte de mon expression interdite, il ajoute :

—On avait prévu de se voir aujourd'hui…

J'ai un déclic.

—Ah ! J'avais compris que vous vouliez qu'on ait une conversation téléphonique, et c'est pour ça que je… On n'avait pas décidé d'heure, mais ça me va.

A-t-il l'air gêné de s'être pointé à l'improviste un dimanche ou son embarras dissimule-t-il autre chose ? Si c'est le cas, il le masque rapidement. Mais je me fais peut-être des idées, je suppose que je suis capable de discerner sa vulnérabilité et qu'il est passé parce qu'il voulait vraiment me voir. Dans l'éclat qui passe entre nous, je crois que c'est possible, mais il redevient professionnel comme d'habitude – ou presque, vu qu'il est en train de ruiner un costume tout neuf en se penchant sur un trou dans mon jardin.

Une demi-heure plus tard, je suis en train de préparer du thé pour moi et du café pour lui tandis que Heather et

Monday sont attablés à la cuisine. Heather lui parle de ses emplois. Elle est toujours fière de son travail et c'est la façon la plus facile pour elle d'engager la conversation avec des étrangers. J'apprécie qu'elle sache discuter comme ça, mais je m'inquiète pour sa sécurité. Je ne veux pas qu'elle donne son emploi du temps à des hommes qu'elle ne connaît pas au cas où ils décideraient de la harceler. Mais avec Monday, ça ne me gêne pas. Ni elle, parce qu'une fois qu'elle a terminé, elle lui demande ce qu'il fait dans la vie.

— Je suis chasseur de têtes. J'identifie des candidats potentiels pour remplir des postes dans d'autres entreprises que les leurs.

— C'est de la tricherie, non ?

— Pas vraiment. (Il sourit.) Je n'aime pas tricher. Je me vois plutôt comme un homme qui résout des problèmes. C'est comme un casse-tête. Je mets les bonnes personnes aux bons endroits. Parce que parfois les gens ne sont pas là où ils devraient être.

Il croise mon regard en disant ça. Il ne s'exprime pas lentement, comme si elle était incapable de comprendre, ni fort comme si elle était sourde, même si elle est appareillée. Ses phrases sont courtes et simples, sans circonvolutions.

Heather se met à lui parler de moi, de mes jobs – elle lui en donne une version simplifiée, celle que je lui ai racontée au fil des ans. Je ne comprends pas pourquoi elle agit ainsi, je me dis qu'elle n'a pas dû saisir ce qu'il faisait, puis je me rends soudain compte qu'elle essaie de me vendre, ce qui me touche si profondément que je me fige, incapable de me souvenir de ce que je suis censée faire. Je suis pétrifiée, submergée de la voir agir comme ça pour moi, abasourdie qu'elle sache le faire. Monday trouve des emplois aux gens et elle essaie de me trouver un emploi. Elle énumère mes qualités et les illustre par un exemple. C'est quelque chose qu'elle a appris à faire pour passer les entretiens d'embauche et qu'elle applique à mon cas.

Elle commence toutes ses phrases par « Jasmine est… ». Elle complète la première par « gentille » et lui donne un exemple. Elle lui révèle que j'ai acheté son appartement.

— Jasmine est intelligente, poursuit-elle. Un jour, sur le parking du supermarché, Jasmine a trouvé 20 euros près du guichet automatique. Avec, il y avait une carte de rendez-vous pour un docteur. Alors Jasmine a envoyé le billet et la carte au docteur, et lui a dit que la personne qui avait rendez-vous ce jour-là à cette heure-là avait perdu de l'argent sur le parking du supermarché. C'est malin, hein ? conclut-elle, rayonnante.

— Très, renchérit-il en souriant.

J'espère qu'elle a fini ; c'est adorable mais j'ai du mal à l'entendre me tresser des couronnes. Mais elle poursuit :

— Jasmine est généreuse.

Je secoue la tête et je retourne à ma tâche. Un coup d'œil en direction de Monday m'apprend qu'il est touché. Il la dévisage avec intensité, concentré sur elle. Il doit sentir mon regard posé sur lui parce qu'il me jette un coup d'œil et m'adresse un sourire gentil, et je me force à me remettre en mouvement. Il ne la comprend pas toujours et lui demande parfois de se répéter ; malgré des années d'orthophonie son élocution n'est pas claire, mais même si j'ai tout compris, je m'empêche d'intervenir. Elle n'est pas une gamine. Elle n'a pas besoin d'interprète.

— Jasmine a l'air d'être quelqu'un de formidable, déclare-t-il en croisant de nouveau mon regard. Et je suis d'accord. Je pense que beaucoup de gens auraient de la chance de la connaître.

Je ne le regarde pas en face mais à la dérobée, tous mes mouvements sont ralentis, mon cœur bat la chamade et j'ai des papillons dans le ventre. Je bataille avec la brique de lait et j'en répands sur le plan de travail en essayant de le verser dans le pot.

— C'est vrai, acquiesce Heather.

— Et vous êtes une sœur géniale de m'apprendre tout ça sur elle.

Ce qu'elle répond me fait sombrer dans une spirale émotionnelle qui me catapulte hors de la pièce si vite que Monday a le bon sens de s'en aller et de m'envoyer un texto plus tard – de son numéro personnel – me demandant de le rappeler quand j'aurai le temps.

— Je suis sa grande sœur. Quand notre mère est morte, elle m'a dit que j'étais l'aînée et que je devais veiller sur Jasmine. Je fais plein d'autres choses mais protéger Jasmine, c'est mon job principal.

Chapitre 18

Le lundi matin, je suis réveillée par le bruit d'une tondeuse à gazon sous mes fenêtres. Ça me fait mal à tous les niveaux. Primo, il est à peine plus de 8 heures et c'est un bruit épouvantable, deuzio, j'ai bu une bouteille de vin rouge avant de me coucher. Je mens peut-être : il se peut que j'aie bu plus d'une bouteille et d'un autre alcool, mais je le sens ce matin, le « boum, boum, boum » qui me vrille le crâne jusqu'au cerveau pour anéantir mes neurones avant de faire le chemin dans l'autre sens où je le sens pulser contre l'oreiller. L'indélicat tondeur de gazon peut être l'un des quatre couples de retraités qui suivent leur propre emploi du temps sans se soucier des autres, d'autant plus que tout le monde sait que je ne travaille pas. Ça pourrait être n'importe qui mais je sais que c'est toi. Je le devine avant même de lever la tête de l'oreiller parce que ça dure beaucoup trop longtemps. Personne au monde ne possède autant de pelouse ; seul un jardinier inexpérimenté mettrait autant de temps. Quand je jette un coup d'œil par la fenêtre, j'ai l'impression que tu n'attendais que ça. Tu lèves aussitôt les yeux et tu me fais un grand salut de la main. Je vois le sarcasme dégouliner par tous les pores de ta peau. Puis tu éteins la tondeuse, comme si tu étais parvenu à tes fins et tu traverses la rue vers chez moi.

Je suis incapable de remuer. J'ai la tête qui tourne et il faut vraiment que je me rallonge, mais tu es à la porte, et tu sonnes trop fort et trop longtemps. J'ai l'impression que ton doigt est posé sur un bleu et que tu appuies brusquement pour me torturer en morse. Je m'effondre sur le lit en espérant que si je t'ignore, tu t'en iras, mais apparemment, comme tous mes problèmes, tu ne disparais pas, tu empires. Au final, ce n'est pas toi qui me fais bouger mais la vue de la bouteille de vodka à côté de mon lit qui me catapulte – à la vitesse d'un escargot – vers la porte.

J'ouvre la porte d'entrée et le grand jour me perfore les yeux. Je grimace et bats en retraite dans la sécurité de mon salon plongé dans la pénombre. Tu me suis.

— Beurk, commentes-tu en me voyant, sur un ton qui ressemble beaucoup trop à celui du docteur Jameson. Bonjour.

Tu es beaucoup trop joyeux et alerte, et tu parles trop fort. Ça m'agace. Je pourrais croire que tu m'as aperçue me soûler hier et que tu t'es levé tôt exprès – je ne t'ai jamais vu debout à une heure aussi matinale – pour faire du raffut sous ma fenêtre. Et tu te forces à exprimer un enthousiasme comme je n'en ai jamais constaté chez toi.

J'ai l'intention de répondre « Salut » mais je ne parviens qu'à émettre un croassement rauque.

— Waouh ! La nuit a été rude ? On a fait la bringue au numéro 3 dimanche soir ?

Pour toute réponse, je me contente de grommeler.

Tu te mets à ouvrir les rideaux et la fenêtre, ce qui me fait frissonner. J'attrape la couverture en cachemire sur le canapé sur lequel je me suis affalée. Je m'enroule dedans et te regarde, méfiante, te diriger vers la cuisine, qui est entièrement ouverte – tout mon rez-de-chaussée n'est qu'une immense pièce – où tu te mets à fourrager dans les placards.

— Le saladier avec les citrons, articulé-je faiblement.

Tu t'immobilises.

— Quoi ?

— Vos clés. Dans le saladier avec les citrons.

— Je ne cherche pas mes clés, je ne suis pas enfermé dehors.

— Alléluia.

— Pourquoi avec les citrons ?

— Ravie que vous ayez posé la question, dis-je en souriant. Parce que vous me faites penser à un citron.

— Ce n'est pas plutôt vous qui êtes acide ?

Mon sourire s'efface.

Tu continues à t'agiter dans la cuisine. J'entends un bruit de tasse, un froissement de papier, je sens l'odeur des toasts et j'entends la bouilloire. Je ferme les paupières, envahie par la somnolence.

Je me réveille quand tu me tends une tasse de thé et un toast beurré. Mon estomac proteste mais j'ai faim.

— Mangez ça, ça va vous aider.

— Parole d'expert, rétorqué-je, ensommeillée, en me redressant.

Tu t'assois dans le fauteuil en face de moi, à côté de la fenêtre d'où se déverse tant de lumière que je plisse les yeux. Tu as l'air presque angélique avec cette lumière autour de toi et ton côté droit est flou comme si tu étais un hologramme. Tu soupires bruyamment – un soupir qui n'a rien de saint. Mais pas parce que tu es épuisé. Tu as l'air rajeuni, les joues rougies par l'air frais du matin, tes vêtements sentent l'herbe coupée. Non, c'est moi qui te fatigue.

— Merci, dis-je en me souvenant soudain de mes manières.

— À propos de l'autre nuit…

Je maugrée en agitant la main avec dédain puis je trempe les lèvres dans mon thé. Il est sucré, plus sucré que je n'en ai l'habitude, mais ça me plaît. Ça ira pour cette fois. Ce n'est pas de la vodka et rien que pour ça, mon corps te remercie.

Je ne veux pas parler de l'autre nuit, de ce qui s'est passé entre nous.

— Je suis désolé de vous avoir balancé ce verre à la figure.

Tu es tout à fait sérieux. Peut-être même affecté, et je ne le supporte pas.

Je mâche lentement mon toast avant de déglutir.

— On a eu tort tous les deux, finis-je par répondre.

Je veux tourner la page. Mais ce n'est pas ce que tu veux entendre. Tu espères que je vais m'excuser.

— Jasmine, j'ai réagi à quelque chose que vous avez dit.

— Oui, et j'accepte vos excuses.

Pourquoi suis-je incapable de m'excuser alors que je sais que je le devrais ?

— Vous m'avez balancé des horreurs.

— Vous êtes venu dans l'espoir que je vous présente des excuses ?

— Non. Pour vous présenter les miennes.

Je réfléchis un instant.

— Comme je viens de le dire, on a eu tort tous les deux.

Tu me dévisages fixement comme si ton cerveau tournait à toute allure. Tu décides de ne pas t'emporter, ce dont je te suis reconnaissante même si je sais que je le mérite. *Je suis horrible.* Je cède un peu.

— J'étais déçue que vous laissiez tomber ma sœur.

— Je suis vraiment navré pour ça. Je ne pensais pas qu'elle le prendrait aussi mal.

— Elle ne brise pas ses promesses. Elle fait facilement confiance aux gens.

Contrairement à moi ; je ne fais confiance à personne.

Tu hoches la tête.

— Vous savez, je n'ai pas dit que ça n'aurait jamais lieu, j'ai juste dit que ce n'était pas possible dans un avenir immédiat.

— Quelle est la probabilité ?

— En ce moment, faible, réponds-tu l'air grave.

Je devrais songer aux répercussions si tu es mis dehors, ce que ça signifiera pour toi et ta famille, et non à Heather qui ne pourra pas visiter la radio. On me prétend sensible à cause de mes sentiments envers ma sœur mais je suis totalement indifférente aux autres.

— J'ai cessé de boire à cause de vos paroles.

Je te regarde, surprise. Je suis étonnée par le fait d'avoir pu dire quelque chose qui t'ait influencé, mais je ne suis pas surprise que tu admettes que tu as arrêté l'alcool. Parce que je ne te crois pas. Je ne pense pas que tu en aies réellement envie. C'est comme si tu étais un mari infidèle et que j'étais indifférente quand tu affirmes que tu vas changer. Nous sommes, bizarrement, à l'aise l'un avec l'autre.

— Pour de vrai, reprends-tu comme si tu lisais dans mes pensées. Vous aviez raison – à propos de mes enfants.

— Oh, s'il vous plaît, Matt, soupiré-je, exaspérée. Je n'avais raison sur rien. Je ne vous connais pas. Je ne sais rien de votre vie.

— En fait, commences-tu pour gagner du temps comme si tu essayais de décider si tu allais poursuivre ou non… si. Vous la voyez tous les jours. Vous la voyez plus que quiconque.

Un silence.

— Et vous me connaissez. (Tu me lances un regard songeur.) Je crois que vous pensez me connaître mieux qu'en réalité et que vous vous trompez sur certains points mais c'est un truc de plus qu'il faudra que je vous prouve.

— Vous n'avez rien à me prouver.

C'est un mensonge. J'aimerais pouvoir affirmer que je suis sincère mais ce n'est pas le cas. J'analyse tous les mots qui sortent de ta bouche pour avoir la confirmation que tu es vraiment le sale type pour lequel je te prends.

— Quoi qu'il en soit, je voudrais vous donner ça…

Tu me tends l'enveloppe froissée contenant la lettre de ton épouse.

— Vous ne l'avez toujours pas lue ? Matt !

— Je ne le peux pas, te contentes-tu de répondre. Je ne veux pas savoir ce qu'elle contient. C'est tout.

— Votre femme vous reparle ?

Tu secoues la tête.

— C'est parce qu'elle dit ce qu'elle veut dans cette lettre et vous l'ignorez ! Je ne vous comprends pas.

— Lisez-la-moi, alors.

— Non ! Lisez-la tout seul, merde !

Je la balance sur la table basse.

— Et si Amy m'annonce qu'elle ne reviendra jamais ?

— Eh bien, au moins, vous serez fixé. Au lieu de… d'attendre comme ça.

— Je n'attends pas. C'est fini, ça. Je vais lui montrer.

— Lui montrer quoi ?

— Qui je suis.

— Vous l'avez déjà fait. C'est pour ça qu'elle est partie.

C'est à moitié une plaisanterie et je pensais te faire sourire mais ce n'est pas le cas.

Tu soupires. Tu regardes la lettre et je crois que je t'ai enfin convaincu. Tu la saisis et te lèves.

— Je vais la mettre avec les citrons.

Je souris, bien contente que tu ne puisses pas me voir.

Une voiture s'arrête devant chez toi.

— Vous avez de la visite, constaté-je, soulagée que cette conversation tire à sa fin et que tu sois sur le point de partir.

J'ai la tête qui tourne et le toast surfe, indigeste, sur une mer de vodka et jus de canneberges.

Tu observes la voiture de la fenêtre, les mains sur les hanches, les sourcils froncés. Tu es encore beau. Non pas que tu sois vieux – tu viens d'entamer la quarantaine – mais ton hygiène de vie, les couchers tardifs, l'alcool et les mélanges d'anxiolytiques, de somnifères et de je ne sais quoi, n'a pas altéré ton physique.

— Je ne pense pas que ça soit pour moi, m'informes-tu. Il n'est pas descendu de voiture.

— Pourquoi vous n'avez jamais fait de télé ? demandé-je soudain.

En général, les animateurs célèbres avec un audimat et un public comme le tien passent à la télé et je me rends soudain compte que tu es plutôt beau gosse, du moins pour certains et la télé étant ce qu'elle est, la beauté compte autant que l'intelligence – voire davantage.

— J'en ai fait, réponds-tu en pivotant dans ma direction, étonné que je t'aie posé une question sur toi, sur ta vie, sur ton job. Il y a cinq ans, j'avais une émission tardive, un talk-show comme à la radio. Le mercredi à vingt-trois heures trente.

Tu me regardes comme si tu étais persuadé que je le savais mais je secoue la tête.

— On était assis autour d'une table, les participants étaient invités par quelqu'un d'autre et ils discutaient de sujets choisis par moi mais ils ne le faisaient pas de la manière dont je le voulais. J'ai tout plaqué. On ne peut rien dire à la télé. On est beaucoup moins libre qu'à la radio.

— Où un orgasme peut commencer l'année.

Tu soupires et te rassois.

— Les femmes ne sont pas les seules à bavarder, vous savez.

Je suis perplexe.

— J'ai un ami. Appelons-le Joey.

— Et si on l'appelait « vous » ?

— Non. Pas moi. *(Et je te crois.)* Un jour, Joey me raconte que son épouse et lui ont des difficultés à concevoir. Ils sont mariés depuis sept ans et n'ont toujours pas d'enfants. Devant une pinte, il m'avoue un soir qu'il simule au lit. Première fois que j'entends un truc pareil. Un mec qui simule, je veux dire. Si une femme fait semblant, ça n'a aucune conséquence, mais c'est différent quand c'est un mec et que son épouse veut des enfants – là ça devient un problème. Il ne peut pas lui avouer qu'il simule. Il est acculé, vous comprenez ? Elle a passé des examens et tout va bien de son côté…

Ta façon de raconter éveille mon intérêt.

— Alors elle voulait qu'il fasse des examens à son tour. Pour savoir s'il était stérile. Mais il a refusé parce qu'il savait qu'il n'avait aucun problème. Ou du moins, il le présumait. Alors, au lieu d'admettre qu'il simule la plupart du temps, et qu'il préférerait qu'ils changent leur façon de baiser, il lui raconte qu'il ne veut pas d'enfants. C'est faux mais il panique et il se sent piégé. Ils ont rompu. Tout ça parce qu'il a été incapable de lui dire la vérité. (Tu secoues la tête.) Je trouvais que ça valait le coup d'en parler à l'antenne.

— Absolument.

Personnellement, je n'aurais pas spécialement envie d'entendre cinq personnes se disputer en hurlant par téléphone sur le sujet mais je comprends son point de vue.

— Du coup, Tony a l'idée de commencer l'année avec la femme. J'ai répondu : « Comme tu veux. » Je m'en foutais. Je me suis même dit que ça pouvait être marrant. Ça allait avec la discussion. Ce n'était pas grand-chose.

— Qui est Tony ?

— Le producteur. Il a tout arrangé. Il a amené la nana dans le studio. Elle a commencé par faire des bruits dans le micro. Non, c'était simulé, contrairement à ce que les tabloïds ont prétendu. Mais c'était une prostituée. C'est ça, le problème. Tony l'a payée. (Tu agites la tête.) Bon sang ! Tony est dans la merde, lui aussi. Il avait des difficultés avec sa copine depuis un moment. Elle l'a quitté, il… Disons qu'il ne s'en sort pas aussi bien que moi.

—On dirait que c'est la faute de Tony.

—Non. C'est mon émission. J'aurais dû savoir ce que je faisais. Pour être honnête, j'étais tellement défoncé ce soir-là que j'ignorais ce qui se passait. J'ai fait ça des dizaines de fois et je m'en suis toujours tiré, mais là… (Tu te lèves pour regarder de nouveau par la fenêtre.) Qu'est-ce qu'il fout, ce mec ? Il se contente de mater ma baraque.

Je finis par me lever pour te rejoindre. La bagnole est juste devant chez toi et le type espionne.

—Vous avez beaucoup de fans ?

—Ouais, une nana m'en veut tellement qu'elle a emménagé juste en face de chez moi. Cheveux rouges. Gros nichons. Elle ne peut pas se passer de moi.

Ça me fait sourire.

—Peut-être qu'il vous attend parce qu'il sait que vous n'êtes pas chez vous.

—Comment il le saurait ? À moins qu'il ne m'espionne. Je vais aller lui parler.

J'entends de la colère dans ta voix et je sais que ça va mal se terminer.

—Attendez, Matt, il descend de la voiture.

Tu regagnes la fenêtre et on l'observe. Il tient quelque chose, un objet noir. *Un appareil photo.* Il le place devant son visage et se met à mitrailler la maison.

—Le petit…

Tu réagis à retardement. Le paparazzi a réussi à prendre pas mal de clichés avant que tu comprennes ce qui se passe.

Il examine les photos sur l'écran de son appareil puis il se déplace pour photographier la demeure sous un autre angle.

— Ne faites pas de bêtise, Matt. Vous allez vous attirer encore plus de problèmes ! crié-je derrière toi.

Mon conseil tombe non pas dans l'oreille d'un sourd mais d'un absent parce que tu te rues hors de chez moi. J'ai l'impression que mes paroles t'ont donné une idée : tu fais exactement ce contre quoi je t'ai mis en garde, tu charges le type. Il pivote et t'aperçoit, il lit l'agressivité sur tes traits et il sourit, ravi de l'occasion qui se présente. Mais tu ne t'arrêtes pas. Tu lui arraches l'appareil photo des mains pour le jeter violemment contre l'asphalte puis tu saisis le paparazzi par le col et tu le flanques dans son véhicule. Je ne vois pas tout parce que j'ai mis les mains devant mes yeux. Quelque chose me dit qu'il vaut mieux qu'il n'y ait pas de témoin.

Résultat, une heure plus tard, je suis toujours en chemise de nuit et trois autres photographes campent devant chez toi, les yeux rivés vers mes fenêtres, tandis que tu fais les cent pas dans mon salon, dissimulant l'écran de la télé sur lequel j'essaie de regarder *Diagnostic : Meurtre*, tout en hurlant contre ton agent par téléphone. La nouvelle de ton licenciement a fuité auprès des journalistes avant que la radio t'en informe et on t'a imposé six mois de congé de jardinage pour que tu ne puisses pas passer à la concurrence – ce que tu menaces de faire.

Je sais exactement ce que tu ressens, mais je devine aussi que tu évoques une radio rivale uniquement pour te venger, et non pas parce que tu veux travailler. Je songe que ce congé sabbatique imposé de six mois est une bonne chose pour toi, pour réfléchir à la suite de ta carrière. C'est une idée intéressante qui ne m'avait pas effleurée avant. Tu as l'impression d'être piégé alors que moi, je vois là une chance pour toi. Peut-être que je progresse.

À cause des paparazzi, je ne peux pas jardiner, même si la fontaine me crie de l'achever et que ma gueule de bois a désespérément besoin d'air frais. J'espérais qu'ils lèvent le camp pour déjeuner mais l'un d'entre eux disparaît et revient avec un sac plein de sandwichs achetés chez *EuroSpar* et ils s'adossent à leurs voitures pour manger. Je tente une sortie à ce moment-là mais dès que j'ouvre la porte, ils attrapent leurs appareils photo, envoyant valser jambon, œufs, coleslaw et sacs en papier. Je proteste en leur disant que je suis une citoyenne et que j'ai droit à ma vie privée, mais ils me mitraillent. Ce n'est que lorsqu'ils se rendent compte qu'ils sont en train d'occuper de la mémoire sur leurs cartes SD avec une femme à genoux en train de jardiner qu'ils cessent. Mais je suis trop embarrassée pour continuer à travailler sous leur regard, surtout vu que je ne sais pas ce que je fais, je bats donc en retraite dans la maison.

— Je suis désolé, dis-tu quand je claque la porte d'entrée sur eux, écarlate.

Lorsque le ciel déverse sa fureur pour le reste de la journée et qu'ils se réfugient tous dans la même voiture, je leur hurle :

— Ah ! J'espère que vos appareils photo vont rouiller !

Tu romps un instant ton silence rageur pour poser un regard amusé sur moi.

Le docteur Jameson frappe à la porte en prétendant être irrité mais il est secrètement ravi par toute cette excitation. Il veut discuter du problème de la présence des paparazzi dans la rue et de ce qu'on peut faire pour y remédier. Je monte m'allonger.

De manière inattendue, mon amie Caroline m'appelle pour me demander si elle peut me rendre visite. Son coup de fil me surprend pour deux raisons : elle bosse dans une banque au service des saisies immobilières et elle n'est jamais libre en semaine, et même quand elle ne travaille pas, elle est très occupée à baiser avec son petit ami qui a huit ans de moins qu'elle et qu'elle a rencontré après avoir découvert que son mari était un infidèle chronique. Je me réjouissais de ne plus avoir de nouvelles, sachant qu'elle était extatique. Littéralement.

Elle débarque, excitée comme une puce. Le seul endroit où on puisse discuter est ma chambre, vu que tu fais les cent pas dans mon salon, au téléphone avec ton avocat. Le paparazzi à qui tu as arraché l'appareil photo menace de porter plainte pour destruction de bien. Ces charges ne tiendront pas parce qu'il a déjà gagné de l'argent en vendant ces photos. Elles sont apparues sur Internet, sur de nombreux sites de potins et de divertissement : il t'a saisi sur le vif, en train de te ruer sur lui, une expression meurtrière sur le visage. Il t'a pris en contre-plongée et tu ressembles à King Kong avec deux doubles mentons et une bedaine proéminente, prêt à tout détruire sur ton passage.

Le docteur Jameson et moi nous penchons sur l'écran de mon ordinateur portable pour examiner les clichés.

— Putain de bordel de merde ! Je suis content que mes enfants ne soient pas là.

— Mon jardin de rocaille ressort bien, constaté-je en zoomant sur l'arrière-plan. J'aimerais bien pouvoir terminer ma fontaine, ajouté-je, boudeuse.

Je monte dans mes appartements avant que tu te jettes sur moi façon King Kong et le docteur Jameson reprend son visionnage des *Maçons du cœur*.

— L'appartement était mieux avant sa rénovation, constate-t-il au moment où je quitte la pièce.

— Cette maison est un asile de fous, fait remarquer Caroline en saisissant la tasse de café que je lui tends.

— Bienvenue dans mon nouveau monde, lancé-je sèchement.

— J'en étais où ?

— Au passage du bonbon explosif.

— Ah, oui.

Son regard se met à briller et elle reprend le compte des exploits en chambre de son nouveau copain, exploits qui ont depuis longtemps quitté la chambre à coucher.

— Bref, conclut-elle en reprenant son souffle, je ne suis pas venue pour te raconter ça mais parce que j'ai eu une idée de business absolument géniale… et je veux que tu bosses avec moi, couine-t-elle. J'ai une super idée mais je ne sais pas par quel bout la prendre. Mais pour toi, c'est la routine. Tu veux bien m'aider ? S'il te plaît ?

— Oh, merde, lâché-je, étonnée, excitée et un peu anxieuse.

Bosser avec une amie peut être un vrai piège et elle ne m'a pas encore expliqué de quoi il s'agit. Je prépare mentalement une sortie de secours, prête à entendre une idée sans intérêt.

— Vas-y, dis-moi tout.

Elle est plus préparée que ce à quoi je m'attendais. Elle sort une chemise intitulée « Gúna Nua » – c'est l'expression gaélique qui signifie « nouvelle robe ». L'idée est que les femmes postent une photo d'elles en robe sur un site Internet – Caroline a déjà acheté le nom de domaine – et qu'elles choisissent une autre robe avec laquelle l'échanger. Une tenue quitte votre placard et une nouvelle arrive pour la remplacer. Aucun échange d'argent, tout est troqué. Les robes doivent sortir du pressing et être en excellent état.

— Il y aura une sélection de robe couture, vintage, prêt-à-porter – tout. Ça te permet de faire du tri dans ta garde-robe et d'obtenir des vêtements gratuitement.

— Comment tu gagnes du fric ?

— Il faut payer pour s'inscrire. Et obtenir une carte de membre. Pour 50 euros par an, tu peux obtenir autant de robes gratuites que tu le souhaites. Honnêtement, Jasmine, je sais qu'il y a un marché pour ça, je vois bien dans quelle situation sont les gens et c'est déprimant. L'échange de robe est une super idée, j'en suis sûre.

Ce n'est pas une idée parfaite et je trouve que 50 euros, c'est trop cher, mais pour chaque problème que j'identifie, je vois aussi une solution. Je suis presque intéressée.

— Je sais que tu en as vraiment besoin en ce moment, alors penses-y, ajoute-t-elle pour me convaincre.

En fait, ça a l'effet inverse.

On dirait qu'elle me fait une faveur, ce qui n'est pas le cas : elle a besoin que je l'aide à développer son concept. Pour l'instant, c'est intéressant mais très mal pensé. Elle a besoin de moi pour le transformer en réalité. Je n'aime pas sa façon de prétendre qu'elle me rend service. Je sens l'irritation monter. Elle ne s'en rend pas compte et poursuit :

— Ton congé prend fin quand, en novembre ? On peut bosser dessus en secret jusqu'à ce que tout soit prêt et que ton congé soit terminé. Ce sera parfait parce que je pense que d'ici là, tu n'auras plus la place de planter des jonquilles.

Elle croit me complimenter mais je suis vexée.

— Les jonquilles ne poussent pas en novembre, lui fais-je remarquer, sur la défensive.

Elle fronce les sourcils.

— D'accord, répond-elle lentement.

Je laisse le silence s'installer.

Elle referme son dossier d'un coup sec.

— Si tu penses que mon idée est naze, dis-le.

Elle serre la chemise contre sa poitrine.

— Non, le problème, ce n'est pas ton idée. C'est juste que je n'ai pas besoin d'un job, Caroline. J'apprécie que tu penses à moi et que tu te dises que ça me ferait du bien mais on m'a déjà fait une proposition.

— Pour quoi ?

— J'ai été approchée par un chasseur de têtes – qui est sublime, d'ailleurs, avoué-je en souriant avant de reprendre mon sérieux. Pour créer une organisation qui gère le rapport entre le changement climatique et les droits civiques.

— Le « changement climatique » ? Pourquoi ça t'intéresse tout d'un coup ? Tes perce-neige sont tardives cette année ? demande-t-elle en riant.

C'est censé être drôle. Depuis quelque temps, mes amis me taquinent sur mon addiction au jardin. J'ai refusé des sorties au café, j'ai expliqué en long, en large et en travers ce que je faisais lors de soirées entre potes. C'est leur nouvelle marotte : « Taquinons Jasmine sur le jardin. » Je comprends, vraiment, mais... À la manière dont Caroline me regarde, je me demande si je ne devrais pas au moins réfléchir à sa proposition mais je n'apprécie pas du tout son attitude, sa façon de suggérer que j'ai besoin d'elle.

— Tu vas accepter ce job ?

— J'y réfléchis.

Mon honnêteté me surprend.

— Tu pourras rencontrer Bono ?

Je m'esclaffe avant de me passer la main sur le visage, fatiguée.

— Jasmine, dit-elle gentiment, tu veux travailler avec moi, oui ou non ? Je ne le prendrai pas personnellement.

Je me mords la lèvre inférieure, incapable de prendre une décision tout de suite.

— Reparle-moi du bonbon explosif.

Elle comprend qu'il me faut du temps.

— D'accord, mais si tu veux essayer, il faut dire à ton partenaire de se raser parce que ça colle.

Je pense à Monday. Pas à cause du bonbon mais parce que je ne veux pas décevoir cet homme que je connais à peine et qui croit en moi.

— Monday, commencé-je au téléphone.

J'ai un peu le vertige en entendant sa voix et ce que je m'apprête à lui dire me rend nerveuse.

— Jasmine. Parfait. Je pensais justement à vous. Ce qui m'arrive souvent ces derniers temps.

C'est un sentiment magnifique et surprenant, étant donné la nature de notre relation mais il poursuit rapidement comme si de rien n'était. J'ai l'impression qu'il est à l'extérieur : j'entends des voitures, des gens, le vent. C'est un homme pressé dans la ville, qui recrute des gens, alors que moi, je suis là, dans mon jardin, d'où j'ai choisi de l'appeler parce que c'est le seul endroit où je trouve la paix et la clarté. C'est le troisième jour après l'incident et les paparazzi sont toujours dans leurs voitures pour se protéger du froid, ils attendent que Matt sorte et fasse encore des siennes, ils lui mettent la pression pour qu'il explose tandis que les révélations sur ce qui s'est vraiment passé dans le studio le soir du nouvel an font la une des tabloïds. L'histoire corrobore ce qu'il m'a raconté mais elle a pris une ampleur inattendue lorsque la prostituée en question a vendu son témoignage et que les dessous de « sa relation » avec Tony ont été révélés au grand jour. C'est une affaire sordide devant laquelle aucune radio ne peut reculer.

— Comment avance votre fontaine ?

—Elle est presque terminée. Je construis une terrasse autour. Avec marteau et clous. Si mes anciens collègues me voyaient.

—Ces paparazzi n'ont qu'à bien se tenir.

Je demeure silencieuse et jette un coup d'œil autour de moi pour voir s'il est ici, même si je sais grâce aux bruits que j'entends en arrière-plan que ce n'est pas le cas.

—J'ai vu les photos sur Internet, explique-t-il. Votre jardin est très joli.

—J'aurais bien aimé avoir achevé la fontaine.

Je devine un sourire dans sa voix.

—Au train où vous allez, ce sera bientôt le cas. Je pensais à vous parce que j'ai lu ce matin que la jacinthe des bois éprouverait des difficultés à survivre au changement climatique. Pendant les périodes froides, les fleurs printanières comme les jacinthes des bois ont déjà commencé à pousser en préparant leurs feuilles et leurs fleurs dans leurs bulbes souterrains en été et en automne.

On dirait qu'il est en train de lire à haute voix. Je m'installe sur mon banc flambant neuf, un sourire aux lèvres.

—Elles peuvent croître dans le froid de l'hiver ou du printemps en puisant des ressources dans leurs bulbes. Mais avec le réchauffement climatique, les printemps seront plus doux, et elles perdront cet avantage et seront dépassées par des plantes sensibles à la température qui se mettront à pousser plus tôt qu'avant.

Je ne sais pas quoi répondre.

—C'est dommage. Mais je n'ai pas planté de jacinthes des bois.

J'embrasse mon jardin du regard, pour vérifier.

—Mais ce serait regrettable, non, de ne plus voir leur magnifique teinte bleutée dans les sous-bois ?

L'image est belle mais je ne parviens pas à comprendre pourquoi il pense que c'est ce qui va me convaincre d'accepter le job.

— Monday, déclaré-je sur un ton sérieux. Je vous ai caché quelque chose.

Il ne répond pas tout de suite, pressentant le danger.

— Oui ?

— J'aurais dû vous le dire tout de suite, mais, euh… (je m'éclaircis la voix) je suis en congé de jardinage. Pour un an. Il prendra fin en novembre.

— « Novembre » ? répète-t-il, mécontent.

Il est trop professionnel pour manifester sa colère mais je devine qu'il est furieux. Je lui ai fait perdre son temps, je m'en rends compte à présent, j'ai joué avec lui alors qu'il essayait de faire son taf.

— Il aurait été utile de m'en avertir il y a des semaines, Jasmine.

Sa manière de prononcer mon prénom me fait tressaillir. Je suis tellement mortifiée que je ne peux rien dire. J'ai l'impression d'avoir été surprise par les paparazzi les fesses à l'air. Heureusement que Monday est à l'autre bout du fil et qu'il ne se tient pas en face de moi.

— Je suis désolée de ne pas vous avoir prévenu, j'ai…

Aucune excuse ne me vient à l'esprit mais il me laisse me dépatouiller en silence, attendant une explication. Il est irrité et veut comprendre.

— J'étais gênée, finis-je par avouer.

On dirait qu'il a cessé de marcher.

— Mais pourquoi diable ? demande-t-il, sincèrement surpris, toute trace d'irritation envolée.

— Je n'en sais rien. J'ai été virée et je ne peux pas bosser pendant un an.

— Jasmine, c'est normal. Ce n'est pas honteux. C'est un compliment que vos anciens employeurs ne veuillent pas que vous travailliez pour quelqu'un d'autre.

— Je n'avais pas vu ça comme ça.

— Vous devriez. Entre nous, ça ne me dérangerait pas d'être payé pendant un an à ne rien faire.

Il s'esclaffe et je me sens beaucoup mieux.

Un long silence plane. Je ne sais plus quoi dire. Si ce poste n'est plus une possibilité, alors nous n'aurons plus aucune raison de nous voir, mais je ne veux surtout pas en rester là. *Est-ce que je dois le lui révéler ? Lui demander s'il veut bien aller prendre un verre avec moi ? Va-t-on se dire « adieu » ?*

— Voulez-vous postuler pour cet emploi, Jasmine ?

J'envisage le scénario où je refuse. Il raccroche, je n'entends plus jamais parler de lui, je retourne à mon congé de jardinage, mon avenir incertain, mon présent ennuyeux et terrifiant.

— Oui, je veux un job, réponds-je avant de me rendre compte de mon erreur. Enfin, je veux « ce » job.

— Bien. Je vais en discuter avec mes clients et voir ce qu'ils en pensent, d'accord ?

— Oui, bien sûr. (Je me redresse, professionnelle.) Je suis vraiment désolée.

J'enfouis le visage dans mes mains et demeure recroquevillée sur moi-même pendant cinq bonnes minutes, puis, pour me cacher de la conversation que nous venons d'avoir, je retourne à mon jardin. Je finis par ne plus penser à rien tandis que je me concentre sur la petite terrasse en bois que je construis autour de la vasque.

Je suis en train d'entasser les dalles de grès l'une sur l'autre et de marquer le centre avec un crayon pour creuser un trou pour le tuyau quand je laisse soudain tout tomber pour me ruer à l'intérieur. Je vais droit vers le mur de photos derrière la table de la cuisine et je parcours les clichés des yeux. Je sais exactement ce que je cherche. Quand je le trouve, je porte les mains à ma bouche, submergée par l'émotion. Je n'arrive pas à croire que cette photo soit aussi importante pour moi, ni que Monday l'ait deviné.

Derrière l'endroit où Monday était assis quelques jours plus tôt, il y a une photo de Heather, mon père, ma mère et moi – la seule photo que je possède de nous quatre – prise lors de l'une de nos visites régulières au jardin botanique. Nous sourions devant l'objectif, moi avec ma dent de devant manquante, étendus dans un champ de jacinthes des bois.

Chapitre 19

La photo me fait réfléchir pendant un long moment à tout un tas de choses tandis que j'achève ma fontaine, que je construis un treillis rouge en l'honneur de papi Adalbert Mary et que je le fixe contre le mur de ma maison afin que mon tout nouveau jasmin hivernal puisse pousser. Puis, quand je crois que je ne peux plus penser, et que tout le monde me presse de prendre des décisions concernant ma vie, je décide de planter davantage de gazon sur le côté de ma demeure et de semer des fleurs des champs. Eddie revient creuser mais cette fois-ci, je ne me laisse pas berner et il achève son travail en une seule journée. Je prépare le sol et la semaine suivante, je sème un mélange de fleurs contenant des coquelicots, des anthémis des champs, des marguerites et des bleuets. L'endroit est petit mais je les dispose à côté de l'espace que je garde pour l'appentis qu'on devrait me livrer sous peu et qui trouvera sa place contre le mur libre de mon pavillon mitoyen. Pour éviter que les oiseaux ne picorent les graines, l'une des activités du dimanche à laquelle je me livre avec Heather est de suspendre des CD au-dessus de la zone nouvellement plantée. On choisit avec soin les chansons capables d'éloigner les oiseaux.

Je plante, je plante et je plante. Et tout en plantant, je réfléchis, mais sans y penser. Il m'arrive même d'être certaine de ne songer à rien quand soudain une idée fait irruption dans ma tête. Elle arrive si brusquement et si soudainement que je me redresse, j'étire mon dos douloureux et je regarde autour de moi pour voir qui m'a donné cette idée et si quelqu'un m'a vue en train de l'avoir. Mars devient avril et ma réflexion n'est pas terminée. Je désherbe. Je protège les bourgeons des gelées et même si la température se radoucit graduellement, le vent et les ondées sont toujours violents. Je pense à mes fleurs quand je sors avec mes amis, surtout s'il pleut à verse, et que les gens rentrent dans le restaurant en secouant leur parapluie et en se débarrassant de leur manteau trempé. Ma première pensée au réveil est pour mon jardin. J'y songe quand je suis dans les bras d'un homme que j'ai rencontré dans un bar, que j'écoute le vent hurler derrière la fenêtre de sa chambre et que je me dis que je serais mieux chez moi, là où les choses ont du sens. Je continue à m'affairer. Je ne veux pas que ma pelouse pousse trop et qu'elle soit jaune une fois tondue. Elle ne peut pas être négligée. Je passe régulièrement le râteau pour en ôter le chaume, je ne veux pas que de l'herbe morte s'accumule et que les mauvaises herbes l'envahissent. Et chaque fois que je m'occupe de mon jardin, je réfléchis.

Les jonquilles qui s'élançaient fièrement, première touche de couleur dans le gris du début du printemps, sont fanées à présent. Les fleurs piquent du nez et c'est avec tristesse que je les coupe, sans toucher à la tige. Si on laisse les fleurs fanées, la plante investit son énergie dans la production de graines. Si on coupe les têtes mortes, la plante met toute sa force dans la formation d'autres fleurs dans le bulbe.

Dans le jardin, il y a toujours du mouvement, toujours de la vie. Moi, je me sens prisonnière du temps, mais chaque fois que je sors, je vois bien que les choses changent autour de moi. Des fleurs apparaissent soudain là où il n'y avait que de minuscules bourgeons et elles me dévisagent fièrement, ravies de s'être ouvertes pendant que tout le monde dormait.

Monday m'a confirmé que le job débuterait en novembre et il cherche d'autres candidats à présenter à ses clients, donc l'entretien d'embauche a été fixé au 9 juin. Il me tarde : je meurs d'envie de me sentir comme avant. J'ai hâte que cette année soit terminée et même si j'ai souhaité à d'innombrables reprises que l'année passe plus vite, je me demande ce que je ferai quand elle sera enfin achevée. En novembre, il fera froid, sombre et pluvieux. Bien sûr, il y a une certaine beauté dans tout ça, mais il faudra que je prenne des décisions concernant ma vie et j'espère commencer un nouveau travail – si je le décroche. J'aimerais soudain que le temps ralentisse. J'embrasse du regard mon jardin en pleine mue, le mouvement de la fontaine, les fleurs printanières qui lèvent le nez et je comprends que je ne peux pas arrêter ce qui m'attend. Une grande partie du jardinage consiste à préparer ce qui viendra après, la saison, le temps, et il faut que j'applique cette leçon à ma propre vie.

Malgré ma crainte de ne plus jamais entendre parler de Monday, il s'est manifesté, et on s'est vus plusieurs fois pour discuter, même si nos conversations ont invariablement dévié du poste. Je me sens très à l'aise avec lui ; je n'ai pas besoin de faire semblant à propos de mon congé forcé, contrairement aux autres. Même si j'adore jardiner, ça ne m'empêche pas de me sentir parfois seule et nulle ; ça ne me procure aucun sentiment de sécurité concernant mon avenir, ça m'empêche juste de ruminer. Monday fait disparaître ma solitude. Il manifeste une véritable envie de me voir et de bavarder avec moi, et cette envie balaie mon sentiment de nullité. Pour dire la vérité – et je sais que ce n'est pas vraiment ce que je fais depuis le début – je souhaiterais qu'il n'y ait pas de job, que Monday et moi puissions nous voir comme ça, pour parler du monde, des choses qu'on a envie de faire ou de ne pas faire, et non de la réalité.

Ce n'est qu'un entretien, il ne s'agit pas encore d'un emploi, et je ne suis donc pas prête à me décider pour la proposition de Caroline. Nous avons discuté plusieurs fois de Gúna Nua, et je l'ai aidé à développer son idée sans m'investir sur le long terme. Comme ça, je pourrai laisser tomber si j'en ai envie, mais d'un point de vue professionnel, ce n'est pas la meilleure solution, ni pour elle, ni pour moi. Je sais que notre amitié ne suffit pas. Je pensais la même chose à propos de Larry, qui m'a virée et « emprisonnée » pour un an. Cette sentence, quand je suis dans mon jardin, est un cadeau – même s'il détesterait apprendre ça. Et mon présent s'égrène, parfois tranquillement, parfois de manière frustrante, mais mon avenir est toujours aussi incertain.

Deux mois se sont écoulés depuis l'incident avec Heather chez mon père. Heather a agi comme d'habitude : elle a une manière merveilleuse de pardonner ou d'oublier ou de paraître indifférente et sa relation avec papa a repris son cours normal. La mienne, en revanche, non. Ne pas lui parler m'a aidée par certains côtés et par d'autres, ça n'a fait qu'aggraver la situation. Ça veut dire que je n'ai pas besoin de le supporter mais comme j'ai continué à me disputer avec lui dans ma tête, je lui en veux terriblement. Du coup, ça fait deux mois que je n'ai pas vu ma petite sœur, Zara, et ça, c'est inacceptable. C'est surtout pour elle que je décroche le téléphone. Je propose qu'on se retrouve au terrain de jeux près de la jetée de Howth. Il fait beau, même si un vent froid souffle de la mer. Nos garde-robes hivernales ont été remplacées par des vêtements plus légers, les manteaux de demi-saison sont de sortie, des gens allongés sur l'herbe mangent des fish and chips de chez *Beshoff* et l'odeur du vinaigre mêlée à celles des embruns me fait saliver.

—Jasmine !

J'entends Zara avant de la voir et elle fonce vers moi pour m'embrasser. Je la soulève et la fais tourner. Je me sens coupable de ne pas l'avoir vue pendant deux mois. Je n'ai aucune excuse, mon comportement envers elle est impardonnable. Elle a grandi, ce qui est le signe de notre silence. Dix semaines, c'est long dans sa petite vie.

Il devrait y avoir un malaise entre mon père et moi mais ce n'est pas le cas parce qu'on se parle à travers Zara. C'est lui qui commence.

— Raconte à Jasmine qu'on a donné des poissons aux phoques.

Elle obéit.

— Raconte à Jasmine que les pêcheurs t'ont laissée tenir la canne à pêche.

Elle s'exécute.

Zara est le genre d'enfants qui attire l'attention, c'est toujours à elle qu'on demande d'être l'assistante du magicien, qu'on permet d'entrer dans le cockpit pour rencontrer le pilote, que des chefs font visiter leurs cuisines. Elle fait partie de ces petits qui manifestent de l'intérêt pour la vie, qui parlent aux gens, et en retour ces derniers veulent lui faire plaisir, la récompenser, l'impressionner. Quand on a épuisé tous les sujets de conversation qui la concernent, mon père et moi sommes obligés de rester côte à côte et de la regarder se ruer sur ses nouveaux meilleurs amis qu'elle a rencontrés deux minutes plus tôt.

Il se taira, je le sais. Il préfère demeurer comme ça, mal à l'aise, que de risquer de dire quelque chose d'embarrassant. Même quand on le force à discuter, les rares fois où il ne peut pas s'échapper, ses sentiments en la matière restent limités. C'est très frustrant, surtout les quelques fois où j'ai quelque chose d'important à lui dire. J'ai hérité de ce trait de caractère. Quand on met ensemble deux personnes qui ne parlent pas, la situation peut rapidement devenir explosive. Ou plutôt implosive, parce que la guerre fait rage à l'intérieur.

— Ce qui s'est passé avec Ted Clifford n'était pas bien, lâché-je à brûle-pourpoint, incapable d'aborder correctement le sujet.

— Il a un poste de chargé de clientèle à pourvoir. Quarante mille par an. Il voulait te parler en personne, m'indique-t-il avec colère. *(Il n'a pas eu besoin d'aller la chercher, elle était là, prête à surgir.)* Vous auriez pu en discuter tranquillement, sans que personne vous entende. C'était une occasion parfaite. Tu sais combien de personnes voudraient ce job ?

Ce n'est pas du tout ce que je voulais dire. Je faisais allusion à son comportement avec Heather, à sa réaction envers elle, il n'était pas question du poste, qui est un autre problème – moins important, mais assez contrariant pour que j'aie prévu de l'aborder ensuite.

— Je parlais de ce qui s'est passé avec Heather.

Je le regarde pour la première fois et je devine à son expression qu'il doit faire un effort pour comprendre. Ça finit par lui revenir.

— J'en ai discuté avec Heather dès le lendemain. C'est bon, Jasmine.

— Et ?

— Et maintenant, je connais le concept des cercles.

— « Maintenant », tu le connais.

— Oui. Maintenant, réplique-t-il en me lançant un regard noir.

— Elle a trente-quatre ans, ça fait un paquet d'années qu'on applique ce concept.

J'aurais dû le dire plus fort mais j'ai marmonné. Je ne suis pas certaine qu'il ait entendu. J'espère que oui, mais je ne suis pas capable de faire ça : discuter, me disputer. *Bon, d'accord, ça ne me pose pas de problèmes de me disputer mais ensuite je n'ai qu'une envie, disparaître comme s'il ne s'était rien passé et que je n'existais pas.* L'enfant en moi frissonne de voir son père furieux contre elle tandis que l'adolescente en moi se rebelle.

— Tu la traites comme si elle était différente. « Spéciale ».

— Non. Je la traite comme tout le monde et c'est ça qui te rend furieuse. C'est toi qui la considères différemment. Et tu devrais y réfléchir. Et je tiens à ajouter que tu n'appliques pas ce que tu prêches. Il y a une règle pour toi et une pour tous les autres. Ce concept des cercles – il est différent pour toi, parce que tu places tous ceux qui t'approchent dans la zone orange. Non, Zara, ma chérie, ne grimpe pas là-dessus.

— C'est ton grand-père ? demande un enfant et Zara s'esclaffe comme si elle n'avait jamais entendu un truc aussi absurde.

— C'est mon papa !

Ils finissent par faire du tapecul tous les deux, la bedaine de mon père comprimée par la barre. Quand il redescend, j'aperçois la partie dégarnie à l'arrière de son crâne. C'est vrai qu'il ressemble à son grand-père.

Je suis abasourdie par ce qu'il vient de me dire. Il l'a fait sur un ton égal, sans colère, ce qui devrait être plus facile à ignorer mais ce n'est pas le cas. Et c'est le calme avec lequel il l'a énoncé qui m'oblige à l'entendre haut et fort.

Le cercle orange est le plus éloigné du cercle violet qui représente la personne concernée, dans ce cas, moi. C'est le cercle des connaissances éloignées, de ceux avec qui on n'a aucun contact ni physique ni émotionnel.

« Tu places tous ceux qui t'approchent dans la zone orange. »

Ce n'est pas vrai, ai-je envie de hurler. Mais je ne sais pas si j'ai raison. Heather est la seule personne proche de moi. Et j'ai clairement rangé mon père dans la zone orange. Je suis venue ici pour lui reprocher ses propres actions – non, je suis venue pour voir Zara, mais je voulais aussi lui expliquer qu'il devait changer de comportement, et je ne m'attendais pas à ce que la marée s'inverse et à me retrouver sur la sellette.

Peut-être que mon cercle rouge est le plus important. *Certaines personnes restent des étrangers à jamais.*

Un peu perdue, je regagne mon jardin la queue entre les jambes. Je recommence à cogiter. Il faut que je coupe les têtes mortes et que je me prépare pour l'été.

Été

Saison entre le printemps et l'automne, qui,
dans l'hémisphère Nord, comprend les mois
les plus chauds de l'année :
juin, juillet et août.

Période de développement, de perfection ou de beauté
qui précède le déclin : l'été de la vie.

Chapitre 20

J'aime le mois de juin et pour un jardinier qui a accompli son travail avec amour, c'est le mois où son jardin le récompense au centuple. Chaque mois et chaque saison possède sa beauté propre mais c'est en été que le jardin est le plus vigoureux, le plus lumineux, le plus fier, le plus spectaculaire. Si le printemps est optimiste, l'été se montre orgueilleux, l'automne humble et l'hiver résilient. Quand je pense au printemps, j'imagine de grands yeux de Bambi me lancer un regard à travers de longs cils mais quand je songe à l'été je vois des épaules carrées, une poitrine saillante et bombée. L'automne me fait penser à une tête baissée au sourire plein de nostalgie et l'hiver à des genoux noueux, des poings serrés et un rictus, prêt à en découdre.

Le moins de juin amène avec lui un arrosage constant, le renouvellement du paillis, la tonte hebdomadaire du gazon, une demi-douzaine de paniers suspendus, des pivoines roses, des roses ivoire, des plantes vivaces de toutes les couleurs et un vaste choix d'herbes aromatiques que je fais pousser dans une jardinière devant ma cuisine. Le mois de juin vous voit souvent au-dehors, toi et tes enfants, dans ton jardin auquel tu t'es mis à t'intéresser pour de bon. Tu as planté un potager sur le côté pour faire concurrence à mes plantations, des haricots d'Espagne et des haricots verts, des carottes, des choux de Bruxelles et des courgettes. On fait la course pour être le premier à s'occuper de nos jardins respectifs et le premier sorti salue avec arrogance le second. On est en compétition pour savoir qui ouvrira ses rideaux en premier. Puis on travaille tous les deux, toi t'affairant dans ton jardin, moi m'activant dans le mien, tandis que les Malone s'assoient devant leur perron, Mme Malone, que l'AVC a rendue immobile, incapable de parler et de lire, dans son fauteuil, tandis que M. Malone lui lit, avec son léger accent de Donegal, des poèmes de Patrick Kavanagh qui me parviennent par-dessus le chèvrefeuille. Toi et moi pouvons passer des heures sans nous parler, sans émettre de pensées décousues ni se poser de questions relatives au jardinage, mais c'est comme si on travaillait ensemble. Peut-être que je suis la seule à ressentir ça. Et c'est sympa. Quand je te vois boire une gorgée d'eau froide, je me rappelle qu'il faut que je m'hydrate, moi aussi. Lorsque je me redresse et annonce que je vais déjeuner, tu dis que tu vas faire de même. On ne mange pas ensemble mais on suit le même emploi du temps. Parfois je m'assois sur mon banc pour manger ma salade et toi, tu t'installes à la table qui n'a pas bougé et on se tient presque compagnie. On salue tous les deux de la main le chef d'entreprise qui loue le numéro 6 et qui nous passe devant dans sa BMW mais qui ne nous a toujours pas remarqués et qui roule sans nous rendre notre geste de la main. Au début, son indifférence m'agaçait. Elle m'irrite toujours mais j'ai pitié de lui, parce que je sais exactement ce qui occupe ses pensées. Il n'a pas de temps à nous consacrer, ni pour remarquer notre intrusion inintéressante dans sa vie. Il est trop occupé. Il a des « choses » en tête. Des choses importantes. Des distractions.

Je suis près de redevenir cette personne alors que mon entretien approche. Dès que Monday m'a donné la date, j'ai souhaité que les jours passent plus vite mais maintenant que l'heure est proche, j'aimerais que le temps ralentisse.

9 juin, 9 juin… Je suis tellement nerveuse que je tente de ne pas y penser, mais Monday ne me lâche pas : il vient me bombarder de questions et j'en profite pour cuisiner. Je ne suis pas angoissée parce que je me sens incompétente, je suis anxieuse parce que je me sens compétente et qu'au fil des semaines, je me suis rendu compte que je voulais ce job plus que tout et que j'ai peur de ne pas l'obtenir. Si c'est le cas, mon chômage va devenir un problème parce que je n'ai aucune emprise dessus tant que ce congé de jardinage n'est pas terminé. Je ne veux pas m'ennuyer « officiellement », je ne veux pas me sentir nulle et paniquer devant mon avenir incertain. D'une certaine manière, c'est le calme avant la tempête, et si c'est « ça », le calme…

— Bon, recommencez depuis le début, mademoiselle Butler.

— Monday, maugréé-je tandis qu'assis à la table de la cuisine, il reprend l'entretien pour la dixième fois. Vous faites ça avec tous les gens que vous recrutez ?

— Non.

Il détourne les yeux, décontenancé.

— Que me vaut ce traitement spécial ?

Dis-le, dis-le, ordonné-je mentalement. Je veux qu'il avoue enfin ce que je désire entendre à tout prix.

— Je veux que vous décrochiez cet emploi.

— Pourquoi ?

Je laisse planer un long silence.

— Les autres candidats ont tous des emplois, finit-il par dire. Vous le méritez.

Je soupire. Ce n'est pas la réponse que j'attendais.

— Merci. Qui sont-ils d'ailleurs ? Est-ce qu'ils sont meilleurs que moi ?

— Vous savez que je ne peux rien vous dire, répond-il en souriant. Et, de toute façon, même si vous le saviez, ça ne changerait rien.

— Peut-être que si. Je pourrais saboter leurs chances le jour de l'entretien. Crever leurs pneus, verser de la teinture rose dans leur shampoing, ce genre de trucs.

Il éclate de rire et me lance ce regard qui me fait fondre, comme si je l'intéressais et le déroutais en même temps.

— Au fait, déclare-t-il pendant que je débarrasse, il y a un léger changement. L'entretien aura lieu le 10.

Je cesse de jeter les ordures dans la poubelle pour le regarder. Ma gorge se serre et mon ventre se noue. Il remarque mon silence et lève les yeux vers moi.

— Et vous ne me l'annoncez que maintenant.

— C'est juste un jour de plus, Jasmine – aucune raison que ça vous effraie, constate-t-il avec un sourire en se passant la main sur la joue sans me quitter du regard.

— Je n'ai pas peur, je suis…

Je ne sais pas si je dois lui expliquer ou pas. J'ignore pourquoi je ne le lui dirais pas, mais le lui cacher m'indique que je ne suis pas – en cet instant – entièrement investie dans cet entretien et ça m'effraie. *J'ai besoin de cette entrevue. De ce job. Il faut que je me remette en selle.*

Le 10 juin, Heather part passer quatre jours à Fota Island avec Jonathan. Tout ce que j'ai l'intention de faire en son absence, c'est rester chez moi à attendre, attendre que le téléphone sonne, attendre qu'un voisin vienne frapper à ma porte pour m'annoncer qu'il s'est passé quelque chose, comme dans les films, attendre qu'un policier ôte son couvre-chef et baisse la tête d'un air solennel. Si l'entretien a lieu le même jour, je serai incapable de me concentrer, je passerai mon temps à me demander ce que fait Heather. Certains pourraient penser que la distraction sera bénéfique mais non, parce que je serai obligée d'éteindre mon portable pendant au moins une heure, que je ne pourrai pas écouter mon intuition, ce possible accès de peur qui m'alertera que quelque chose est en train de se produire et que je ne pourrai pas sauter dans ma voiture pour foncer vers Cork. Je veux trouver un emploi mais Heather doit rester ma priorité. Cette débâcle est impossible.

— Jasmine, dit Monday en me rejoignant dans la cuisine. Quelque chose ne va pas ?

— Non.

Il sait que je mens.

Après son départ, je me ronge les ongles jusqu'au sang, assise à la table de la cuisine.

Monday m'appelle le 9 juin. Je suis chez Heather en train de l'aider à faire sa valise et de vérifier que tout est prêt pour son voyage. Il se montre soupçonneux et il a bien raison de l'être : je suis vague et même si j'ai décidé de me présenter à l'entretien, quand je prononce les paroles à haute voix, elles sonnent faux. *J'ai besoin de ce job. J'ai besoin de reprendre les rênes de ma vie. Mais Heather…* Mon cœur est déchiré et je suis submergée par l'inquiétude.

— À demain, Jasmine, dit Monday.

— À demain, finis-je par répondre et je manque de m'étouffer sur le dernier mot.

Le lendemain, j'accompagne Heather à la gare de Heuston comme si elle était un soldat en partance pour le front et à 11 heures, alors que je devrais être dans une salle de conférences en train de me vendre et de reprendre les commandes de mon existence, je suis assise dans le wagon qui jouxte celui de Heather et de Jonathan, et je les regarde jouer à *Snaps* tandis que le train nous emmène vers Cork.

Monday m'appelle quatre fois mais je ne décroche pas. Il ne comprendrait pas mais je sais que j'ai fait le bon choix.

Un homme, assis en diagonale par rapport à moi, me bloque la vue de Heather. J'ai toujours cru que le jardin et la nature étaient honnêtes, sincères et francs. On travaille dur et on est récompensé mais même dans un jardin règnent la tromperie et la ruse. C'est naturel, c'est l'instinct de survie. Les stapelia asterias savent attirer les insectes qui leur sont bénéfiques en dégageant une odeur de décomposition. Elles émettent des effluves putrides assortis à leur apparence peu engageante. Je m'en inspire. Je me mouche et tousse bruyamment. Le jeune homme est dégoûté et change de siège, ce qui me permet de voir de nouveau ma sœur. *La duperie fait partie de la vie.*

Monday me téléphone pour la cinquième fois. La passiflore développe de petits boutons jaunes qui ressemblent aux œufs des papillons Heliconius, ce qui convainc les femelles de chercher un autre endroit où pondre afin que leur progéniture ne soit pas en compétition avec les autres chenilles quand les œufs auront éclos. Je songe à mon amie qui, lorsqu'un homme qui ne lui plaît pas l'invite à danser en boîte, mentionne le bébé qu'elle n'a pas et regarde le mec s'éloigner à toute allure. J'ignore l'appel de Monday. *La duperie fait partie de la vie.*

Une voiture attend Heather et Jonathan à la descente du train : on a organisé ça avec l'hôtel et j'aperçois le chauffeur, qui brandit un panneau portant leurs noms, avant eux. Heather et Jonathan le dépassent et cherchent dans la mauvaise direction. J'ai envie de les rappeler mais je me retiens au dernier moment. Je fais bien parce qu'ils tournent les talons comme s'ils avaient entendu mes pensées et je les vois revenir sur leurs pas.

La guêpe orchidée mâle est tellement attirée par les orchidées qu'elle éjacule sur les pétales. Les fleurs capables de tromper les insectes pour les faire éjaculer ont le taux le plus élevé de pollinisation. Je pense à mon amie qui est tombée enceinte pour que son petit ami l'épouse puis qui a fait un autre bébé pour l'empêcher de la quitter et je me dis que la duperie fait partie de la vie. Je monte dans un taxi et je les suis jusqu'à l'hôtel.

Heather et Jonathan s'enregistrent et prennent deux chambres, comme on en a discuté. Je ne m'étais pas rendu compte que je retenais mon souffle jusqu'à ce que l'air quitte mon corps et que je me détende. Je récupère la clé de la chambre que j'ai réservée quand j'étais dans le train. J'ai demandé à être au même étage que Heather et Jonathan. Pour tout bagage je ne possède que mon attaché-case mais j'ai survécu à un week-end spontané et cochon en mettant des strings jetables et je sais que je peux recommencer.

Je ne m'attarde pas dans ma chambre. Je redescends me poster dans le hall en espérant que je ne les ai pas ratés. Ils visitent les environs en se tenant la main et j'essaie de garder mes distances mais voir Heather de loin ne me suffit pas, je veux distinguer son visage pour être sûre qu'elle va bien. Je m'enhardis et me cache derrière les arbres pour m'approcher. Ils trouvent un terrain de jeux envahi par des enfants près de maisons de vacances. Heather s'installe sur une balançoire et Jonathan la pousse. Je m'assois sur l'herbe, la figure renversée vers le soleil et je ferme les yeux en l'écoutant rire. Je suis contente d'être là, j'ai fait le bon choix.

Ils passent une heure et demie sur le terrain de jeux avant d'aller se baigner. Je surveille son bonnet de bain jaune qui danse sur l'eau pendant que Jonathan fait semblant d'être un requin, qu'ils jouent – mal – au volley et qu'elle pousse des cris d'orfraie quand Jonathan l'éclabousse. Il est attentionné et prévenant, il s'occupe de tout et la traite comme si elle était fragile, ou plutôt précieuse, comme si c'était un honneur de l'aider. Il ouvre les portes, tire les chaises, le tout un peu maladroitement mais il n'oublie rien. Heather, qui est si indépendante, le lui permet et elle semble heureuse. Elle a passé tellement d'années à refuser toute aide superflue que la voir comme ça me surprend.

Ils se changent pour le dîner. Heather porte une nouvelle robe qu'on a achetée ensemble et du rouge à lèvres. Elle ne se maquille jamais et le rouge à lèvres est important pour elle. Il est rouge vif et ne va pas avec sa robe rose mais elle a insisté. Elle a l'air mûre quand ils marchent côte à côte ; je remarque soudain que les racines de ses cheveux sont grises. *Quand est-ce que ça s'est produit ?* Lorsqu'ils sont en sécurité dans l'ascenseur, j'emprunte le même chemin qu'eux et je respire son parfum. Placée face au problème du choix, elle m'a demandé quel était le parfum de maman et c'est celui qu'elle a acheté. L'odeur de ma mère m'emplit les poumons tandis que j'emprunte le sillage de ma sœur.

Ils dînent en bas dans la salle de restaurant. Je m'installe au bar d'où j'ai une vue dégagée sur eux. Heather commande les toasts au chèvre en entrée et je suis perplexe parce qu'elle n'aime pas ça. Je pense qu'elle a mal lu le menu. Je commande la même chose, comme ça si elle en parle par la suite, je saurai exactement de quoi il retourne. Ils prennent un verre de vin chacun, ce qui m'inquiète parce que Heather ne boit jamais. Elle trempe ses lèvres dans son breuvage et grimace. Ils éclatent de rire tous les deux et elle repousse le verre. Je commande la même chose et je bois tout. Je suis heureuse, assise là à la surveiller, j'ai l'impression de participer à son escapade sans en faire vraiment partie.

Elle mange la pomme et la betterave qui accompagnent les toasts mais laisse le fromage. Je l'entends expliquer au serveur qu'elle a mal lu et qu'elle pensait qu'il s'agissait de fromage normal, qu'elle ne veut pas qu'il croie que c'est la faute du chef. Elle est nerveuse ; je le devine à sa façon de repousser sans cesse une mèche de cheveux derrière son oreille alors que ses cheveux sont bien attachés. J'aimerais lui dire que tout va bien, que je suis là. J'envisage un instant de lui révéler ma présence mais je me ravise rapidement. Elle doit penser qu'elle accomplit ça toute seule. Ils prennent trois plats, Jonathan termine tout son steak et les accompagnements, Heather mange un fish and chips. Ils goûtent leurs desserts respectifs. Jonathan lui tend sa cuillère pleine de fondue au chocolat mais il doit être nerveux lui aussi parce que sa main tremble et que Heather a une tache de chocolat sur le nez. Il vire au cramoisi et on dirait qu'il va se mettre à pleurer mais Heather éclate de rire et il se détend. Il plonge sa serviette dans son verre d'eau et se penche en avant pour lui nettoyer tendrement le nez. Heather ne le quitte pas des yeux un seul instant et je me dis que même si j'avais été assise à côté d'eux, ils ne m'auraient pas remarquée.

Le lithops est communément appelé la plante-caillou. Il pousse dans le désert, caché dans les rochers et quand ses fleurs jaunes fleurissent, on dirait qu'elles surgissent de nulle part. *Surprise!* J'ai envie de faire la même chose mais je me retiens. Je reste à ma place où ils ne peuvent pas me voir. *La duperie fait partie de la vie.*

Ce soir-là, quand je rallume mon téléphone, j'ai quatre appels en absence de Monday et ses SMS sont passés de la colère à l'inquiétude.

Le caladium simule la maladie : le motif de ses feuilles imite les dommages infligés par des larves de phalènes quand elles éclosent sur la plante et la mangent, et ça empêche les phalènes de pondre sur elle. Je dis à Monday que je suis terriblement malade. *La duperie fait partie de la vie.*

Heather me téléphone quand nous sommes toutes les deux dans nos chambres et elle me raconte sa journée par le menu. J'ai tout vu et je suis contente qu'elle partage tout sans rien omettre.

Je bois une bouteille de vin du minibar tout en surveillant le bruit des portes qui s'ouvrent et se ferment dans le couloir. Chaque fois que j'entends une porte dans leur direction, je jette un coup d'œil dans le corridor. Ils restent dans leurs chambres respectives toute la nuit.

Le lendemain, ils se rendent en excursion sur Fota Island. Ils passent beaucoup de temps à admirer et photographier les gibbons à mains blanches, qui chantent fort et se balancent comme des fous, au grand bonheur de Heather. Ils prennent des photos l'un de l'autre puis Jonathan demande à un ado de prendre un cliché d'eux. Cet adolescent ne me plaît pas, ce n'est pas quelqu'un à qui je confierais mon portable et ça m'agace que Jonathan l'ait fait. Je m'approche davantage, juste au cas où. Les potes de l'ado ricanent en voyant les mines réjouies de Heather et de Jonathan qui rapprochent leurs visages pour la photo. Je m'avance encore, prête à me jeter sur lui quand il fuira avec le téléphone de Jonathan. Le garçon prend la photo puis leur rend le portable. Je me fige, puis je plonge derrière un arbre pour que personne ne me voie. Jonathan et Heather examinent le cliché puis, à ma grande surprise, se dirigent droit sur moi au moment où mon téléphone bipe. C'est un message de Heather : elle m'envoie la photo d'elle et de Jonathan. Je me sens triste, déçue par moi-même. C'est comme si quelqu'un avait troué mon ballon à l'aide d'une épingle. *Pourquoi n'ai-je pas fait confiance à ma sœur et n'ai-je pas cru qu'elle me tiendrait informée heure après heure ?* Je voulais partager cet endroit avec elle, c'est moi qui ai suggéré qu'ils viennent ici et pourtant, elle m'inclut dans le voyage en me tenant au courant. Ébranlée, je demeure encore plus en retrait.

Heather et Jonathan passent quatre heures dans le parc. Il fait chaud et humide, et il est bondé d'élèves en voyage scolaire et de familles. J'aurais aimé pouvoir me changer – je porte toujours le tailleur noir que j'avais revêtu pour l'entretien – et je reste à l'ombre sans les quitter des yeux. Ils s'arrêtent pour manger une glace et bavardent pendant une heure, puis ils rentrent à l'hôtel. Ils s'installent au bar où ils sirotent tous les deux un 7UP et poursuivent leur conversation. Je n'ai jamais parlé avec quelqu'un aussi longtemps mais les mots coulent de leurs lèvres et ils sont entièrement concentrés l'un sur l'autre. C'est magnifique mais je ressens de nouveau une pointe de tristesse. C'est ridicule. Je ne suis pas venue ici pour me sentir mal. Ils dînent au bar et vont se coucher tôt, fatigués par leur longue journée.

J'ai un message de Monday.

Appelez-moi. S'il vous plaît.

Mes doigts hésitent sur le bouton d'appel mais mon téléphone sonne et je discute avec Heather pendant les quarante-cinq minutes qui suivent. Elle me raconte absolument tout ce à quoi j'ai assisté et la jubilation que j'ai ressentie hier à être là et à savoir qu'elle partageait tout avec moi a disparu. J'ai l'impression de l'avoir trahie. J'aurais dû lui faire confiance et savoir qu'elle était capable de se débrouiller toute seule. Je ne devrais pas être ici.

C'est le troisième jour. Ils partent demain et ils discutent, assis devant l'hôtel. Ce qui a commencé comme une journée magnifique a rapidement viré au gris. Tout le monde rentre se mettre à l'abri du vent, mais Heather et Jonathan, indifférents au froid, continuent à bavarder. Parfois un silence confortable s'installe entre eux et je ne peux détourner le regard, absolument fascinée par ce qui se passe entre eux.

Quelque chose en moi fait « tilt ». Je sais déjà que je ne devrais pas être ici mais je me rends compte soudain que je dois partir « tout de suite ». Parce que si Heather découvre ce que j'ai fait, ça va mettre en danger notre relation. Ce voyage est important pour elle et ma présence est irrespectueuse. Je le sais et pourtant ça ne me saute aux yeux que maintenant. Je l'ai trahie en venant ici et je me sens mal et je m'en veux. J'ai aussi trahi Monday par la même occasion – *une trahison de plus.* Il faut que je m'en aille.

Je remonte rapidement dans ma chambre pour récupérer mes quelques affaires. Je paie la note. Quand je traverse le hall en toute hâte, soudain impatiente de fuir les lieux, je percute de plein fouet Heather et Jonathan.

—Jasmine ! s'écrie-t-elle, abasourdie.

Sa joie initiale se transforme en confusion puis en étonnement. Elle est trop polie pour se mettre en colère, même si elle a compris.

Je suis tellement sidérée de les voir et je me sens tellement prise en flagrant délit que je ne sais pas quoi dire. La culpabilité se peint sur mon visage. Ils s'en rendent compte tous les deux et échangent un regard consterné.

—Je voulais m'assurer que tu allais bien, dis-je d'une voix tremblante. J'étais… très inquiète. (Ma voix se brise et je me mets à murmurer.) Je suis désolée.

Heather me lance un regard choqué.

—Tu m'as suivie, Jasmine ?

—Je m'en vais maintenant, je le promets. Pardon.

Je dépose un baiser furtif sur son front avant de m'éloigner en bousculant maladroitement des gens dans le hall.

Le regard que me lance Heather et ce que je ressens ne sont pas naturels.

Les heures suivantes, assise dans le train, le visage enfoui dans mes mains, je me répète mon mantra. *J'ai déçu Monday, j'ai déçu Heather, je me suis déçue moi-même.*

Lorsque je descends du taxi qui m'a ramenée chez moi, je suis épuisée et j'ai grand besoin de changer enfin de vêtements. Je contemple mon jardin en espérant ressentir le soulagement ou l'énergie qui y sont associés mais ce n'est pas le cas. *Quelque chose cloche. Il a perdu son éclat.*

La réalité m'a donné une leçon, l'univers s'est vengé. J'ai négligé mon jardin pendant trois jours de canicule sans demander à quelqu'un de s'en occuper à ma place. Les fleurs sont assoiffées. Pire, les limaces s'en sont donné à cœur joie. Mes roses ivoire piquent du nez, mes pivoines roses sont ravagées. J'ai réussi à me retenir toute la journée mais à la vue de mon précieux jardin, j'éclate en sanglots.

J'ai déçu Monday, j'ai déçu Heather, je me suis déçue moi-même.

J'ai manqué une occasion importante pour moi afin de m'occuper de Heather. Mais elle n'avait pas besoin de moi. Je me le répète. *Heather n'avait pas besoin de moi.* C'est peut-être moi qui m'accroche à elle, qui lui demande de m'aider à m'échapper de mon propre monde. Au lieu de vivre ma vie, j'ai endossé le rôle de guide et de mère de Heather. Je me demande si c'est arrivé parce qu'elle est importante pour moi ou si j'ai choisi de le faire pour fuir ma propre existence. Ça n'a pas d'importance, c'est comme ça.

Cette année, j'ai perdu les rênes de ma vie, et je me suis tournée vers le jardinage pour recouvrer un sentiment de maîtrise : je pensais que le jardin se plierait à ma volonté. Il m'a montré que non. On ne peut rien maîtriser. J'ai négligé mon jardin et ai permis aux limaces de prendre le pouvoir.

Et j'ai fait la même chose avec moi.

Chapitre 21

En plus de la trahison, juin amène avec lui un baptême, des devoirs de marraine et une aventure sans lendemain avec mon ex, Laurence, le mec avec lequel je suis restée le plus longtemps, celui que tout le monde pensait que j'allais épouser, moi y comprise, et qui a fini par me larguer. Coucher avec lui deux ans après était une erreur, une erreur agréable, certes, mais que je ne reproduirai pas. Je ne sais pas pourquoi j'ai fait ça, mais après une journée passée à picoler au soleil, les vieux sentiments familiers ont refait surface, ou du moins leur souvenir, leur écho, et je les ai confondus aussi facilement que les toilettes hommes et celles des femmes ou qu'un verre d'eau avec une vodka pure. Juste un « oups » de plus en cette longue journée estivale. Peut-être que j'avais envie de vivre un instant de sécurité, de recouvrer le sentiment d'aimer et d'être aimée. Sauf que ça ne s'est pas passé comme ça, bien sûr. Les reconstitutions ne marchent jamais. Le « j'ai fait ça avant » ne peut pas être reproduit. Ne faites pas ça chez vous, les enfants.

C'est comme ça que je me retrouve devant chez toi à 2 heures du matin, bourrée, à lancer des cailloux contre ta fenêtre, une bouteille de rosé et deux verres à la main.

Tu ouvres tes rideaux et tu jettes un regard au-dehors, l'air ensommeillé et perplexe, les cheveux hérissés. Tu me vois et tu disparais, je m'assois à ta table pour t'attendre. Un instant plus tard, tu surgis sur ton perron, en jogging, et tu te diriges d'un pas à moitié endormi vers moi. Quand tu découvres dans quel état je suis, ton expression curieuse se transforme en amusement, tes yeux bleus pétillent de malice, enserrés dans les pattes-d'oie qui se forment quand tu souris.

— Eh bien, qu'est-ce que nous avons là ? dis-tu en t'approchant, un immense sourire aux lèvres. (Tu passes la main dans mes cheveux à la manière agaçante d'un grand frère avant de t'installer.) Vous êtes chic, dites donc, ce soir.

— Je me suis dit qu'il fallait réunir un conseil de voisinage urgent, réponds-je d'une voix pâteuse avant de pousser un verre dans ta direction et de me pencher pour le remplir.

Je manque de tomber de ma chaise en faisant ça.

— Non, merci, déclines-tu en posant une main sur le verre.

— Vous ne buvez toujours pas ? demandé-je, déçue.

— Est-ce que je vous ai réveillée au beau milieu de la nuit pour rentrer chez moi, récemment ?

Je réfléchis.

— Non.

— Pas depuis quatre semaines.

J'ajoute du vin dans mon verre.

— Rabat-joie.

— Alcoolique.

— Bonnet blanc et blanc bonnet.

J'avale une gorgée de vin.

— Voilà qui est encourageant, réponds-tu, de bonne humeur.

— Vous n'êtes pas alcoolique. Vous êtes un ivrogne – c'est pas pareil.

— Waouh. C'est polémique. Qu'est-ce que vous entendez par là ?

— Vous êtes un con, c'est tout. Égoïste. Vous avez choisi de vous coucher tard. Vous n'êtes pas accro, vous n'avez pas un problème d'alcool, vous avez un problème de vie. Vous allez aux réunions ?

— Non. Enfin, presque. Je parle avec docteur J.

— Un généraliste à la retraite ne compte pas.

— Docteur J est un alcoolique. Il n'a pas bu un verre depuis près de trente ans. Il y a plein de choses que vous ignorez sur lui, poursuit-il en voyant mon expression sidérée. Sa femme a refusé d'avoir des enfants tant qu'il ne cesserait pas de boire. Il a arrêté après cinquante ans. Trop tard. Mais elle ne l'a pas quitté.

— Elle est morte à présent.

Je vide mon verre.

Tu fronces les sourcils.

— Oui, Sherlock. Elle est morte.

— Donc elle a fini par se tirer.

Je ne sais pas pourquoi je dis ça. Probablement pour le plaisir d'être pénible. C'est marrant de me mettre à ta place, je comprends pourquoi tu fais ça.

Tu te lèves et disparais à l'intérieur. Je pense que tu es parti pour de bon mais tu reviens avec un sachet de Doritos au fromage.

— Les enfants sont là ?

— Kris et Kylie ont demandé à rester une nuit de plus. Ils aiment jardiner.

— Kris et Kylie. C'est comme ça qu'ils s'appellent. On dirait même des jumeaux.

— Ils le sont.

— Oh.

Ton potager est impressionnant. Je le scrute malgré l'obscurité. Tu éclates de rire.

— Vous êtes jalouse.

— Pourquoi ? Alors que j'ai ça.

On regarde mon jardin. *C'est le plus beau de l'impasse, en toute modestie.*

— N'essayez pas d'entrer en compétition avec moi, Marshall.

— Je n'oserais pas, réponds-tu d'un ton moqueur. Fionn n'est toujours pas intéressé.

— Il ne le sera peut-être jamais, constaté-je, songeuse, en faisant courir le doigt sur le bord de mon verre. Quoi que vous fassiez.

— C'est optimiste, merci.

— Je ne suis pas là pour être optimiste. Je suis là pour être réaliste. Si vous voulez qu'on vous remonte le moral, parlez avec docteur J Okidoki.

— Je le fais.

— Je suis surprise par ce que vous m'avez appris. Il a de la chance de n'avoir tué personne.

— C'était un alcoolique fonctionnel. La pire espèce.

— Heureusement pour vous, vous ne l'étiez pas.

Tu encaisses les deux insultes : tu es alcoolique et tu ne fonctionnes pas.

— Je sais. Grâce à lui, j'en ai pris conscience.

On dévore les nachos en silence. Je sirote mon vin. Je me rends compte que je ne t'agresse pas comme d'habitude.

— Tous les mecs avec qui je suis sortie m'ont larguée. Vous le saviez ?

— Non. (Tu as de nouveau ton expression amusée.) Mais je ne suis pas vraiment surpris, ajoutes-tu, sarcastique mais aimable.

— C'est parce que je suis difficile à vivre, poursuis-je à ta grande surprise.

— Pourquoi ?

— Parce que je veux tout diriger. Je déteste les erreurs.

— Eh ben, vous détesteriez vivre avec moi.

— Vous avez parfaitement raison.

Un silence.

— Pourquoi me dire ça ce soir ?

— J'ai couché avec mon ex.

Tu consultes ta montre. Il est 2 heures du matin.

— Je me suis barrée pendant qu'il dormait.

— Il faisait probablement semblant.

— Je n'y ai pas pensé.

— J'ai utilisé cette astuce un paquet de fois.

— Ça a marché. Elle est partie.

Cette blague ne te fait pas rire, certainement parce que ce n'en est pas une.

— C'est ce qu'il vous a dit ? Que vous étiez difficile à vivre ?

— Pas dans ces termes. J'ai deviné toute seule. C'est quelque chose que j'ai compris depuis…

Je jette un regard en direction de mon jardin magnifique et en fleurs qui déverse la source magique de la connaissance en moi. Plus je creuse le sol, plus je creuse en moi-même.

— Alors comment vous savez que c'est vrai ? Peut-être que vous n'êtes pas difficile à vivre, peut-être que vous êtes juste une femme magnifique, débordante d'énergie, qui réussit tout et qui n'est pas prête à faire des compromis – et pourquoi le feriez-vous ? (Je suis presque émue aux larmes.) Peut-être, ajoutes-tu.

Mes larmes sèchent instantanément.

— Ou peut-être que vous êtes un super mauvais coup difficile à vivre.

Tu éclates de rire et je te balance un nacho à la figure.

— Il m'a dit ce soir qu'il se sentait seul avec moi et que c'est pour ça qu'il m'avait larguée.

Un silence.

— Seul avec vous, répètes-tu lentement, pensif.

— Seul en ma compagnie, déclaré-je en écho en remplissant mon verre.

Imaginez ce que j'ai ressenti – et lui aussi, être avec quelqu'un qui vous donne l'impression d'être seul. C'est affreux de se sentir seul quand on est avec quelqu'un qu'on aime. C'est dur à dire et c'est insupportable à entendre.

— Il a dit ça avant ou après avoir couché avec vous ? demandes-tu, penché en avant, les coudes sur la table, intéressé.

— Avant. Mais je sais à quoi vous pensez. Ce n'était pas une ruse.

— Bien sûr que si, réponds-tu, agacé. Allons, Jasmine. Je parie que vous n'étiez que tous les deux, c'était la fin de la soirée, il vous emmène à l'écart, il parle à Jasmine, toujours célibataire et au chômage, vulnérable, avec toutes ses copines qui ne cessent pas de pondre. Même si elle prétend qu'elle ne veut pas d'enfants, elle ne peut pas s'empêcher de cogiter. Et il sort cette réplique de sa poche. Il vous regarde, toute en cheveux rouges et gros nichons… (Je ricane en m'efforçant de ne pas sourire.) L'eye-liner qui a coulé…

Je m'essuie les yeux.

— C'est une ruse. Ça ne peut provoquer que deux réactions : soit vous vous mettez en colère et vous lui balancez votre verre à la figure, soit vous vous sentez coupable et il baise. Ça marche neuf fois sur dix.

— Pour citer docteur J : « Balivernes ! » Vous n'avez pas essayé dix fois, dis-je, dubitative.

— Deux. Une fois, j'ai pris un verre dans la tête, la seconde, j'ai eu ma fin heureuse. Et le verre en question était une sambuca dont les grains de café flambés n'avaient pas encore refroidi. Ça a piqué.

Je m'esclaffe.

— Enfin. Elle sourit, constates-tu doucement.

J'allume une cigarette.

—Vous ne fumez pas.

—Je ne le fais que quand je bois.

—C'est foufou.

Je lève les yeux au ciel.

—Et votre petit ami ? Vous allez lui avouer ce que vous avez fait ce soir ?

—Quel petit ami ?

—Le beau gosse qui vient tout le temps. Celui qui n'est pas votre cousin. (Tu lèves les mains en riant.) Pardon, je n'ai pas pu m'en empêcher.

—Ce n'est pas mon petit ami. C'est Monday. Un chasseur de têtes. Il essayait de me brancher sur un job.

—« Monday » ?

—Il est né un lundi.

—OK. Et Monday tente de vous recruter.

Je n'aime pas ton expression amusée.

—Tentait. Ou vous croyez que c'était une ruse aussi ?

Je suis sarcastique, je ne m'attends pas à ce que tu y réfléchisses sérieusement.

—C'était quel job ?

—Pour la Fondation DavidGordonWhite.

—Les consultants en impôts ?

—Ils ouvrent une nouvelle fondation dédiée à la justice climatique.

Tu me lances un regard appuyé.

—Vous êtes dans les start-up.

—C'est nouveau. C'est comme une start-up.

—Et il n'essaie pas de coucher avec vous ?

—J'aimerais bien.

Ça te fait rire. Je laisse tomber mon mégot que j'écrase sous la semelle de ma sandale à talon. J'avais envisagé de l'éteindre sur la table vernie mais la pensée du boulot accompli par tes gosses m'a arrêtée.

— De toute façon, c'est trop tard. J'ai raté l'entretien.

— Pourquoi ? Vous avez eu peur ?

Tu ne me taquines pas cette fois-ci.

— Non.

J'ai eu peur, c'est vrai, mais ce n'était pas pour le job.

J'envisage de tout te raconter. Ça voudrait dire t'expliquer mes craintes concernant le fait que Heather partait toute seule et je ne veux pas renforcer ta vision stéréotypée de la trisomie, même si moi-même, j'ai dérapé. Ma sœur est rentrée depuis une semaine et même si on s'est parlé au téléphone – bien sûr qu'elle ne me fait pas la tête, Heather est comme ça –, les choses ne sont plus pareilles. Elle est distante. J'ai perdu un morceau d'elle, le morceau invisible qui nous liait elle et moi.

— Vous avez raté l'entretien parce que vous étiez bourrée ? demandes-tu, inquiet.

— Non, rétorqué-je sèchement.

— D'accord, d'accord. C'est juste que c'est un thème récurrent ces derniers temps, alors je me suis dit que je devrais vous en parler, de la même manière que vous avez « aimablement » soulevé le problème de mon alcoolisme.

Tu lèves les mains, sur la défensive.

— Je vais bien, affirmé-je sur un ton plus posé. Je suis juste… tellement…

J'émets un petit bruit de pet avec ma bouche puis je soupire, incapable de résumer mes sentiments autrement que comme ça.

— Oui. Je comprends.

Et malgré mon incapacité à m'expliquer, je crois que tu saisis parfaitement. On reste assis, enveloppés par un silence confortable qui me fait penser à Jonathan et Heather, et à la jalousie que j'ai ressentie. Je ne m'étais pas rendu compte qu'il y avait ça entre nous.

— L'homme qui vient vous rendre visite avec la petite fille. C'est votre père ?

Je hoche la tête.

— Ça a l'air d'être un bon père.

Je me dis que tu es en train de me chercher de nouveau, mais tu caresses le bois verni de la table, et je devine que tu penses à toi et à ta situation délicate.

— Il l'est maintenant.

J'ai envie d'ajouter « avec quelqu'un d'autre », mais je me tais.

Tu lèves les yeux vers moi. Tu m'observes de cette manière qui t'appartient et que je déteste, parce que j'ai l'impression que tu vois, ou du moins que tu tentes de voir, au plus profond de mon âme.

— Intéressant.

— Intéressant, soupiré-je. Qu'est-ce qui est intéressant là-dedans ?

— Ça explique ce que vous m'avez balancé, c'est tout.

— Je vous ai dit que vous étiez un très mauvais père parce que c'était la vérité.

— Mais vous l'avez remarqué. Ça vous tracassait.

Pour toute réponse, je bois.

— Est-ce qu'il essaie de se rattraper ?

— Non, il s'ingère dans ma vie – c'est tout à fait différent.

Tu me lances un regard interrogateur et j'ajoute :

— Il tente de me trouver un travail. Dans son ancienne boîte. Il a passé quelques coups de fil, ce genre de truc.

— C'est sympa.

— Ce n'est pas sympa. C'est du népotisme.

— C'est un bon job ?

— Oui. Chargée de clientèle, directrice d'une équipe de huit personnes. Quarante mille par an.

Je répète le mantra de mon père en l'imitant mal.

— C'est un bon poste.

— Oui, c'est un super job. C'est ce que je viens de dire.

— Il ne le donnerait pas à n'importe qui.

— Bien sûr que non.

— Il faudrait que vous passiez un entretien.

— Évidemment. Il ne possède plus cette boîte. Il se contente de mettre mon nom en avant.

— Il croit en vous, donc. Il pense que vous êtes compétente. Je suis sûr que c'est un homme fier. Il ne voudrait pas être embarrassé par une fille en échec.

Je suis irritée par ta remarque. *Est-ce que tu fais allusion à Heather ?* Je me rends compte que non. J'ignore quoi répondre.

— Je le prendrais comme un compliment, poursuis-tu.

— Je m'en fous.

— Fionn et vous avez beaucoup de points communs, affirmes-tu.

Je sais que tu critiques ma réponse puérile, mais je te donne le coup de grâce.

— Parce qu'on a tous les deux des pères merdiques ?

Tu soupires.

— Si je vous disais que je connais une personne qui a une super idée de start-up et qui cherche quelqu'un avec qui bosser, est-ce que vous seriez intéressée ?

— Elle s'appelle Caroline ? demandé-je, alarmée.

— Je parle de manière hypothétique.

— Oui. Je la rencontrerais.

— Mais votre père connaît une personne qui cherche quelqu'un et vous ne voulez pas essayer.

Je ne trouve pas quoi répondre, alors à la manière de Fionn, je hausse les épaules.

— À votre place, je n'écarterais pas cette possibilité.

— Je n'ai pas besoin de son aide.

— Si.

Je garde le silence.

— Un chasseur de têtes vous a recrutée pour un emploi que vous auriez accepté s'il vous avait intéressée et une amie veut que vous l'aidiez à monter son site de robes. J'étais chez vous, j'ai entendu, expliques-tu en constatant ma réaction. Bien sûr que vous avez besoin d'aide. Je sais que vous n'aimez pas l'opinion des autres. Vous pensez que les gens ont tort. Qu'ils n'ont pas l'esprit ouvert. Ne me regardez pas comme ça, je me contente de répéter ce que vous m'avez dit. Parfois – mais pas toujours – je crois que vous considérez les choses sous le mauvais angle. J'ignore contre quoi vous pensez vous défendre mais vous vous trompez de combat.

Tu laisses tes paroles planer entre nous. Je préférais quand je te détestais et qu'on ne se parlait pas. Vu que tu as décidé d'aborder mes problèmes, je me dis qu'on en est arrivés au point où je peux évoquer les tiens.

— C'est quoi, le problème avec la chanson de Guns N' Roses ?

Tu me lances un regard ahuri.

— Comment ça ?

— *Paradise City* ? demandé-je en souriant. Cette chanson retentit quand vous rentrez chez vous.

— Rien du tout, réponds-tu, perplexe. Le lecteur CD de la Jeep est cassé. Il est coincé sur ce morceau.

Je suis déçue. Je croyais avoir trouvé du sens là où il n'y en a pas. Je pensais avoir entraperçu quelque chose mais je me suis trompée.

— Je ferais mieux d'aller me coucher. Les enfants vont se lever tôt. On va cueillir les petits pois et planter des tomates.

Je plaque une expression faussement impressionnée sur mon visage. *Je suis jalouse. Mes petits pois n'ont pas poussé.*

— Ça va aller ?

— Oui.

— Juste pour info, Jasmine : j'aurais dit exactement l'inverse sur vous.

— Comment ça ?

— Si vous n'aviez pas été là, j'aurais été seul bien trop souvent. Je ne me suis jamais senti seul en votre compagnie, pas une seule seconde.

Ma respiration se bloque. Je te regarde disparaître chez toi. J'ai l'impression d'avoir dessoûlé tout d'un coup. Même si la tête me tourne un peu, mes pensées sont claires. Je suis assise en bout de table, à la place que tu occupes d'habitude. La table à laquelle tu picoles. *Comme la roue* tourne.

Chapitre 22

Le lendemain matin, je suis réveillée par le soleil qui inonde mon visage et la sonnette de la porte d'entrée. J'ai la tête brûlante, comme si j'étais étendue sur le tarmac sous une loupe géante, comme une blague puérile que me ferait Dieu. Je n'ai pas pris la peine de fermer les rideaux avant de m'effondrer sur mon lit. Tout me revient aussitôt, comme si on me frappait sur la tête avec une chaussette remplie de cailloux. *Le baptême, Laurence. Je m'en fous de t'avoir tiré du lit la nuit dernière, c'est Laurence qui l'emporte haut la main.* La sonnette continue de retentir.

— Elle n'est pas là, papa ! crie une voix de petite fille sous ma fenêtre.

Kylie. Ou peut-être Kris, qui n'a pas encore mué.

— Si. Elle est là. Essaie encore, réponds-tu de l'autre côté de la rue.

J'ouvre les yeux en gémissant et j'essaie de m'habituer à la lumière blanche. J'ai la bouche comme du papier de verre. Je cherche de l'eau sur ma table de chevet mais je ne trouve qu'une bouteille de vodka. Mon estomac proteste. C'est en train de devenir une habitude et je sais, j'en suis persuadée, que c'est la dernière fois. Je ne le supporte plus. Je veux être de nouveau moi-même. Mon réveil m'informe qu'il est midi et je le crois volontiers vu la façon dont le soleil tape sur mes joues brûlantes.

Je trébuche en descendant l'escalier et je me rattrape à la rampe. Mon cœur bat à tout rompre sous l'effet de la peur mais ça me réveille. J'ouvre la porte : deux blondinets et Monday me regardent fixement. Les bambins me jettent un regard dégoûté en voyant mon état, mais Monday semble amusé. Je referme la porte aussi sec et je l'entends rire.

— Bon, les enfants, si on lui laissait le temps de se préparer ?

J'entrouvre la porte pour le laisser entrer puis je fonce à l'étage prendre une douche et recouvrer figure humaine. Quand je redescends, je me sens mieux mais à vif. Tout est douloureux – *ma tête, mon corps…*

— La nuit a été rude ? demande Monday sur un ton un peu léger. Ou vous êtes toujours malade ?

La seconde question a été posée sèchement et je tressaille.

Je peux à peine le regarder en face, je me sens super coupable d'avoir manqué l'entretien, mais surtout de ne pas avoir eu le cran de le prévenir. Il a préparé du café, il est habillé de manière décontractée, ce qui lui donne l'air plus vulnérable qu'en costume. Je n'ai pas l'impression qu'il soit là pour des raisons professionnelles et il ne peut pas se cacher derrière son personnage habituel. Je suis envahie par une bouffée de culpabilité à propos de Laurence, comme si j'avais trompé Monday, même s'il ne s'est jamais rien passé entre nous. C'est un chasseur de têtes, je suis au chômage et il n'y a jamais rien eu de plus, pas même une allusion, mais ce que je ressens m'affirme que je me trompe. C'était silencieux et caché mais bien réel. *Et il a bien sûr fallu que je couche avec un autre pour m'en rendre compte.*

— Monday. (Je lui prends la main, ce qui le surprend.) Je suis vraiment désolée pour ce qui s'est produit la semaine dernière. Je ne veux pas que vous pensiez que c'est une décision que j'ai prise à la légère, parce que ce n'est pas du tout le cas. Je suis prête à tout vous expliquer et j'espère que vous comprendrez.

— Vous n'étiez donc pas malade, constate-t-il sur un ton égal.

— Non.

Je me mords la lèvre inférieure.

— Nous n'avons pas beaucoup de temps devant nous, constate-t-il en consultant sa montre et mon cœur se serre.

— Si vous le pouvez, restez, je vous expliquerai tout…

— Non, je ne pars pas, répond-il en s'appuyant au comptoir de la cuisine, les bras croisés, sans me quitter des yeux.

Je suis perplexe mais je ne peux pas croiser son regard sans sourire. Il me rend toute molle. Il finit par sourire à son tour et secoue la tête, comme s'il agissait contre son gré.

— Vous êtes complètement timbrée, vous savez, affirme-t-il gentiment, comme si c'était un compliment et je le reçois comme tel.

— Je sais. Je suis désolée.

Ses yeux s'attardent sur mes lèvres, il déglutit et je me demande quand ça va enfin se produire. *Bon sang, je pense que ça va arriver pour de bon, peut-être que je devrais dire quelque chose, faire le premier pas…* mais la sonnette retentit et il sursaute comme si on avait été surpris.

Je soupire et ouvre la porte. Tu rentres avec tes enfants, mon père, Zara, Leilah, qui a l'air embarrassée, suivie de Kevin, Heather et son assistante de vie, Jamie. Heather paraît très fière d'elle et toi, tu affiches une expression hilare. Monday me jette un regard inquiet. Il s'éloigne du plan de travail et décroise les bras.

— Ça va ?

Je tremble des pieds à la tête. J'ignore si c'est le fait que je n'ai plus d'alcool dans le sang mais le sentiment de terreur qui me submerge à l'idée de ce qui va suivre est certainement en partie responsable. La passion a disparu, remplacée par la panique et l'angoisse. Mon cerveau ordonne à mon corps de fuir. *Maintenant ! Bats-toi ou barre-toi !* Et la seconde option est en train de prendre le pas sur la première. Je sais très bien ce qui se passe et ce qu'ils ont fait. Je devine à l'expression de Heather qu'elle pense qu'elle agit pour mon bien, que je serai heureuse.

Kevin m'étreint chaleureusement et je me fige, les mains en l'air loin de son corps, incapable de le toucher.

Tu glousses. Ma vie te divertit en ce samedi sans match.

Kevin finit par reculer.

— Heather m'a demandé d'inviter Jennifer mais elle n'était pas là alors je me suis dit que j'allais venir seul.

J'ouvre la bouche mais aucun son n'en sort.

— Vous êtes le jardinier ? t'interroge Kevin, en se rappelant le jour où il est passé.

Tu me dévisages, amusé par la situation.

— Matt est mon voisin. Son fils m'a aidée dans le jardin il y a quelque temps.

Kevin te lance un regard noir.

— Allez, ne me dites pas que c'est la première fois qu'on vous fait ce coup-là, observes-tu en souriant comme le chat du Cheshire.

Tout le monde gagne le salon et s'assoit, certains sur des chaises prises à la cuisine parce que je n'ai pas assez de places assises. Tu embrasses la pièce du regard, un immense sourire aux lèvres. Les gamins s'installent à la table de la cuisine avec leurs livres de coloriage et leur pâte à modeler. Je fais les cent pas dans la cuisine en faisant semblant de préparer du thé et du café mais je prépare mon évasion, mes excuses, mes clauses de sortie. Monday s'est mis en retrait, mais de toute façon, je suis tellement perdue dans mes pensées que je ne suis plus là.

— Ça va ? s'enquiert-il.

Je m'immobilise.

— J'ai envie de mourir, réponds-je sur un ton ferme. Tout de suite, putain !

Il baisse la main et jette un coup d'œil vers l'assemblée en se mordant la lèvre inférieure de sa dent ébréchée. On dirait qu'il cherche une façon de m'exfiltrer. Je me cramponne à cet espoir.

Jamie me rejoint. J'entends ses pieds se coller et se décoller dans ses sandales. Je crois que je préfère quand elle porte des chaussettes.

— J'ai apporté des biscuits, dit-elle en posant un paquet de Pim's sur le plan de travail.

Je déteste ça.

— Jamie, qu'est-ce qu'il se passe, bon sang ? C'est quoi, ce bordel ?

— Heather voulait faire ça pour toi. C'est son groupe de soutien pour toi.

— Putain de merde, rétorqué-je trop fort et je t'entends glousser dans le salon.

— Un café avec deux sucres et une pointe de lait pour moi, ma chère, t'écries-tu.

Caroline fait son apparition. Elle porte des lunettes de soleil qui lui mangent la moitié de la figure.

— Oh, bon sang, j'ai une gueule de bois carabinée. Ces baptêmes auront ma peau. Et dis donc, poursuit-elle en me donnant une tape amicale sur le bras, il paraît que tu as couché avec Laurence hier soir ?

Je grimace. Monday est juste derrière moi et il a entendu. Je sens son regard me transpercer le dos. J'ai envie de vomir.

Je lève les yeux vers lui mais il détourne le regard, affairé. Il apporte un plateau au salon et s'assied.

— Oh, reprend Caroline, qui a compris. Je suis désolée, je ne savais pas que vous…

— Aucune importance. (Je me frotte le visage, épuisée.) Tu étais au courant pour cette réunion, apparemment ?

Elle acquiesce, sort une boîte de médicaments contre la migraine de son sac et en avale deux à l'aide d'une bouteille d'eau.

— J'avais interdiction de t'en parler. Heather voulait te faire la surprise.

Je panique intérieurement. J'ai envie de fuir en courant, pour de vrai, mais un coup d'œil en direction de Heather – qui est assise à la place principale du groupe, vêtue de son plus beau chemisier et de son pantalon le plus élégant, l'air fière, rayonnante, assurée et le regard brillant d'avoir accompli ça – me prouve que je n'ai pas le droit de la décevoir. Je dois subir.

Je m'assois sur le seul fauteuil disponible et tous les regards se tournent vers moi. *Le tien pétille d'amusement, tu es ravi de me voir mal à l'aise et vulnérable, espèce de vautour.* Celui de Monday est dur et froid, rivé sur le pied de la table basse : toute l'inquiétude qu'il éprouvait pour moi est morte et enterrée. Caroline a les yeux injectés de sang et elle refuse les biscuits comme si c'était une bombe à retardement.

Le regard de Kevin est appuyé, il est penché en avant, les coudes sur les genoux, et il essaie de me lancer des ondes positives. C'est déstabilisant. Ses orteils poilus dans ses tongs qui dépassent de son pantalon en velours moulant sont déstabilisants. Il est déstabilisant, point. Leilah a peur de croiser mon regard, je le sais ; elle se mordille la lèvre inférieure et observe la pièce en se demandant pourquoi elle n'a pas épousé un homme avec une famille moins compliquée. Mon père est près d'elle, en train d'écrire lentement un SMS de ses doigts épais. Monday est coincé de l'autre côté de Leilah.

— On vous a présentés ? demandé-je et ils opinent d'un même élan.

Monday refuse toujours de croiser mon regard.

C'est Jamie qui commence.

— Merci à tous d'être venus aujourd'hui. Heather a pris la peine d'entrer en contact avec vous chacun individuellement, elle a passé beaucoup de temps à tout planifier, et vous êtes tous les bienvenus. À toi, Heather.

Je remonte les genoux et les entoure de mes bras pour me protéger. J'essaie de me persuader que je fais ça pour Heather, que c'est un exercice pour elle, qu'elle a tout organisé et, même si ça paraît condescendant, c'est vrai et ça m'aide. Mais dès qu'elle prend la parole, j'ai envie de pleurer tellement je suis fière d'elle.

— Merci à tous d'être là. Depuis quinze ans, ma sœur Jasmine assiste à mes groupes de soutien et ça m'a tellement aidée que je veux lui rendre la pareille. Vous êtes le groupe de soutien de Jasmine, son cercle d'amis.

Elle embrasse l'assistance du regard avec fierté.

— On veut te montrer qu'on t'aime, qu'on te soutient et qu'on est là pour toi, affirme Heather en se mettant à applaudir.

Les autres se joignent à elle, certains avec enthousiasme, Caroline faiblement parce que le bruit lui vrille les tympans. Tu siffles. Papa te regarde comme s'il était sur le point de te frapper. C'est comme si Monday n'était pas là, mais je sais bien que si, je sens son énergie chaque fois qu'il est dans une pièce, mon regard est irrésistiblement attiré par lui, mon corps aussi, chaque partie de moi voudrait me rapprocher de lui.

— Ma petite sœur Jasmine a toujours été très occupée. Occupée, occupée, occupée. Et quand elle n'est pas occupée, elle s'occupe de moi. Mais maintenant, elle n'a plus de travail et elle n'a plus besoin de s'occuper de moi. Il faut qu'elle s'occupe d'elle.

Les larmes me montent aux yeux. Je me cache derrière mes bras, mes jambes, mes mains, repliée, recroquevillée ; tout en moi clame : « Fermé. »

Tous les regards sont rivés sur moi. *Je. Veux. Mourir. Tout de suite.*

Je m'éclaircis la voix, cesse de me dissimuler derrière mes jambes, les repose par terre et les croise.

— Merci à tous d'être venus. Je suis certaine que vous savez que je n'étais au courant de rien et que je ne suis pas prête pour ça mais merci, Heather, d'avoir tout organisé. Je sais que c'est pour mon bien.

Je vais m'en tenir au strict minimum. Leur donner quelque chose mais ce ne sera rien du tout en réalité, ne laisser entrer personne et faire semblant de jouer le jeu. Prendre toutes les critiques constructives avec le sourire. Les remercier. Tourner la page. C'est le plan de match.

— La perte de mon emploi en novembre a été très dure. J'adorais vraiment mon job et les six derniers mois ont été difficiles, parce que je n'étais plus capable de me lever le matin et de me sentir… utile. (Je toussote.) Mais maintenant je me rends compte – ou plutôt je me suis déjà rendu compte – que ce n'était pas aussi tragique que ce que je croyais.

Si je leur révèle que j'apprécie certains aspects de ce congé, d'une manière totalement inattendue pour moi, est-ce que je leur en dévoile trop sur moi ? Je regarde ton visage avide, l'expression intense de Kevin, puis je pose les yeux sur Monday, qui détourne aussitôt les siens pour se concentrer, impassible, sur le pied de la table basse et je décide que personne n'a besoin d'être au courant de ma thérapie par le jardinage. Avouer que ça m'a aidée voudrait dire que j'avais besoin d'aide et je ne veux pas me risquer sur ce terrain.

— Donc. Voici le plan, poursuis-je en m'adressant directement à Heather. (C'est son inquiétude qui a conduit à cette réunion et dès qu'elle sera rassurée, on pourra en finir.) Je vais achever mon congé de jardinage pour les six mois qui restent et trouver un boulot, merci à tous pour votre aide passée, votre soutien présent et votre présence aujourd'hui.

Je termine sur une note enthousiaste et optimiste : *Aucune raison de s'alarmer. Jasmine va super bien.*

— Waouh ! (C'est toi qui brises le silence.) C'était émouvant, Jasmine. Super profond. J'ai vraiment l'impression de mieux vous connaître à présent, constates-tu, d'une voix dégoulinante de sarcasme.

Tu avales un Pringles. L'odeur de crème et d'oignon me parvient et mon estomac proteste.

— Qu'est-ce que vous comptez faire après « votre » congé de jardinage, Matt ? Si vous en parliez avec nous ?

— Hé, ce n'est pas « mon » cercle d'amis, réponds-tu avec un sourire narquois.

— Le mien non plus, apparemment, rétorqué-je sèchement.

— Restons constructifs, intervient Kevin de sa voix de prêtre, les mains levées.

Il les abaisse lentement comme s'il cherchait à nous calmer par l'hypnose ou comme si c'était une chorégraphie d'un boys band des années 1990.

— Je suis très calme, affirmes-tu en t'enfilant un autre Pringles.

Tu aurais dû prendre du poids vu tout ce que tu grignotes depuis que tu as cessé de fumer mais ce n'est pas le cas.

Tu es plus affûté, plus en forme qu'avant, à cause de l'arrêt de l'alcool.

— Je pense qu'il est juste de considérer qu'en dehors de Peter et de Heather, c'est moi qui connais Jasmine depuis le plus longtemps, explique Kevin en m'adressant un sourire qui me fait frissonner. Je crois que c'est moi qui la comprends le mieux.

— Vraiment, rétorques-tu en te tournant vers lui. Alors vous pouvez nous dire lequel des trois jobs lui convient le mieux.

Tu nous as mis, Kevin et moi, dans la merde. Et bien sûr, on ne s'y attendait pas, pour des raisons différentes.

— « Trois » jobs ? répète Caroline, ennuyée.

Monday tourne brusquement la tête vers moi, les sourcils froncés. Il essaie de comprendre qui est cette super menteuse qui se tient devant lui. Évoquer les deux autres propositions avec lui n'avait aucun sens puisque je ne voulais que le poste qu'il me proposait, lui. Mais ta remarque aimable me fait passer pour une nana qui mange à tous les râteliers.

C'est ironique que ce soit toi qui me connaisses le mieux ici et que cette question soit la plus embarrassante de toutes, parce que les trois personnes qui m'ont offert un emploi sont ici et elles ne connaissent pas les autres. Tout le monde me dévisage, attendant ma réponse. *Ça te manque de foutre le bordel à la radio, du coup, tu as décidé de mettre la pagaille dans ma vie.*

Je me rends compte que le regard plein de mépris que je te lance s'est éternisé.

— Quelles sont les trois options ? demande Kevin en fixant ses yeux sur moi avec un sourire doux et compréhensif, comme s'il pensait vraiment m'aider. Mmm ?

Je déteste sa façon de me regarder. Je brise soudain la tension.

— Monday, je ne sais pas si on vous a présenté mon cousin ?

Monday se redresse en entendant son prénom. Je ne peux pas imaginer ce que ressentent ceux qui ont été convoqués à cette réunion mais je suis mal à l'aise et ça doit être pire pour eux.

— Avez-vous rencontré mon cousin ?

— Non, nous n'avons pas vraiment…, intervient Kevin.

— Voici mon « cousin », dis-je. Kevin, voici Monday.

Ils se serrent la main par-dessus la table basse et un sourire narquois étire tes lèvres, parce que tu as très bien saisi ce que je suis en train de faire.

Un silence.

— La raison pour laquelle je mentionne Monday, c'est parce qu'il est chasseur de têtes pour la branche internationale de Diversified Search et qu'il m'a recrutée pour un job chez DavidGordonWhite.

Mon père se penche en avant pour examiner Monday comme si tout d'un coup il comptait.

— Mais cet emploi n'est plus sur la table à présent et donc, si vous voulez partir, Monday, je vous en prie, personne n'en sera offensé, poursuis-je avec un sourire nerveux.

Je veux qu'il s'en aille, je ne veux pas que l'homme que j'adore découvre à quel point je suis tarée dans ce cercle de la terreur et après ce qu'a dit Caroline, je sais qu'il bouillonne intérieurement. Qu'il parte.

— Pourquoi est-ce que ce job n'est plus une option ? interroge papa.

Je regarde Monday. C'est l'occasion pour lui de se venger mais il garde le silence.

— Hum. Je ne me suis pas présentée à l'entretien, réponds-je.

Mon père cille, surpris.

— Peter, l'avertit Leilah en lui donnant un coup de coude.

Heather écarquille les yeux et me lance un regard étonné.

— Et pourquoi ? questionne mon père, exaspéré.

— Elle était malade, répond Monday. *(Je n'ai pas l'impression qu'il me défende : sa voix est monocorde et dépourvue de… Monday.)* Je pense qu'on devrait écouter quelles sont les autres options.

À sa façon de dire « autres options », je me demande s'il parle du job ou de Laurence. Je voudrais lui expliquer tout un tas de choses quand tout ça sera terminé – mais à lui uniquement. Je me fiche royalement de l'opinion des autres. Quant à toi, tu es le seul à être au courant de tout.

— « Malade », mon cul, marmonne mon père, ce qui lui vaut un second coup de coude de la part de Leilah.

— Tu étais malade, Jasmine ? s'enquiert Heather, inquiète. Tu étais malade à Cork ?

— Attends, tu étais à Cork ? demande Jamie en se redressant. Je croyais qu'on était d'accord pour que Heather y aille seule. Ce n'était pas ce qu'on avait décidé ?

Elle regarde Leilah, qui était présente à cette réunion-là aussi. Leilah me lance un regard : elle est clairement partagée et ne veut marcher sur les plates-bandes de personne. Je devine la bataille qui se livre en elle.

— Eh bien ? insiste papa.

— Si, répond-elle comme si le mot lui avait été arraché par une tape dans le dos. Mais je suis certaine que Jasmine avait une bonne raison de se rendre là-bas.

Jamie s'adresse à l'assistance.

— Heather a pris ses premières vacances avec son petit ami, Jonathan. Durant le groupe de soutien de Heather, on a décidé qu'elle était largement capable de partir seule et que toute action contraire ne lui rendrait pas service…

— C'est bon, Jamie, merci, lancé-je.

Je me frotte le visage, lasse.

— Pourquoi y es-tu allée ? demande Jamie d'une voix moins stridente.

— Elle était inquiète pour sa sœur, répond Kevin à ma place. C'est évident.

— Quand est-ce que vous êtes partie en vacances, Heather ? interroge Monday gentiment.

— De vendredi à lundi.

Elle sourit.

Il acquiesce, digérant l'information.

— Vous vous êtes bien amusée ?

— C'était génial !

Son sourire s'élargit.

Monday me considère avec une tendresse recouvrée. Tout le monde l'imite sauf mon père, qui secoue la tête et se concentre sur son téléphone pour s'empêcher de commenter. *Ça ne va pas du tout. Mes yeux me brûlent. Je ne peux pas pleurer.*

— J'étais juste… elle n'était jamais allée… c'était la première fois qu'elle… vous comprenez, avec un…

Tous les yeux sont rivés sur moi et je soupire. Ma voix est tremblante. Je finis par regarder Heather.

— Je n'étais pas prête à te laisser partir.

Et avant que j'aie pu faire quoi que ce soit pour la retenir, une larme roule sur ma joue. Je l'essuie avant qu'elle atteigne mon menton, comme s'il ne s'était rien passé.

Heather rosit et elle dit sur un ton timide :

— Je ne vais nulle part, Jasmine. Je ne te quitte pas. Tu as manqué ton entretien pour moi ?

Une autre larme. Puis une autre. Je les sèche rapidement, les yeux baissés, je ne veux pas les voir tous me regarder.

— Est-ce que vous voulez bien m'excuser ?

J'ai l'air d'une enfant. Personne ne répond. Personne ne se sent le droit de m'y autoriser ou pas.

— Salut, Monday. Elle m'avait parlé de vous, déclare soudain Caroline. Je m'appelle Caroline, je suis une amie de Jasmine.

— Bonjour.

— J'ai une idée de site Web et Jasmine m'aide.

Je grince des dents mais je ronge mon frein.

— Qu'est-ce qui ne va pas, Jasmine ? demande Kevin qui m'observe.

— Rien, affirmé-je sur un ton sec qui dément mes paroles. C'est juste que je ne l'aide pas vraiment. Je développe ton concept avec toi, parce que c'est ce que je fais, je développe et je mets en œuvre… « Aider », ça fait… tu vois…

Elle tourne la tête vers moi avec une telle brusquerie que son cou manque de se briser.

Elle arbore son expression vexée. Elle cille une seule fois, plisse son front étroit et brillant – *bon, ça, c'est aussi la faute du Botox* – et en règle générale, je capitule, parce que c'est mon amie, mais dans une relation de travail, il n'en est pas question, ce qui me renseigne immédiatement sur la suite de notre association : on est fichues.

— Et puis il y a papa, ajouté-je rapidement.

— Attends, intervient Kevin. On devrait creuser un peu.

— Kevin, ce n'est pas une séance de thérapie, rétorqué-je avec un sourire crispé. C'est juste une discussion informelle. Et on a presque terminé.

— Je pense que pour en tirer le meilleur parti possible, tu devrais…

— Ce n'est pas le moment…

— Je serais ravie d'en débattre.

Caroline hausse les épaules comme si elle était super zen mais ses propos, sans parler de son langage corporel, affirment le contraire. Je n'ai aucune envie de débattre de quoi que ce soit avec elle.

Tout le monde nous regarde. Tu te penches en avant, coudes sur les cuisses. Il ne te manque plus qu'un sachet de pop-corn. Tu brandis le poing en martelant à mi-voix : « Baston ! Baston ! Baston ! » avant de glousser.

— Il est hors de question qu'on se batte, dis-je sèchement. D'accord. (Je toussote et souris à Heather pour me ressaisir.) Je pense que je pourrais t'être d'une plus grande aide que ce que tu ne me permets.

Ce n'est pas méchant du tout et pourtant Caroline fronce tellement les sourcils que j'ai peur qu'elle ne se jette sur moi comme un diable qui sort de sa boîte.

— Comment ça ? couine-t-elle d'une voix stridente.

— Tu m'as demandé de t'aider à développer ton idée mais tu n'acceptes aucune suggestion.

— Tu as de l'expérience, tu as déjà monté plein de sociétés. Moi, je ne connais rien à tout ça.

— Oui, mais je ne vais pas te donner ma liste de contacts, Caroline, c'est bien plus que ça. Quand je crée une start-up, j'ai la main sur le développement et la mise en œuvre des stratégies. Si je ne peux pas développer ça avec toi, ça ne présente aucun intérêt pour moi. Il faut que ça me représente aussi, expliqué-je sur un ton calme mais ferme.

On garde le silence tandis que Caroline me dévisage, abasourdie.

— D'où vient la troisième proposition de travail ? demande Kevin.

Je lui suis reconnaissante de faire avancer la discussion.

— De son père, réponds-tu et tout le monde te jette un coup d'œil avant de reporter son attention sur papa.

Il est déjà soûlé par tout ça et il ne perd pas de temps en circonvolutions inutiles.

— Chargée de clientèle dans une imprimerie. Équipe de huit personnes. Quarante mille. Si le poste n'est pas déjà pourvu.

— Il ne l'est pas, intervient Leilah au grand agacement de mon père.

— Elle pourrait le faire dans son sommeil, annonce-t-il à l'assemblée sans quitter des yeux l'écran de son Smartphone, comme s'il lisait quelque chose, ce qui n'est pas le cas. Enfin, si elle se pointe à l'entretien.

Monday ne réagit pas, ce qui déçoit mon père, dont le sourire s'efface.

— Je ne veux pas d'un job que je peux faire dans mon sommeil, dis-je avec un sourire.

— Bien sûr que non. Tu veux être différente.

Le commentaire me surprend. Il te plaît, mais pas de la même manière que les précédents. Tu poses ton regard attentif sur son auteur. Kevin est profondément froissé pour moi.

— Peter, je pense que tu devrais t'excuser pour ce que tu viens de dire à Jasmine.

— De quoi tu parles ? réplique mon père.

Heather a l'air très mal à l'aise à présent.

— Tu as toujours agi comme ça, même quand on était gamins, poursuit Kevin, dont la colère monte. Chaque fois que Jasmine a refusé de faire ce que tu voulais, tu l'as repoussée.

C'est la vérité. Je tourne les yeux vers mon père.

— Jasmine n'a « jamais » fait ce que je voulais qu'elle fasse. Elle n'en a jamais fait qu'à « sa tête ». D'après toi, comment elle s'est retrouvée dans cette pagaille ?

— Et ce n'est pas une bonne chose pour elle de suivre son propre chemin ? demande Kevin. Tu ne veux pas qu'elle soit indépendante ? Sa mère est décédée quand elle était très jeune. Et elle a été malade pendant des années avant de mourir. Je ne me rappelle pas t'avoir beaucoup vu dans les parages à cette époque, sauf quand tu te pointais pour dire à Jasmine ce qu'il fallait qu'elle fasse parce que tu pensais qu'elle faisait tout de travers.

En un instant, toutes mes conversations avec Kevin me reviennent. Toutes les inquiétudes, les peurs et les frustrations de mon adolescence. Les conversations nocturnes avec lui sur la balancelle avant qu'il essaie de m'embrasser, pendant les fêtes, les trajets jusqu'au lycée. Il écoutait tout le temps. Je partageais avec lui tout ce qui m'irritait. J'avais oublié tout ça, mais pas lui.

— Avec tout le respect que je te dois, rétorque mon père sans la moindre trace de respect, ça n'a rien à voir avec toi. Sincèrement, je ne comprends même pas ce que tu fiches ici.

Kevin poursuit calmement comme s'il attendait cette discussion depuis des années et que c'était de lui qu'il parlait.

— Sa mère l'a élevée pour qu'elle soit autonome, qu'elle sache prendre soin d'elle, qu'elle trouve son chemin. Il allait bien falloir puisque sa mère ne serait plus là pour l'aider. Jasmine a créé ses propres boîtes…

— Et les a toutes revendues.

— Il me semble que tu as revendu la tienne, toi aussi.

— J'ai pris ma retraite. Et c'est parce qu'elle a essayé de vendre la dernière qu'elle a été virée.

Mon père est écarlate. Leilah pose une main sur son bras et lui murmure quelque chose, mais il l'ignore ou ne l'entend pas, parce qu'il continue à se chamailler avec Kevin. Je cesse d'écouter.

Larry traitait son business comme sa fille. Il refusait de les laisser partir. Ma mère m'a élevée en sachant qu'elle allait devoir m'abandonner.

J'ai des idées et je les revends.

Je ne veux pas d'enfants. Maman ne voulait pas abandonner Heather et je ne peux pas l'abandonner non plus.

Les paroles de Larry me reviennent en mémoire : « Essaie de terminer quelque chose une fois dans ta vie. »

J'ai la tête qui tourne. Trop d'infos tourbillonnent dans mon cerveau. Des conversations remontent à la surface, mes convictions me dévisagent étrangement, amusées, presque chantonnant : « On savait ça depuis toujours, pas vrai ? »

Élever des enfants pour les abandonner.

Kevin m'a dit que j'allais mourir.

Construire des compagnies pour les revendre.

Me cramponner à Heather parce que maman n'est plus là pour le faire.

— Et en quoi ça te regarde ? (Mon père a haussé le ton et Heather porte les mains à ses oreilles.) Tu as un problème avec tout le monde dans cette famille. Depuis toujours. Sauf elle, évidemment. Toujours de mèche tous les deux ou à traîner je ne sais où…

— Parce qu'on avait l'impression de ne pas être à notre place dans cette famille d'obsédés de la maîtrise…

— Oh, mais ferme-la et rentre en Australie. Garde tes explications pour ton psy…

— Pardon mais il n'en est pas question et c'est la raison pour laquelle elle et moi…

— Ça va, Jasmine ?

C'est toi. Tu me regardes et pour la première fois, tu ne souris plus. Tu ne ris plus. Tes mots me parviennent de très loin.

Je marmonne quelque chose.

— Vous êtes toute pâle, constates-tu.

Tu fais mine de te lever mais je le fais avant toi. Trop vite. Je suis déshydratée par la nuit précédente et émotionnellement vidée par ce spectacle. Monday me rattrape avant que je chavire. Je pose la main sur le dossier de sa chaise pour regagner mon équilibre, les yeux rivés sur la porte d'entrée. Cette fois-ci, je ne demande la permission à personne.

— Excusez-moi, murmuré-je.

Le sol bouge sous mes pieds tandis que je me dirige vers la seule cible immobile au milieu des murs qui se déplacent, menaçant de se refermer sur moi. Il faut que je sorte d'ici avant qu'ils ne m'écrasent. J'atteins la porte, le soleil, l'air frais, l'odeur de l'herbe et de mes fleurs, et le ruissellement de ma fontaine. Je m'assieds sur le banc, ramène mes genoux contre ma poitrine, et inspire et expire profondément.

Je ne sais pas combien de temps je reste au-dehors mais ils finissent par comprendre. La porte s'ouvre sur Caroline qui me dépasse sans un mot, monte dans sa voiture et s'éloigne. Elle est suivie par mon père, Leilah et Zara. Je baisse la tête. Le parfum de l'after-shave de Monday me parvient et il hésite un instant près de moi avant de s'en aller. Puis tu sors. Je sais que c'est toi ; j'ignore comment mais l'atmosphère change quand tu es là, puis les enfants te rejoignent et j'en suis certaine.

— Eh bien, c'était rude.

Pour toute réponse, je me contente de baisser la tête. Tu poses la main sur mon épaule dans une étreinte gentille mais ferme et j'apprécie. Tu t'éloignes et à mi-chemin de l'allée, tu dis :

— Ah, et merci de m'avoir laissé la lettre d'Amy hier soir. Vous avez raison. Il est peut-être temps que je la lise. Ça fait six mois et elle ne me parle toujours pas. Ça ne peut pas empirer, je suppose. Enfin, j'espère.

Tandis que tu t'en vas, j'entends Jamie calmer Heather dans la maison. Je rentre en courant. Kevin traîne, incertain de la conduite à tenir.

— Va-t'en, Kevin, je t'appellerai.

Il ne bouge pas.

— Kevin, soupiré-je. Merci pour aujourd'hui. J'apprécie que tu aies essayé de m'aider. J'avais oublié… tout ça, mais pas toi. Tu as toujours été là pour moi.

Il hoche la tête, un sourire triste aux lèvres.

Je pose la main sur sa joue et l'embrasse tendrement sur l'autre.

— Cesse de te battre contre le monde entier, chuchoté-je.

Il déglutit, songeur. Puis il opine et s'en va.

Je conduis Heather vers le canapé et je l'enlace, un sourire forcé aux lèvres.

— Pourquoi ces larmes ? (J'éclate de rire.) Espèce de bêtasse, il n'y a aucune raison de pleurer.

J'essuie ses joues.

— Je voulais t'aider, Jasmine.

— Et c'est ce que tu as fait.

J'attire sa tête contre ma poitrine et je la berce.

Si on veut prendre son envol, il faut d'abord débarrasser ses ailes de toute la merde accumulée. La première étape est d'identifier ladite merde. C'est fait.

Quand j'étais gamine, à environ huit ans, j'adorais faire tourner les serveurs en bourrique. Depuis que j'avais appris le langage silencieux des restaurants, je voulais l'utiliser. J'aimais l'idée qu'il existe un code que je pouvais communiquer à quelqu'un, un adulte, et qui nous plaçait sur un pied d'égalité. Dans notre cantine, il y avait un serveur en particulier que j'adorais tourmenter. Je posais mes couverts côte à côte et dès qu'il approchait pour débarrasser, je séparais rapidement mon couteau et ma fourchette. Je prenais plaisir à le voir s'éloigner à toute allure, arrivé à quelques centimètres de notre table, comme un missile avorté. Je faisais ça plusieurs fois par repas, mais je ne répétais pas suffisamment ce manège pour que l'employé comprenne que c'était délibéré. Je me servais aussi du menu. Fermé, il signifiait qu'on était prêts à commander, ouvert, pas encore. Je fermais le mien, comme les autres membres de la famille, puis dès que le serveur surgissait, calepin et stylo en main, j'ouvrais la carte et me plongeais dedans en prétendant n'avoir pas choisi.

Je ne sais pas pourquoi ce souvenir refait surface maintenant. J'ignore quel aperçu il me donne de moi-même, outre le fait que, depuis toujours, j'aime envoyer des signaux contradictoires.

Chapitre 23

Ce n'est que lorsque je rentre chez moi après avoir accompagné Heather à l'arrêt de bus – elle a insisté pour que je ne conduise pas, affirmant que j'étais « bouleversée » – que ce que tu as dit parvient enfin jusqu'à mon cerveau. Je t'entends soudain me remercier de t'avoir donné le mot de ta femme hier soir. Une alarme se déclenche et je m'immobilise en pleine rue. Il y a quelque chose de terrifiant à s'entendre dire qu'on a fait quelque chose qu'on n'a pas fait. Au début, je crois que tu t'es trompé, je sais que tu te trompes. J'ai essayé de te donner la lettre de ton épouse à plusieurs reprises et soit tu me l'as rendue, soit tu m'as demandé de te la lire. *Elle est dans le saladier avec les citrons parce que tu es un citron, on est tous les deux d'accord là-dessus. Mais. Mais… Tu as dit « hier soir ». Tu m'as remerciée de t'avoir donné la lettre « hier soir ».*

Ça ne peut pas être moi parce que j'étais bourrée hier soir et que j'ai passé la nuit à chercher le génie au fond de la bouteille de vodka. Peut-être qu'Amy t'a apporté une autre lettre et que tu crois que c'est moi qui te l'ai donnée, mais tu n'en as pas parlé cette nuit quand on était attablés dans ton jardin, ce qui me pousse à penser qu'elle t'a été donnée « après » mon départ. Et je le saurais si ta femme était passée, parce que j'ai picolé jusqu'à 6 heures du matin. Je l'aurais entendue, je l'aurais vue – je l'aurais même invitée à faire des cookies.

— Bonjour, Jasmine, me salue le docteur Jameson, primesautier. J'avais envie d'organiser un dîner pour le solstice, le 22. Un barbecue pour célébrer ce bel été. Qu'en pensez-vous ? Le type du numéro 6 ne m'a pas répondu, je vais lui en reparler.

Il me dévisage et un long silence s'installe.

Mon esprit tourne à toute allure, réexaminant les événements.

— Ça va, Jasmine ?

Je me mets soudain à courir, de plus en plus vite, je saute par-dessus les gicleurs de M. Malone et me rue chez moi. Une fois à l'intérieur, haletante, j'embrasse la pièce du regard, à la recherche d'indices. Le salon est toujours une scène de crime depuis le désastre de ce matin, et la cuisine en est la version enfantine, avec des traces de crayons de couleur et de la pâte à modeler collée sur la table, les chaises et le sol. *Le saladier avec les citrons. Il est vide. Il contient toujours des citrons et le double de ta clé, mais la lettre a disparu. Indice numéro un.*

Je me précipite à l'étage et examine correctement ma chambre pour la première fois. J'ai fait le lit à la hâte mais il a l'air normal. Sur ma table de chevet se trouvent la bouteille de vodka vide et... la lettre ouverte qu'Amy t'a écrite. Je plonge sur le lit pour m'en emparer. Je l'ai lue entre 2 heures et 6 heures du matin. Probablement plus près de 6 heures. Ces heures dont je n'ai aucun souvenir. J'espérais trouver de l'inspiration, des paroles d'encouragement et d'amour, même si elles étaient destinées à quelqu'un d'autre et quand j'ai ouvert le mot d'Amy, j'ai lu :

Matt,

Arrête de déconner.

Amy

Ça m'a mise dans une rage folle. Je m'en souviens. J'ai pleuré, déçue par Amy et par le monde. *Et après ?* Je ne me rappelle pas ce que j'ai fait ensuite. Je pensais que je m'étais endormie mais pourquoi est-ce que la lettre de ta femme est toujours ici et non pas chez toi comme tu l'affirmes ?

Je plisse les yeux pour scruter ma chambre. Il doit y avoir d'autres indices. J'aperçois une boule de papier froissé sous ma coiffeuse. Puis une corbeille entière de papiers froissés. J'ai peur de regarder de plus près. Mais il le faut.

Je me mets à quatre pattes et je déplie la feuille en gémissant.

Cher Matt,

Je ne peux pas te dire en face que je te quitte. Je pense que tu ne m'écouterais pas…

— Oh, non, Jasmine, espèce de conne.

Je déplie toutes les feuilles pour relire les différentes versions de cette introduction, certaines complètement différentes mais toutes des gribouillages horriblement inappropriés de ce que je pense qu'Amy aurait dû t'écrire pour te motiver, assortis de ma haine envers toi. Je ne sais absolument pas quelle version a franchi la rue mais je suis contente que ce ne soit aucune de celles que je viens de parcourir avec frénésie. Je n'ai qu'une envie : me jeter sur mon lit et hurler. Je devrais plutôt traverser en courant et avouer tout ce que j'ai fait dans mon état de débilité alcoolisée. Tu comprendras. Mais je ne le peux ni ne le fais. Je croyais que la journée ne pouvait pas empirer mais il apparaît que si. Il faut que je récupère la lettre, que je répare cette connerie, que je trouve un job et que je cesse d'agir comme une folle.

La sonnette retentit. Je suis tellement effrayée que son bruit strident résonne dans mon cerveau et martèle mon cœur bien après qu'elle a cessé. J'ai l'impression d'avoir été prise la main dans le sac. Paralysée comme un cerf devant les phares d'une voiture. Je demeure immobile, raide, incertaine quant à la conduite à tenir. *Tu as lu la lettre. Je suis cuite.*

Je jette un coup d'œil par la fenêtre et aperçois le sommet de ton crâne. Je me prépare à ce qui va suivre. *Je ne nierai rien. Je réparerai.* J'ouvre la porte, un sourire nerveux aux lèvres. Tu as les mains sur les hanches et l'air perplexe. En me voyant, tu changes d'expression.

— Vous êtes encore bourrée ?

— Non.

Un silence.

— Vraiment ?

— Vraiment.

Convaincu, tu reprends ton expression initiale.

— Vous avez vu les gens qui sont entrés chez docteur J ?

Je suis perdue. Quel rapport avec la lettre ? J'essaie de trouver le lien.

— Si vous êtes ivre, dites-le-moi.

— Je ne le suis pas.

— Ça m'est égal. C'est juste que si je le sais, ce sera plus simple pour communiquer avec vous. Je peux formuler les choses différemment. Parler moins vite.

— Je n'ai rien bu, bordel, rétorqué-je, agacée.

— Bien. Bon ? Est-ce que vous avez vu des gens aller et venir ?

— C'est quoi, le problème ? Il fait une fête et ne vous a pas invité ?

Je me sens plus détendue à présent que je n'ai pas été attrapée – *du moins pas encore.*

— Il fait quelque chose, ça, c'est sûr. Toutes les demi-heures. Depuis midi.

— Bon sang, vous devriez vraiment chercher du boulot, fais-je remarquer en constatant que tu te mets à parler comme moi.

— Une femme est arrivée à 15 heures. Elle est restée une demi-heure. Puis elle est partie et un homme s'est pointé à quinze heures trente, puis il est parti un peu avant 16 heures et un couple est arrivé à seize heures trente et…

— Oui, j'ai pigé le concept de la demi-heure.

On observe la maison du docteur Jameson, les bras croisés. À côté, M. Malone lit *The Field* de John B. Keane à sa femme, qui est installée sur une chaise longue, une couverture sur les genoux. Son petit numéro est bien rodé. Tous les jours, il lui fait la lecture pendant un quart d'heure, puis il retourne à son jardinage avant de reprendre là où il s'est arrêté. Il lit bien. Mme Malone a le regard vague, mais son époux continue, il parle d'un ton enjoué, fait des commentaires sur le temps et sur le jardin, comme s'ils discutaient avec animation. La semaine dernière, il lui a lu un roman de Jackie Collins ; il aime mélanger les genres. C'est beau de le voir lutter comme ça mais ça m'attriste.

Une voiture s'engage dans l'impasse. Mon cœur fait une embardée et des papillons volent dans mon ventre avant même que je le voie. Mais je sais que c'est lui. Ou du moins je le sens. Ou je l'espère. Chaque fois que quelqu'un s'approche de chez moi, j'espère que c'est lui. Monday descend du véhicule.

— Eh bien, si la petite séance de ce matin ne l'a pas dégoûté de vous, rien ne le fera, constates-tu et je souris.

Monday s'approche de moi d'un pas vif en faisant tournoyer les clés de sa voiture sur son doigt.

Je te lance un regard entendu pour te faire disparaître mais tu ne comprends pas l'allusion. Peut-être que si, mais tu ne bouges pas. Tu as quelque chose à prouver.

— Salut, commence Monday.

— Vous avez oublié quelque chose ? demandes-tu avec espièglerie.

Monday sourit et plonge ses yeux dans les miens. Ils ont recouvré toute leur tendresse et mon ventre fait des loopings.

— Oui.

— On surveille la maison de docteur J, dis-tu, avant d'expliquer le mystère des demi-heures qui t'inquiète tant.

Monday examine la demeure à son tour, son bras nu effleure le mien et j'oublie cette histoire de maison pour me concentrer sur l'électricité qui me parcourt le corps. Monday a les yeux rivés sur la baraque et je combats l'envie impérieuse de le mater ouvertement, mais en vain, je l'observe à la dérobée, je contemple ses yeux verts pailletés d'or qui ne quittent pas le jardin du docteur Jameson. Puis, au moment où je me dis que je peux sans vergogne le dévisager un peu plus longtemps, il tourne brusquement la tête et nos regards se croisent. Il m'adresse une œillade coquine comme s'il savait qu'il venait de me surprendre, puis il te fait une grimace pour se moquer de l'intensité de ta surveillance.

— Là-bas. Là ! t'exclames-tu en t'animant soudain, ce qui casse l'ambiance entre Monday et moi. (Tu t'éloignes du mur.) Vous voyez ?

— Mmm, marmonne Monday en avançant dans l'allée afin de mieux observer la femme à l'allure douteuse qui remonte la rue. Ce n'est pas bon signe.

— Je l'avais dit, réponds-tu, soulagé que quelqu'un soit de ton côté. J'ai vu plein de gens différents. Tous étranges.

— Il cherche peut-être une femme de ménage, suggéré-je.

— Vous aimeriez qu'elle fasse le ménage chez vous, celle-là ?

— Elle ferait le ménage, oui, mais ce ne serait pas de la bonne manière, affirme Monday tandis que je souris en vous voyant devenir les Turner et Hooch du quartier.

Ah, et bien sûr, c'est toi, Hooch.

— Elle n'est peut-être pas là pour docteur J, dis-je en l'observant.

Elle porte un survêtement Adidas et des baskets neuves. Elle est soit ivre soit camée. Je penche pour la seconde hypothèse ; elle a l'air d'une consommatrice d'héroïne.

— Ça pourrait être une de vos fans.

Elle examine les maisons, regarde les numéros puis pénètre chez le docteur Jameson. Monday s'éloigne pour mieux voir. Tu le suis. Je vous emboîte le pas parce que je ne sais pas quoi faire d'autre. On traverse la rue pour s'installer à ta table d'où on a une meilleure vue sur le pavillon du docteur Jameson et on guette le bruit en provenance de l'intérieur. Du moins, c'est ce que vous décidez de faire tous les deux après avoir rapidement débattu de l'éventualité d'entrer chez lui. Vous inventez une histoire à raconter si vous devez aller sonner. Un plan d'exfiltration qui vous excite au plus haut point.

— Vous avez lu la lettre ? t'interrogé-je sur un ton détaché.

— Quelle lettre ?

— Celle que je vous ai donnée.

— Non. Pas encore.

— J'ai bien réfléchi. Je veux bien vous la lire finalement. Enfin, si vous en avez toujours envie.

Tu me lances un regard à la fois songeur et méfiant. Monday aussi.

— C'est probablement mieux si vous n'êtes pas seul. Qui sait comment vous réagirez. Vous allez beaucoup mieux et je ne voudrais pas que vous vous dirigiez droit vers le pub, c'est tout. Il faut que quelqu'un vous accompagne, moi ou quelqu'un d'autre.

Je sais que tu ne demanderas jamais ça à une autre personne mais ça endort ta méfiance et tu sembles reconnaissant.

— Merci, Jasmine.

— Pourquoi vous ne me la donnez pas tout de suite ?

— Maintenant ?

— Oui, acquiescé-je avec un haussement d'épaules nonchalant. Pour vous en débarrasser. (Je me tourne vers Monday.) Sa femme l'a quitté. Elle lui a laissé un mot. Il refuse de le lire. Ce que je comprends. C'est moi qui devrais le lire, reprends-je en pivotant vers toi. Vous devriez me le donner.

Monday dissimule un sourire derrière ses doigts. Il a des doigts magnifiques. Comme ceux d'un pianiste.

— Pas maintenant, réponds-tu, un peu paniqué devant mon insistance.

— Pourquoi pas ?

— Je garde un œil sur docteur J.

— Je peux la lire pendant que vous montez la garde.

Bien sûr que non. Je la brûlerai dès qu'elle sera en ma possession. Je l'échangerai avec la vraie. Je préfère sauver ma peau que me faire du mouron à l'idée qu'il lise la lettre horrible d'Amy.

— Les enfants. Je ne veux pas qu'ils entendent.

Je suis sur le point de répliquer que les petits ne sont nulle part en vue mais ils gâchent mon plan. Les deux blondinets surgissent du jardin du numéro 6, l'air mortifiés.

— Qu'est-ce qui se passe ? t'enquiers-tu en te levant pour les rejoindre.

— Qu'est-ce que vous avez fait ? demande Monday, amusé.

— Rien, rétorqué-je, impassible.

Il éclate de rire, secoue la tête et émet un petit « tut tut » comme si j'étais une sale gosse. Ça me plaît et je ne peux pas m'empêcher de rire à mon tour. Il me connaît bien et j'aime ça. Il y a longtemps que personne ne m'a aussi bien perçue. À part toi, bien sûr, qui as arraché le panneau « ne pas déranger » quand j'ai tourné le dos.

— Il a refusé de nous en acheter, dit Kris.

— C'est le seul de toute la rue, renchérit Kylie.

— Qu'est-ce qu'il n'a pas voulu acheter ?

— Notre parfum. On l'a fabriqué avec des pétales et de l'eau.

— Et de l'herbe.

— Et une araignée morte.

— Super, commenté-je.

— Vous avez acheté deux bouteilles, m'informes-tu. Vous me devez 5 euros.

C'est alors que je me rends compte qu'ils ont dressé un étal dans l'allée, une table pliante et une chaise couvertes d'une nappe en papier à carreaux rouges. Des fioles contenant une substance brune dans laquelle flottent des trucs et un panneau indiquant qu'elles valent 50 centimes sont posés dessus. Pourquoi je te dois 5 euros, mystère. Mais vu que j'ai falsifié la lettre de ta femme, je laisse couler.

— Qu'est-ce qu'il a dit ? demandes-tu, irrité.

— Qui ? articule en silence Monday.

— Numéro 6. Chef d'entreprise. Locataire, expliqué-je avant de me tourner vers les enfants, intéressée.

— Rien. Il était au téléphone. Puis il a dit « non merci » et a refermé la porte.

— Le connard effronté, déclares-tu et les blondinets pouffent. Ce mec commence à me courir sur le haricot.

Tu râles et je te vois serrer les poings.

— Moi aussi. Je le salue tous les matins depuis qu'il a emménagé et il n'a jamais pris la peine de me regarder, renchéris-je.

Monday s'esclaffe.

— Vous avez vraiment besoin de trouver un taf, tous les deux. Vous prenez tout beaucoup trop à cœur.

— Eh bien, trouvez-lui un job, Monday, suggères-tu, une lueur espiègle dans le regard.

— J'en ai bien l'intention, Matt, répond-il en croisant ton regard.

— Vous devriez peut-être l'inviter à dîner. Pour le job, poursuis-tu et je saisis le sous-entendu, de même que Monday, qui reste cool.

— Si ça peut aider, dit-il, mais d'un ton moins assuré.

Je ne veux pas que tu le pousses à partir en continuant ainsi. Je me tourne vers toi.

— Tout ce qu'il avait à faire, c'était débourser un peu de fric pour les enfants qui ont passé un temps fou à fabriquer leur parfum. Est-ce qu'il a au moins demandé à le sentir ?

— Non, grogne Kris.

— C'est méchant.

Comme je le savais, ta colère augmente. Je suis parvenue à mes fins.

— Je vais lui rendre une petite visite, décrètes-tu.

— Tant mieux pour vous.

— Qu'est-ce que vous allez lui dire ? demande Monday, un immense sourire aux lèvres tout en croisant les jambes.

Le bas de son jean est effiloché et un trou sur une des cuisses dévoile sa peau nue.

— Juste qu'il devrait penser à se montrer un peu plus amical s'il compte vivre ici. Les enfants n'ont que sept ans.

— Je pense que c'est plus important pour vous que pour eux, constate Monday.

— Et il n'a pas répondu à l'invitation de docteur J pour le 22, ajouté-je. Et docteur J est super sympa.

Monday me sourit d'un air intrigué ; il essaie de deviner ce que je mijote.

Ça suffit à te convaincre de te déplacer.

Je suis ravie. *Tu as laissé ta porte d'entrée ouverte. Pendant que tu te prendras le bec avec Costard Man, je me faufilerai à l'intérieur, je trouverai la lettre et la détruirai. C'est un plan parfait.*

— Vous – venez avec moi, ordonnes-tu soudain.

— Moi.

— Oui. Vous.

— Oui, Jasmine, renchérit Monday en s'appuyant sur la table, le menton sur la main tout en m'adressant un regard paresseux et taquin.

Il a compris que tu étais en train de ruiner mes plans. Il joue avec moi, ce qui ne me dérangerait pas outre mesure dans d'autres circonstances. J'imagine bien des façons dont j'aimerais que Monday s'amuse avec moi mais pas celle-là.

— Vous n'avez pas besoin de mon aide, te réponds-je sans prêter attention à Monday. Ce sont vos enfants. Vous pouvez les défendre sans moi.

— Allez-y, Jasmine, insiste Monday.

Je sais que l'occasion de détruire la lettre s'est évanouie. Je lance un regard sincèrement outré à Monday, ce qui provoque son rire et même si ça m'agace, ça renforce l'attachement que j'ai pour lui parce qu'il est prêt à me contredire. Il ne prendra pas de gants avec moi, il n'essaiera pas de me brosser dans le sens du poil. Il me testera et me rendra coup pour coup. Monday veut jouer.

— Je garde un œil sur la maison de docteur J, affirme-t-il avec un clin d'œil.

— Qu'est-ce que vous allez dire ? interrogé-je, nerveuse, devant la porte du numéro 6.

— Exactement ce que j'ai dit un peu plus tôt. Sur son comportement amical.

— D'accord.

Je déglutis. Nous ne sommes pas vraiment les candidats idéals pour prêcher ce genre de parole.

On entend Costard Man parler au téléphone derrière la porte. Tu appuies de nouveau sur la sonnette – un coup long et fort. Ce n'est pas un appel professionnel. Il rit et parle d'un ton décontracté. Ce n'est même pas important. Il mentionne le rugby. Des surnoms. Liggo et Spidey et les mecs. J'ai envie de vomir dans ma bouche. Il discute d'un match. Ta colère monte et la mienne n'est pas loin derrière. Je le vois nous jeter un coup d'œil par la fenêtre sans cesser de parler.

— C'est encore un des voisins, dit-il tandis que ses propos nous parviennent par la vitre ouverte.

Tu fonces vers la fenêtre et au moment où tu t'apprêtes à l'escalader, Costard Man est sauvé par un cri de Monday.

— Hé !

On lève les yeux : Monday pourchasse la femme qui vient de sortir de chez le docteur Jameson.

On se met à courir après lui.

— Lâchez-moi ! hurle-t-elle à Monday qui tente d'esquiver ses coups de poing.

— Aïe ! Bon sang ! crie-t-il tandis qu'elle le frappe à plusieurs reprises. Calmez-vous !

Elle obéit et cesse de le frapper. Elle recule, méfiante, en remuant la mâchoire comme une vache qui rumine.

— Vous avez quelque chose sous votre pull qui appartient à mon ami, observe Monday.

— Non.

— Je pense que si.

Il sourit et son regard vert pailleté d'or brille.

— Je suis enceinte.

— Qui est le papa ? Apple ? Dell ? demande Monday.

Je pose les yeux sur le ventre de la femme et je me mords la lèvre inférieure pour ne pas rire. On distingue nettement une forme rectangulaire sous son chandail.

— Attendez une minute, marmonnes-tu soudain. On ne devrait peut-être pas regarder.

— Pourquoi pas ? m'enquiers-je.

— Parce que peut-être – tu tournes le dos à l'inconnue qui a l'air d'envisager de partir en courant, et tu articules sur le côté de ta bouche – peut-être que docteur J le lui a donné. Vous voyez ce que je veux dire ?

— Vous croyez que docteur J lui a filé une boîte en forme d'ordinateur portable pleine de médocs ? m'étonné-je.

Monday tousse pour cacher son rire et tu lui lances un regard noir.

Le docteur Jameson fait son apparition, une tasse de thé et sa soucoupe à la main.

— Youhou !

— Ah ! Le baron de la drogue en personne, commente Monday avec un air de conspirateur qui me fait rire.

La femme s'éloigne en se dandinant le plus vite possible. Monday la rattrape et lui saisit le bras. Elle l'insulte en l'accusant de harcèlement et d'agression sexuelle. Le docteur Jameson se dirige vers nous sans lâcher sa tasse de thé.

— Mags ! Je vous ai préparé du thé. Vous partez déjà ?

Mags et Monday s'agitent, et quelque chose s'écrase soudain entre les jambes de la femme.

— Je pense qu'elle a perdu les eaux, dis-je tandis que tous les regards convergent vers l'ordinateur portable du docteur Jameson, qui gît sur le sol.

Toi, moi et le docteur Jameson sommes assis à ta table de jardin tandis que Monday répare l'ordinateur qui n'a pas été grandement endommagé, et qu'on écoute le docteur Jameson expliquer qu'il a fait passer une petite annonce dans le journal local. J'ai le cœur brisé : il a rédigé une annonce pour chercher de la compagnie pour Noël.

— Carol est morte à soixante et un ans – trop jeune. On n'a jamais eu d'enfants ; comme vous le savez, je n'ai pas réussi à cesser de boire avant qu'il soit trop tard. Je ne me le pardonnerai jamais.

Ses yeux sont humides et il serre les dents pour maîtriser son émotion. Monday lève les yeux de l'ordinateur.

— J'ai quatre-vingt-un ans, poursuit le docteur Jameson. Ça fait vingt ans que je vis sans elle. Dix-sept Noëls que je passe seul. J'allais chez ma sœur mais elle est décédée, Dieu ait son âme. Je ne voulais pas rester seul un autre Noël. J'ai entendu parler d'un des membres de mon club de golf qui a passé une annonce pour trouver une femme de ménage – ils sont devenus inséparables. Pas sentimentalement, bien sûr, mais il a quelqu'un dans sa vie. Tous les jours. Je ne veux pas quelqu'un tous les jours, pas nécessairement, mais je me disais que le jour de l'année où la solitude m'est intolérable, je pouvais peut-être trouver de la compagnie, quelqu'un qui ressente la même chose que moi. Il doit bien y avoir des gens qui ne veulent pas être tout seuls à Noël.

C'est incroyablement triste et aucun d'entre nous ne sait quoi répondre ni n'essaie de le dissuader. Cet homme est seul et il veut de la compagnie : laissons-le faire.

Je devine que ça fait vibrer une corde sensible en toi. Bien sûr. Ta femme t'a quitté en emmenant tes enfants et si tu ne parviens pas à la reconquérir, tu vas vivre ton premier Noël seul. Tu ne seras peut-être pas physiquement seul, contrairement au docteur Jameson : quelqu'un, un ami, t'invitera, mais tu te sentiras certainement seul au milieu des autres. Je te vois réfléchir. Peut-être que tu passeras Noël avec le docteur Jameson, assis de part et d'autre de sa table en acajou ciré, vous converserez poliment, ou encore mieux, vous regarderez les émissions de Noël à la télé, un plateau-télé sur vos genoux.

Le timing d'Amy ne saurait être meilleur. Elle vient chercher les petits. Comme d'habitude, elle ne descend pas de voiture pour te parler, elle reste au volant, les lunettes de soleil sur le nez, le regard rivé droit devant elle, attendant que les enfants montent. Fionn est assis sur le siège du passager : il ne te regarde pas non plus. Tu tentes de parler à ton épouse mais elle refuse d'ouvrir la portière. Tu frappes la vitre, la mine suppliante et elle la baisse légèrement. C'est un spectacle affligeant. Je n'entends pas ce que tu lui dis mais ce n'est pas fluide. C'est une tentative hachée de faire la conversation. Une discussion polie avec la femme que tu aimes. Les enfants dévalent l'allée, tout excités, leurs sacs à la main. Ils te font rapidement la bise et annoncent en s'installant sur la banquette arrière qu'ils ont attrapé une junkie. Tu as l'air blessé. La vitre remonte à toute allure. Amy s'éloigne rapidement.

Je cherche à t'amadouer pour que tu me donnes la lettre mais en vain. Tu es trop sur les nerfs pour ça. J'élabore un plan. *L'opération « Saladier de citrons » sera mise à exécution dès que tu auras éteint tes lumières ce soir.*

Chapitre 24

Je surveille ta maison toute la soirée. Je t'espionne comme un faucon, plus que je ne l'ai jamais fait auparavant, ce qui n'est pas peu dire. Je te vois dans ton salon, lumières allumées, pendant que tu regardes la télévision. Un match du dimanche, je le devine à ta façon de te redresser sous l'effet de l'anticipation avant de te rencogner, déçu. Chaque fois que tu te lèves, j'ai peur que ce ne soit pour aller chercher la lettre, mais ce n'est pas le cas. Tu tiens parole, ce qui suscite mon respect, même si ce que j'ai fait, et ce que je m'apprête à faire, n'est pas respectable du tout. Mais tu ne le sais pas.

Même si je suis surexcitée à l'idée de ce qui m'attend, la nuit chaotique et alcoolisée qui a précédé rend la veille difficile. Les comprimés contre la migraine me donnent envie de dormir et les cinq tasses de café me tiennent éveillée tout en me filant la nausée. Finalement, vers minuit, les lumières de ton salon s'éteignent et je te vois monter à l'étage. Je suis prête à agir, mais ta chambre s'illumine et reste éclairée, de même que la télé et je comprends que la nuit va être longue. Je pique du nez. À 3 heures du matin, je me réveille, m'habille et jette un coup d'œil vers chez toi. Tout est éteint.

Il est temps de passer à l'action.

L'impasse est silencieuse, tout le monde dort, y compris Costard Man, surtout lui d'ailleurs, avec l'importante matinée de lundi qui l'attend. Je traverse furtivement la rue et me dirige droit vers ta porte d'entrée avec la lettre originale, tachée de vodka-Coca, et tes clés. J'ai songé que tu possédais peut-être un système d'alarme mais depuis huit mois que je t'espionne, je n'en ai eu aucune preuve. Si c'était le cas, le docteur Jameson m'en aurait donné le code en même temps que le double de ta clé. J'introduis en silence la clé dans la serrure et elle tourne facilement. J'enlève mes chaussures et demeure dans l'entrée le temps que mes yeux s'adaptent à l'obscurité, le cœur battant à tout rompre. Je ne suis pas entrée à l'improviste, j'ai un plan, j'ai eu toute la nuit pour le peaufiner. Et j'ai pensé à prendre une lampe de poche.

Je commence par la console de l'entrée. Des enveloppes sont posées dessus, des factures ouvertes et fermées, une carte postale de tante Nellie, qui s'éclate à Malte. J'ouvre le tiroir. *Rien.*

Je gagne la cuisine, qui est étonnamment propre. Quelques tasses et assiettes traînent dans l'évier mais rien de repoussant. Ton saladier à fruits contient trois bananes brunes et un avocat dur. *Pas de lettre.* Je prends le temps de fouiller tous les tiroirs. Tout le monde a un tiroir à panique dans sa cuisine et je trouve le tien : des sets de table, des piles, neuves et usées, une redevance audiovisuelle, de vieilles cartes d'anniversaire, des dessins d'enfants. *Pas de lettre.* Un tableau Velleda vierge. Je suppose que personne ne l'a utilisé depuis le départ d'Amy. Pas de notes, pas de rappels, pas de listes de courses, pas d'informations puisque tu vis seul à présent. J'ai pitié de toi, seul dans cette grande maison jadis pleine de vie. Je songe à l'homme qu'Amy a quitté : je n'ai aucune compassion pour lui, il le mérite mais toi, non. Cette pensée me stimule ; je dois trouver la lettre.

Je gagne le salon. Il sent le café et le vinaigre, ce qui n'est pas étonnant vu les sacs de nourriture à emporter que je t'ai vu rapporter vers 20 heures, juste au moment où je m'apprêtais à pénétrer chez toi par effraction. J'ai retenu la leçon. Ça m'a appris à attendre, à être patiente. Je braque la torche sur les étagères fixées dans la niche. Des livres, des DVD – tu aimes les thrillers. J'aperçois même *Turner et Hooch*. Des cadres photo sont posés sur les étagères : des portraits de famille, des bébés, des vacances, des parties de pêche, des plages, des premiers jours d'école. Je me demande pourquoi Amy n'a rien emporté avec elle et j'y vois le signe qu'elle va revenir, jusqu'à ce que le faisceau lumineux de ma lampe éclaire un mur nu sur lequel sont fixés des crochets vides et je comprends que c'est exactement ça qu'elle a laissé derrière elle, toi compris. Je suis étonnée de voir un diplôme de psychologie à ton nom et une photo encadrée de toi dans la tenue de fin d'études puis je pense à la façon dont tu me regardes parfois, à ta manière de lire en moi comme si tu avais accès à mon âme, à ton analyse des gens et de moi, et tout s'explique. Tu me souris sous la coiffe comme si tu venais juste de dire une grossièreté. Ton visage respire déjà l'effronterie.

Je crois entendre du bruit à l'étage et je me fige. J'éteins la torche, retiens mon souffle et tends l'oreille dans l'obscurité. La maison est silencieuse. Je rallume ma lampe de poche et je continue à fouiller dans les cases du bureau placé dans le coin qui surplombe le patio arrière. De vieilles photos, une assurance auto, des quittances, des clés. *Pas de lettre.* J'ai évité de monter à l'étage pour des raisons évidentes. C'est mon dernier recours, le pire scénario possible, mais pour un domicile familial, ta demeure est étonnamment ordonnée, pas de piles de papiers ni de courrier. Il faut peut-être que je monte. J'essaie de deviner où tu peux bien l'avoir rangée. Pas dans un caisson de rangement, c'est trop froid, trop impersonnel. Tu avais envie de la lire, ce qui signifie que tu l'as gardée sous la main, dans un endroit où tu peux la regarder souvent, la toucher, la retourner. Si elle ne se trouve pas dans la poche de ta veste accrochée à la rampe de l'escalier, alors il va falloir que je monte.

Elle n'est pas dans la poche de ta veste.

Je prends une profonde inspiration, puis j'ai l'impression d'entendre du bruit en provenance de l'arrière de la maison et je retiens mon souffle, de peur que quelqu'un ne m'entende respirer. Je commence à paniquer. Il faut que j'exhale et mon cœur bat si fort dans mes oreilles que je n'entends plus rien. Je pousse un profond soupir. *C'est ridicule, je sais. Je devrais être dans mon lit et pas en train de fouiller ta maison.* T'espionner pendant des nuits et des nuits me donne en quelque sorte le droit d'être ici ; je suis peut-être une harceleuse, et c'est peut-être ce que tous les harceleurs ressentent, ils croient que leurs actions sont tout à fait normales. Mais quand je songe à t'expliquer ce qui s'est passé avec cette lettre, je sais que j'en serai incapable. Je pose donc un pied déterminé sur la première marche de l'escalier. Elle craque et je me fige. Je recule. Il doit bien y avoir un endroit au rez-de-chaussée où je pourrais dénicher cette lettre au lieu de me faufiler dans ta chambre pendant ton sommeil, ce qui craint un max. Une pensée me vient soudain, un vieux souvenir, quelque chose que tu m'as dit quand tu as cessé de boire.

« J'ai une photo de mon père sur le frigo. Ça m'aide chaque fois que je l'ouvre pour prendre à boire.

— C'est mignon.

— Pas vraiment. C'était un alcoolique. La photo me rappelle que je ne veux pas finir comme lui. »

Je dirige la torche vers le couloir, et j'avance d'un pas rapide et sûr vers la cuisine. Je pense que le frigo est la réponse. Il était couvert de dessins et de diplômes de gym mais je n'ai pas cherché de lettre. Je lève le faisceau lumineux de la lampe et je vois l'enveloppe, la vraie enveloppe qui contient le faux mot. Je souris, ravie, puis « boum ! » Quelque chose me frappe violemment la joue. C'est surtout mon oreille qui morfle et je m'effondre sur le sol comme un sac de patates, les jambes coupées, en hurlant de douleur. J'entends des pas dans l'escalier. Je suis certaine qu'un cambrioleur m'a attaquée. *J'ai interrompu un cambriolage et tu descends te jeter dans la gueule du loup, perdu, et je dois te prévenir, mais avant tout il faut que je récupère la lettre sur le frigo pour l'échanger avec l'originale, ce que je pourrais faire sans problème si ma tête ne m'élançait pas et que quelque chose de poisseux ne coulait pas sur mon visage.*

—Je vous avais dit d'attendre ! t'entends-je siffler et je suis interdite.

Tu es dans l'histoire, toi aussi ? Tu cambrioles ta propre maison ? Je songe à une arnaque à l'assurance et si c'est ça – et ça doit l'être, vu que tu engueules ton complice qui m'a assommée, et qui, je suppose, est entré par la porte arrière –, alors je suis en grand danger. *Je devrais m'enfuir. Mais d'abord il faut que j'échange la lettre.* Je lève la tête et je sens le sol se dérober. Même si la pièce est toujours plongée dans l'obscurité, la lune projette le reflet de la fenêtre sur le carrelage. Elle éclaire le frigo et pendant un moment irréel je crois que la lune et l'univers sont de mon côté, et me montrent la voie. Mais je ne peux pas bouger.

Je gémis.

—C'est qui ? demandes-tu.

—J'en sais rien, je viens juste de le frapper.

—On n'a qu'à allumer.

—On devrait appeler la police d'abord.

—Non. On peut se débrouiller tout seuls et donner une leçon à ce mec.

— Je ne cautionne pas…

— Allez, docteur J, quel est l'intérêt d'un comité de surveillance du voisinage si on ne peut pas…

— « Surveillance », pas ligotage et « torture ».

— Avec quoi vous l'avez frappé ? Bon sang, une poêle ? Je vous avais dit de prendre un club de golf.

— Il m'a foncé dessus plus vite que prévu.

— Attendez, il essaie de s'enfuir. Il rampe…

La lumière s'allume brusquement. Je suis au pied du frigo, à quelques centimètres de la lettre. *Si je tends le bras, je peux presque, presque, l'atteindre.*

— Jasmine ! t'écries-tu.

— Oh, mon Dieu, mon Dieu, répète le docteur Jameson.

La lumière est si éclatante que je n'y vois rien. *Et ma tête, bon sang, ma tête !*

— Vous avez frappé Jasmine ?

— Je ne savais pas que c'était elle ! Bonté divine.

— Ça va aller, ma chérie, dis-tu.

Vous essayez de me soulever tous les deux et de m'éloigner du frigo, ce qui me fait gémir et pas uniquement à cause de la douleur. Je vois la lettre s'éloigner de plus en plus tandis que vous me transportez sur le canapé. *J'étais si près.*

— Qu'est-ce qu'elle raconte ? demande le docteur Jameson en abaissant sa gigantesque oreille tombante vers ma bouche.

— Un truc à propos du frigo, réponds-tu en glissant un coussin sous ma tête, l'air inquiet.

— Le frigo, bonne idée, Jasmine. Je vais chercher de la glace.

Le docteur Jameson s'éloigne rapidement.

— Est-ce qu'elle va avoir besoin de points de suture ?

Des « points de suture » ?

Tu m'examines et tes poils de nez blond vénitien entrent dans mon champ de vision. Il y en a un gris frisé en plein milieu et j'ai envie de l'arracher.

— Quelle poêle vous avez utilisée ? demandes-tu au docteur Jameson.

— Une Tefal, qui n'attache pas, répond-il en revenant vers nous, avec de quoi me soigner. J'ai acheté toute la batterie. J'ai utilisé cinq coupons SuperValu et ajouté 15 euros. Je m'en sers pour faire un pain perdu de folie.

Il penche son visage tout près du mien. Son haleine sent le sucre d'orge.

— Jasmine, qu'est-ce que vous fichiez ? interroges-tu, ahuri.

Je m'éclaircis la voix.

— J'ai utilisé ma clé parce que j'ai cru que quelqu'un s'était introduit en douce. Ça devait être docteur J, conclus-je d'une voix faible en fermant les yeux tandis que celui-ci me tamponne la tête. Aïe !

— Pardon, ma chère. Ce n'était pas moi parce que j'ai appelé Matt dès que j'ai vu votre torche.

— Jasmine, reprends-tu sur un ton menaçant. Crachez le morceau.

Je soupire.

— Je vous ai donné la mauvaise lettre. D'Amy. Celle que je vous ai donnée, c'est moi qui l'ai écrite. Pour quelqu'un d'autre. Je les ai mélangées. J'ai confondu les enveloppes.

J'ouvre un œil pour voir si tu gobes mon histoire.

Tu me jauges, les bras croisés. Tu portes un vieux tee-shirt aux couleurs des jeux Olympiques de Barcelone de 1992 et un ample caleçon rayé. Tu ne sembles pas tout à fait convaincu. Ça pourrait encore marcher. Tu tournes brusquement les talons en direction de la cuisine.

— Ne l'ouvrez pas ! crié-je, ce qui aggrave ma douleur à la tête.

— Ne bougez pas, attendez, dit le docteur Jameson. J'ai presque fini.

Tu rapportes l'enveloppe. Je n'aime pas l'expression qui se peint sur ton visage. Tu as l'air insolent. Tu tapotes l'enveloppe sur ta paume, avec une lenteur rythmique, tout en faisant les cent pas devant moi. *Tu vas jouer avec moi.*

— Donc, Jasmine, vous êtes entrée par effraction chez moi…

— J'avais la clé.

— … pour récupérer une lettre que vous avez écrite pour un autre. Pourquoi ne pas me l'avoir dit ?

— Parce que j'avais peur que vous l'ouvriez. C'est très personnel et je n'ai aucune confiance en vous.

Tu brandis l'index.

— Plausible. Bien joué. Je l'aurais effectivement lue.

Le docteur Jameson m'ordonne de tenir le sachet de petits pois surgelés contre ma tête. Je me redresse et il s'assied à côté de moi.

— Je trouve ça vraisemblable aussi, dit-il.

Il est échevelé, ses sourcils sont broussailleux et il porte de belles chaussures en cuir avec un jogging en Nylon que je ne lui avais jamais vu, certainement les premières fringues qu'il a trouvées en sortant du lit.

— C'est mon procès ou quoi ?

— Oui, acquiesces-tu, les yeux plissés sans cesser de marcher.

Que tu es mélodramatique.

— Vous êtes sûr que ma tête n'est pas tombée ? demandé-je au docteur Jameson.

— Est-ce que votre cou vous fait mal ?

Je le bouge.

— Oui.

Il s'approche pour l'ausculter.

— Ici ?

— Oui.

— Et ici ?

— Oui.

— Et là ?

— Oui.

Tu cesses d'aller et venir, et plonges ton regard dans le mien.

— À qui est adressée votre lettre ?

Je ne réponds pas tout de suite. J'évalue la situation. Je sais que tu iras vérifier.

— Matt, déclaré-je.

Tu t'esclaffes.

— Matt.

— Oui.

— Quelle coïncidence !

— D'où la confusion.

Tu me tends l'enveloppe et je tente de m'en emparer tout de suite. Elle est juste hors de portée, à quelques millimètres de mes doigts. Tu l'éloignes brusquement et l'ouvres.

— Non ! gémis-je en me couvrant le visage avec un coussin.

— Lisez-la à haute voix, ordonne le docteur Jameson.

Je lui lance le coussin à la tête et j'en attrape un autre pour me cacher.

— « Cher Matt », commences-tu avec ton air effronté et une voix dégoulinante de sarcasme mais tu parcours la missive des yeux avant de la lire à haute voix et quand tu vois ce qu'elle contient, tu abandonnes toute moquerie.

Tu t'interromps. Tu lèves le regard vers moi puis reprends ta lecture d'un ton normal.

— « Nous vivons tous des moments marquants, des périodes qui déclenchent de petites ou grandes transformations en nous. Moi, j'en ai vécu quatre : l'année de ma naissance, l'année où j'ai appris que je mourrais un jour, l'année où ma mère est morte et une toute nouvelle – l'année où je t'ai rencontré. »

Je dissimule ma figure. Tout me revient.

— « J'ai entendu ta voix tous les jours, j'ai écouté les mots infects avec lesquels tu élabores tes pensées insipides et j'ai formulé un jugement sur toi. Je ne t'appréciais pas. Mais tu es la preuve vivante qu'on peut croire qu'on connaît quelqu'un sans jamais savoir réellement qui il est. J'ai appris que tu étais plus, plus que ce que tu prétends être, plus que ce que tu crois être. Souvent, tu es bien moins, mais être moins a éloigné les gens. Je pense que parfois tu aimes agir comme ça et je le comprends. Les gens blessés sont blessants. »

Tu te racles la gorge et je te jette un coup d'œil à travers mes doigts écartés. J'ai peur que tu ne te mettes à pleurer.

— « Mais quand tu crois que personne ne t'écoute ou quand tu penses que personne ne regarde, tu es tellement plus. C'est dommage que tu ne le croies pas ou que tu ne le montres pas aux gens que tu aimes. »

Ta voix devient tremblante. Tu es sincèrement ému, ce qui me fait plaisir mais je suis affreusement embarrassée. Je te regarde lire.

— « L'année où je t'ai rencontré, je me suis rencontrée moi-même. Tu devrais faire la même chose, parce que tu découvrirais un homme bon. »

Tu cesses de lire et un long silence plane sur la pièce.

— Eh bien, eh bien, déclare le docteur Jameson, le regard pétillant.

Tu toussotes.

— Qui que soit ce Matt, j'espère qu'il appréciera ce que vous lui avez dit.

— Merci, murmuré-je. Je l'espère.

Je me lève pour récupérer la lettre mais tu refuses de me la rendre. Je crois que tu plaisantes mais quand nos regards se croisent, je me rends compte que tu es sérieux. Ta main effleure la mienne. Tu hoches la tête pour me remercier, sincère, touchant.

Je te souris.

Chapitre 25

Nous sommes au beau milieu du second épisode de canicule de cet été. Cette vague de chaleur est assortie d'une pénurie d'eau ; la mairie ferme l'eau courante quelques heures par jour et si quelqu'un est surpris en train de nettoyer sa voiture ou d'arroser son jardin, son chien ou lui-même, il est pendu sur-le-champ. Ou un truc du genre.

Cette semaine, les arrêts maladie ont atteint un chiffre record et les parcs sont envahis de corps à demi nus. Une odeur de crème solaire et de barbecue plane en permanence et les bus bondés qui vont du centre vers la mer se dandinent en transportant leur joyeuse cargaison.

Caroline et moi nous dévisageons, assises de part et d'autre de la table d'extérieur. Un long silence impatient s'est établi entre nous. Nous avons toutes les deux envie de dire quelque chose mais on se retient. C'est un samedi splendide et nous sommes installées sous un parasol dans son jardin de derrière. C'est la première fois que je la vois depuis que Heather a planifié son intervention dans ma vie qui ne va nulle part. La cause de ce face-à-face silencieux est une de mes propositions qu'elle a une fois de plus refusée. J'ai suggéré qu'elle change le nom de son site en « Frock Swap » – échange de robe –, pour lui donner une connotation plus internationale. Je suis convaincue qu'elle sait que c'est une bonne idée mais elle a du mal à abandonner son astucieux logo et à accepter ce nouveau nom parce qu'il ne vient pas d'elle. Je comprends bien mais ce que je redoutais est en train de se produire. Elle a reconnu mon succès dans ce domaine, et c'est pour ça qu'elle m'a demandé de l'aide, ce qui est tout à fait louable, mais elle court après la réussite, sa réussite à elle seule. Elle n'a pas pris en compte la raison pour laquelle mes projets ont fonctionné : j'y ai injecté ma sensibilité, ma passion, mes idées et mon cœur sans jamais suivre aveuglément les ordres des autres. Je sais que ça ne marchera jamais entre nous. Je saisis à présent mon fonctionnement ; comment je veux et dois travailler.

Et même si c'est une discussion gênante, je pourrais l'avoir avec quelqu'un qui n'est rien pour moi, mais pas avec Caroline, mon amie depuis dix ans, dans le jardin de qui je suis assise. Je lui ai tenu la tête au-dessus de la cuvette des toilettes, j'ai posé des feuilles de chou sur ses seins gonflés, je l'ai consolée quand elle a divorcé et je suis en train de manger les gâteaux en forme de fées de ses filles. Il nous a fallu tout ce temps pour nous reparler après le groupe de soutien et je sais que c'est parce que aucune de nous ne veut de conflit ni de querelle mais en même temps, aucune de nous deux n'accepte de céder.

— Caroline, dis-je gentiment en lui prenant la main. (Elle s'agite, mal à l'aise, sur sa chaise.) Je crains qu'il ne nous faille divorcer consciemment de ce projet.

Elle renverse la tête en arrière, éclate de rire et je sais que tout va bien entre nous.

Le soleil brille encore et je m'aventure à Bloom, le plus grand événement familial de jardinage qui a lieu à Phoenix Park pendant le week-end férié et qui attire des milliers de personnes. Il y a des démonstrations culinaires et artisanales, des conseils de jardinage gratuits de la part d'experts, des produits irlandais, des spectacles et des ateliers de jardinage.

Mon petit coin de paradis personnel. J'ai en plus été invitée par Monday, qui a glissé un billet dans ma boîte aux lettres avec une jacinthe des bois séchée à l'intérieur. La seule conversation que nous ayons eue depuis a été téléphonique et il m'a seulement permis d'accepter son invitation avant d'ajouter de manière plutôt mystérieuse que je saurais où le trouver. Je pense que la jacinthe est un indice. C'est le cas. Inquiet à l'idée de passer la nuit à Phoenix Park tandis que j'erre à suivre de fausses pistes, il m'envoie un SMS : « La jacinthe est un indice », ce que je trouve pathétiquement mignon.

Il y a des zones réservées aux enfants, à la cuisine, des scènes principales et d'autres plus petites sur lesquelles des chefs se livrent à des démonstrations culinaires, entourés par la foule qui goûte, des danseurs irlandais, des démonstrations de DIY, des étalages de babioles et des défilés de mode. Le parc bourdonne, événement après événement, et tous peuvent y trouver leur compte. Autour de moi, des jardiniers récompensés ont créé des univers entièrement nouveaux sur leur petit lopin de terre. Un jardin scandinave net et élégant, un jardin japonais, un autre chinois, un jardin inspiré du *Magicien d'Oz*, certains sont amusants, d'autres excentriques, d'autres encore époustouflants, et tous me transportent dans un autre monde.

Même si mon cœur meurt d'envie de voir Monday, je prends le temps de flâner, je ne veux rien rater et j'aime l'atmosphère. L'année dernière à la même époque, je n'aurais même pas songé me rendre ici, je n'aurais pas envisagé que cette foire puisse m'être destinée, à moins que je ne sois venue pour le boulot, pour tenter de vendre quelque chose à quelqu'un, les yeux rivés sur le prix. Et si j'y étais venue dans ces circonstances, je serais passée à côté de la beauté des lieux. C'est presque un cliché d'entendre les gens dire qu'il faut « ralentir » mais c'est la vérité. J'ai ralenti et depuis que j'avance au pas, je vois beaucoup plus de choses.

Lorsque je tombe sur un paysage irlandais avec des murs en pierres sèches du Connemara et une caravane – l'idée est de recréer l'atmosphère d'un séjour en Irlande en été –, je sens que je ne suis plus loin. Je distingue un champ de jacinthes des bois, leur teinte bleue compose un véritable tapis qui guide le regard au-delà des murets, des tourbières et du lac… et le voilà. Monday est debout devant la porte d'une caravane des sixties, posée sur l'herbe haute comme si elle y était abandonnée depuis des années. La porte est ouverte et un store fleuri bat dans la brise.

Je m'immobilise devant la grille rouillée.

— *Fáilte*, Jasmine, dit-il avec un sourire faussement timide qui dissimule sa nervosité.

J'éclate de rire.

— Entrez, ordonne-t-il avec un geste de la main.

Je pousse le portail qui grince exactement comme il faut, comme s'il n'était pas réel. Je me fraie un chemin à travers les hautes fleurs violettes qui délimitent le sentier, mêlées aux bourgeons duveteux couleur ivoire dont la fragrance embaume l'air : des salicaires et des reines-des-prés. Il fait chaud et je porte une robe fleurie, même si les coquelicots imprimés font plus pop art que jardin campagnard. Le parfum des reines-des-prés cède le pas à une odeur très forte qui s'exhale de l'ail sauvage.

Quand je m'approche de lui, il aperçoit l'énorme bosse causée par la poêle du docteur Jameson, et il encadre ma figure entre ses mains, à la fois inquiet et furieux.

— Que s'est-il passé ?

— Un accident.

— Qui vous a fait ça ?

Son visage s'assombrit davantage.

— Docteur J. C'est une longue histoire…

— Quoi ?

— Un accident. À cause de la lettre…

Je me mords la lèvre inférieure.

Il sourit en secouant la tête.

— Honnêtement, je n'ai jamais rencontré personne comme vous trois… (Il embrasse tendrement mon hématome.) Je n'ai jamais rencontré personne comme toi, c'est tout.

Il me prend par la main et caresse ma paume du pouce, ce qui me fait frissonner. Il me guide vers la caravane. Je jette un coup d'œil à l'intérieur et découvre que la table a été dressée pour le déjeuner.

— Tu fais ça pour tous les gens que tu recrutes ?

— Ça dépend de la commission.

— Je n'ose imaginer ce que tu leur offres quand tu touches vraiment la commission, le taquiné-je. Je regrette de ne pas avoir pris ce job.

Il me contemple d'une manière qui fait battre mon cœur plus vite et j'essaie de dominer mon trouble tandis que nous nous asseyons dans la minuscule caravane, nos genoux se touchant sous la table pliante.

— Au lieu de se retrouver chez toi encore une fois, j'ai préféré t'emmener chez moi pour te donner un aperçu de mon enfance.

— Monday, c'est magnifique. Et incroyablement attendrissant.

Il rougit.

— Et pour rester dans l'esprit, j'ai apporté ce que je mangeais quand j'étais gosse.

Il ouvre les boîtes tout en poursuivant :

— Des myrtilles et des fraises des bois. On les ramassait et ma grand-mère en faisait des confitures. De la tarte aux pommes. (Il dévoile les trésors, Tupperware après Tupperware.) Du pesto à l'ail sauvage avec du pain complet.

Je salive.

— C'est toi qui as préparé tout ça ?

Il est gêné de nouveau.

— Oui, mais ce sont les recettes de Maimeo. Inratables. Ma mère ne pourrait pas faire cuire un œuf si sa vie en dépendait, donc pour le déjeuner, elle me concoctait… (il désigne une boîte en plastique avec Superman sur le couvercle) des sandwichs à la salade.

— Waouh.

— Je sais. Elle était nulle. Elle l'est toujours. C'est Maimeo qui m'a élevé, en réalité. Une femme coriace, qui a quitté les îles d'Aran quand ma mère est tombée enceinte, même si elle était une insulaire pure et dure, et que l'exil l'a presque tuée. Elle m'y emmenait dès qu'elle le pouvait.

— Elle est toujours en vie ?

— Non.

— Je suis désolée.

Pour toute réponse, il se contente de partager la nourriture.

— C'est beaucoup plus calme chez toi que chez moi. Je suis navrée pour cette réunion…

Il faut que je crève l'abcès.

— Inutile de t'excuser. Je suis désolé que ça te soit tombé dessus comme ça. La femme qui travaille avec ta sœur, Jamie, m'avait affirmé que ce serait une surprise pour toi et je m'étais dit que ça te ferait peut-être plaisir.

— Hum, impossible que tu aies cru ça.

— Je ne te connais pas très bien, Jasmine. Mais je voudrais y remédier. (Il ne rougit pas cette fois, et plonge son regard émeraude dans le mien.) Comment va ton ex ?

— Oh, bon sang, Monday, je suis vraiment désolée pour ça. Vraiment…

— Tu n'as aucune raison de t'excuser. On n'était pas… ce n'était rien…

Mais je vois bien qu'il est blessé.

— Et je suis navrée pour l'entretien. (J'enfouis le visage dans mes mains.) Je suis partie du mauvais pied, n'est-ce pas ? Si tout ce que je trouve à te dire c'est que je suis désolée.

— Je comprends pour l'entretien. Tu as voulu suivre Heather et je saisis bien pourquoi. Mais tu aurais dû me dire la vérité. Je t'ai appelée un nombre incalculable de fois. J'aurais pu essayer de faire changer la date.

— Je sais. (Je grimace.) J'ignorais comment te l'annoncer.

— La vérité ne me pose jamais de problèmes.

Il hausse les épaules avec nonchalance.

— D'accord. Oui. Pardon.

— Cesse de t'excuser.

J'acquiesce.

— Je suppose que tu n'as pas envie de me recruter pour autre chose ? demandé-je d'un ton faible. Je suis tout à fait fiable…

— J'ai une merveilleuse proposition pour toi, répond-il en étalant de la crème sur un scone couvert de confiture.

— Ah, bon ?

Je m'illumine.

Il suspend son geste et plonge son regard dans le mien.

— Que dirais-tu d'un homme d'un mètre quatre-vingt-deux, brun, aux yeux verts et à la figure couverte de taches de rousseur, originaire du Connemara ? Un sur un million. Ou, plus exactement, un sur quatre millions sept cent mille.

Mon cœur s'envole.

— Je prends.

Il se penche pour m'embrasser, et ce baiser est aussi long et langoureux que je l'avais rêvé et imaginé.

— Ton coude trempe dans la confiture, observé-je tout à coup.

— Je sais, murmure-t-il.

— Et tu ne mesures pas un mètre quatre-vingt-deux.

— Chut, m'interrompt-il en m'embrassant de nouveau. Ne le dis à personne.

On rit de concert.

— Maintenant, c'est à mon tour de m'excuser, poursuit-il en jouant avec mes doigts. *(Je ne suis pas menue mais mes mains sont des mains de poupée entre les siennes.)* Je suis désolé d'avoir mis tant de temps à…

— … faire le premier pas ?

— Oui. (Il me regarde enfin en face.) Je suis très timide.

Je le crois. Pour quelqu'un d'aussi assuré dans son travail, il est adorablement maladroit pour tout le reste.

— Je me suis servi du boulot comme d'une excuse pour continuer à te voir tout en essayant de trouver le courage de t'inviter et chaque fois que je venais jacasser sur le job, je me demandais si tu refuserais ou si tu te moquerais de moi. D'habitude, quand je recrute quelqu'un, je ne vais pas dîner chez lui.

— Et tu ne l'aides pas à construire des fontaines.

Il s'esclaffe.

— C'est vrai. Ni à espionner son voisin.

— Tu as surmonté ta timidité pour organiser tout ça.

— Je suis un homme qui accomplit des choses spectaculaires, assure-t-il, ce qui nous fait rire. La révélation sur ton ex-petit ami m'a donné le coup de pied au derrière dont j'avais besoin.

Je grimace derechef.

— Est-ce qu'il… veut te récupérer ?

— Oui, répliqué-je d'un air très sérieux.

— Oh.

— Il m'a appelée à 1 heure du mat' il y a quelques jours en chantant *Bootie Call* des All Saints. Il chante comme un enfant de chœur.

— Oh, répète-t-il sur un ton plus léger et moins inquiet.

— Donc tu as un rival de taille.

— Peut-être qu'on devrait faire un concours de chant, suggère-t-il. Tu sais, dès que j'ai vu tes cheveux rouges couverts de boue et de feuilles mortes, je t'ai désirée. Mais je ne savais pas comment m'y prendre. L'offre d'emploi m'a fourni du temps. Donc je n'ai pas perdu de temps, si c'est ça qui t'inquiète.

On s'embrasse de nouveau, et je pourrais emménager dans cette caravane et y rester avec lui pour toujours même si le plafond est si bas qu'on ne peut pas se tenir droits. Des voix nous parviennent de dehors pendant qu'un autre groupe admire le jardin.

— Hé, je t'ai apporté quelque chose.

Il se frotte le nez, se gratte la tempe, soudain en proie à l'agitation. Il se met à marmonner de manière incohérente et je trouve ça tellement mignon que je me contente de le regarder faire, un immense sourire aux lèvres, sans lever le petit doigt pour lui venir en aide.

— C'est pour ton jardin, explique-t-il, embarrassé, mais si tu trouves ça stupide, je le rapporterai. C'est vraiment une bricole, je l'ai vue et j'ai pensé à toi et j'ai songé que ça te plairait, je veux dire que je ne connais personne qui passe autant de temps dans son jardin que toi, à part ma mère bien sûr qui vit littéralement dans le sien… bref, si ça ne te plaît pas, je le rapporterai.

— Monday, quelle belle façon de me faire un cadeau, rétorqué-je, sarcastique, la main sur le cœur.

— Il va falloir t'y habituer, répond-il tendrement avant de sortir quelque chose de sous la table. (Il enfouit le visage entre ses mains pour ne pas voir ma réaction.) Ça te plaît ? demande-t-il d'une voix étouffée.

J'embrasse ses mains. Il les laisse retomber sur ses genoux et un sourire soulagé remplace son expression incertaine.

— C'est magnifique.

— Je n'irais pas jusque-là.

— C'est parfait. Merci.

On s'embrasse dans une caravane du Connemara au beau milieu de Phoenix Park à côté d'un panneau usé qui proclame : « Les miracles ne poussent qu'à l'endroit où on les plante. »

Chapitre 26

Monday et moi sommes étendus dans mon lit. On est en août. Il est 22 heures et mes rideaux sont ouverts. Il fait encore jour. J'entends des enfants jouer dans les rues voisines. Mon jardin est plein de vie. Des bruits nous parviennent ainsi qu'une odeur de barbecue. Je suis plongée dans une merveilleuse bulle de bien-être, allongée, nue, contre Monday, repue de plaisir. J'admire le ciel, émerveillée par sa couleur rouge.

— Ciel rouge le soir…, commencé-je. (Ton visage surgit brusquement derrière la fenêtre.) Ahhhhhhh ! Arghhhhhh !

Je bondis hors du lit en m'enroulant dans les draps. Monday manque de faire une crise cardiaque.

— Putain de bordel de merde, s'écrie Monday en te voyant.

Tu éclates de rire – un rire de fou furieux dépravé – et je devine à ton regard que tu es ivre.

— Joli treillis, t'exclames-tu en frappant au carreau et je commence à regretter d'avoir bâti un treillis sur le mur menant à ma fenêtre pour permettre à des parkdirektor riggers, un rosier rouge rustique et vivace à feuilles caduques, de grimper.

Monday grommelle.

— Je pense qu'il est bourré, dis-je.

— Ah, bon, tu crois ?

Je le regarde fixement.

— Vas-y, m'ordonne-t-il d'un ton las. Va faire ce que vous faites tous les deux à 22 heures un jeudi soir.

J'ouvre la porte d'entrée en peignoir et je te trouve assis à ta table de jardin, en smoking.

Je siffle.

Tu jures.

Constatant que ta porte est grande ouverte, je glisse ta clé dans ma poche et je m'assieds.

— Je vois qu'il a fini par vous filer un job, constates-tu avant de ricaner puis de t'esclaffer de ce rire de poitrine répugnant.

Ce soir, tu as aussi recommencé à fumer.

— Vous avez oublié de tondre votre pelouse aujourd'hui.

— Gardez vos conseils pour vous, Delia Smith.

— Elle est chef, pas jardinier.

— Allez vous faire foutre.

Tu es furax, Matt. Retour à la case départ. Tu descends ta bouteille de bière avant de la balancer à l'autre bout de la rue. Elle se brise de mon côté de l'allée. Monday jette un coup d'œil par la fenêtre pour vérifier que tout va bien puis disparaît de nouveau.

— Qu'est-ce qui s'est passé ce soir ?

— Je suis allé à une remise de prix à la radio. Je n'ai pas été nommé. Ça m'a dégoûté. Je l'ai dit. J'ai aussi énoncé deux, trois bricoles concernant des gens qui ne m'ont pas soutenu comme ils l'auraient dû. J'ai tout balancé sur scène au micro, histoire que tout le monde m'entende. Les organisateurs n'ont pas apprécié. Ils m'ont foutu dehors.

Deux pas en avant, un pas en arrière. C'est la même chose pour nous deux. C'est normal, je suppose. Rien ni personne n'est parfait. Je ne jugerai pas, pas à haute voix du moins. Tu déblatères contre ton job, contre le fait que tu ne bosses pas, contre tous ceux qui ont un taf. J'ai du mal à suivre, tu commences des phrases que tu n'achèves pas, tu abandonnes des idées sans les développer pleinement. Ton raisonnement est clairement révélateur de ton état d'esprit. D'une certaine manière, je suis d'accord avec toi. Certaines de tes remarques me rappellent ce que j'ai ressenti durant l'année qui vient de s'écouler et la lutte à laquelle je me livre encore parfois pour trouver ma place tous les jours. La société est construite autour de l'industrie, affirmes-tu, seuls les enfants et les retraités sont autorisés à ne rien faire et le pourcentage de seniors qui meurent d'une crise cardiaque peu de temps après avoir pris leur retraite t'inquiète. Tu penses que tu vas finir par mourir d'ennui et tu décides d'aller consulter docteur J.

Tu as du mal à trouver un emploi, en réalité, c'est même impossible. Ton congé de jardinage est terminé, tu es officiellement au chômage. Jadis on ne jurait que par toi, maintenant personne ne te veut. Tu as été blacklisté. Personne ne veut employer un électron libre dans ton genre, capable d'attirer une si mauvaise réputation, et ceux qui sont prêts à le faire ont de détestables raisons, et souhaitent développer ton côté sombre et te transformer en une caricature de toi-même. Mais ce n'est pas comme ça qu'Amy reviendra et tu n'aimes pas vraiment cet aspect de ta personnalité. Tu as eu des conversations interminables avec ton agent qui ne te rappelle plus aussi vite qu'avant, qui passe plus de temps avec une star émergente de la télé qui a des dents plus blanches, des cheveux plus épais, une peau plus lisse et qui fait des plaisanteries politiquement correctes. Les ménagères adorent ce nouveau présentateur, les routiers le tolèrent. Tu lui as balancé un verre d'eau à la figure ce soir et quand tout le monde a eu le dos tourné, il t'a entraîné au-dehors en prétendant vouloir discuter d'adulte à adulte, mais au lieu de ça, il t'a balancé son poing au menton, a rajusté son smoking Tom Ford et a regagné la salle, son sourire en plastique aux lèvres, pour décerner une récompense. *Tes mots.* Tu espères qu'il crèvera d'une maladie vénérienne. Tu essaies de toutes les énumérer.

Puis tu me parles de l'animateur qui a raflé ton prix, celui que tu as gagné six années d'affilée, un homme qui a une émission de jardinage et d'ornithologie. Je sais que tu tentes de me blesser parce que je m'intéresse au jardinage depuis peu mais je laisse couler. *Je connais bien tes ruses à présent. Quand tu es blessé, tu deviens blessant. Ça ne marchera pas avec moi.*

Puis c'est au tour de Costard Man, qui vous a récemment demandé, à Amy et toi, de baisser d'un ton alors que vous étiez en train de vous disputer dans la rue un soir : du coup il est devenu ta principale cible. Tu émets l'hypothèse qu'il aime les réunions qui préparent d'autres réunions, le son de sa propre voix et qu'il adore les discours interminables sur les plugs anaux et d'autres trucs que tu inventes au fur et à mesure.

Je fais un saut chez toi et j'en reviens avec un rouleau de papier-toilette.

— J'ai une idée, dis-je, interrompant ta diatribe.

— Je ne pleure pas, affirmes-tu, furax, en apercevant le papier-toilette. Et j'ai déjà chié. Sur vos roses.

— Venez, Matt.

Tu me suis de l'autre côté de la rue. Tu finis par sourire quand tu comprends ce que j'ai en tête et tu m'imites avec joie. On passe dix minutes à dérouler le PQ dans le jardin de Costard Man en riant tellement qu'on manque de se faire pipi dessus. On est obligés de s'arrêter plusieurs fois pour se plaquer la main sur la bouche afin de ne pas faire trop de bruit et risquer de le réveiller. On fait serpenter le papier hygiénique sur les branches de son marronnier et on le laisse pendre comme si c'était un saule pleureur. On décore les plates-bandes et on essaie d'en faire un gros nœud autour de sa BMW. On entoure le pilier de sa véranda, puis on répand des confettis sur son gazon. Quand on a terminé, on se tape dans la main et on tourne les talons. Monday et docteur J nous observent. Monday est pieds nus, en jean et en tee-shirt, sexy et légèrement amusé même s'il essaie de le cacher. Docteur Jameson porte sa tenue pour sortir en urgence – un jogging en Nylon et des chaussures cirées – et il a l'air sincèrement inquiet pour notre santé mentale.

— Il est soûl, mais toi, quelle est ton excuse ? dit Monday en croisant les bras. Sérieusement, il faut vraiment que vous trouviez un job tous les deux.

— J'espère commencer lundi, Monday, glousses-tu, content de ta vanne. (Ton regard s'égare sur ses pieds nus.) Ah, vous aimez ça, vous aussi.

— Quoi donc ?

— Le petit tour de Jasmine. Je l'ai vue faire une fois. Au beau milieu de la nuit. Elle pleurait. En hiver, comme la folle qu'elle est.

Monday éclate de rire.

— Je le savais ! m'écrié-je. Je savais que vous m'espionniez. Mais je ne pleurais pas cette nuit-là.

— Non, ça, c'était la nuit où votre maison a vomi de la pelouse dans le jardin.

Je ne peux pas m'empêcher de m'esclaffer mais on fait trop de bruit, et Monday et docteur J nous entraînent hors du jardin de Costard Man, histoire qu'il ne se réveille pas et qu'il ne voie pas notre œuvre.

Tu ignores le conseil du docteur Jameson, qui te dit de ne pas te déchausser, tu te débarrasses de tes chaussures en cuir et tu me lances tes chaussettes puantes à la figure. Tu décides de t'enraciner à la terre, de t'ancrer, mais en faisant une espèce de danse hippie qui provoque notre hilarité, qu'on le veuille ou non. C'est plutôt marrant, jusqu'à ce que tu marches sur un éclat de la bouteille de bière que tu as cassée un peu plus tôt.

Le docteur Jameson se précipite pour t'aider.

Automne

Saison entre l'été et l'hiver, qui comprend dans l'hémisphère Nord les mois de septembre, octobre et novembre.

Période de maturité.

Chapitre 27

Monday, toi et moi mangeons des gaufres belges, assis sur le canapé dans le salon immaculé de docteur J qui sent le basilic et le citron à cause des plants de basilic alignés sur l'appui de la fenêtre et du citronnier qui prend le soleil dans un coin. Étendu paresseusement au soleil, le chien nous couve d'un regard ennuyé. Ce n'est pas la première fois que nous nous retrouvons là, c'est même le troisième dimanche d'affilée que nous assistons à ses entretiens pour trouver de la compagnie pour Noël.

Nous l'avons bien évidemment invité à passer Noël avec nous. C'est toi qui as ouvert le bal, bien que ce soit parce que tu essaies de rentrer dans les bonnes grâces d'Amy qui te résiste encore : elle attend des preuves de tes efforts, quelque chose qui montre que tu as changé et que tu as cessé de « déconner ». La lettre qu'elle t'a écrite, d'ailleurs, au lieu de te décourager comme je le craignais, t'a rendu espoir. Apparemment, elle t'a déjà laissé ce genre de mot à plusieurs reprises, notamment quand tu as tenté de la demander en mariage trois fois et que tu t'es dégonflé les trois fois. Pour toi, ce message est une intervention, un groupe de soutien pour ton mariage. Tu devines entre les lignes un indice caché qui t'assure qu'elle va revenir mais on est en septembre et vous communiquez toujours aussi mal. Tu croyais que si tu invitais le docteur Jameson, elle verrait que tu as changé mais elle prend ta gentillesse pour un manque de considération, elle t'a accusé de ne pas donner la priorité à ta famille, comme d'habitude, de ne penser qu'à toi et de ne pas vouloir passer Noël avec elle. Elle avait tout un tas de choses à te reprocher, je l'ai entendue les énumérer en criant un soir, un autre soir où Costard Man n'a pas osé sortir vous interrompre. Je suis certaine que le docteur Jameson a tout entendu aussi, ce qui lui a permis de décliner ton invitation d'autant plus facilement, même si tout ça était un peu embarrassant. Que son voisin et ami se montre incapable de le recevoir pour Noël a dû être un coup supplémentaire pour lui et je l'ai vu vieillir subitement et s'affaisser, même s'il fait semblant d'apprécier tout ça.

— Au moins, elle lui reparle, a commenté Monday tandis qu'on vous écoutait, allongés dans mon lit, vous disputer autour de la table de jardin.

Dans la suffisance conférée par notre relation débutante, nous n'imaginions pas un seul instant pouvoir un jour nous parler comme ça.

Mais tu as évoqué le sujet au mauvais moment, ton comportement à la soirée avait été commenté dans la presse, sabordant toute chance de décrocher une émission dans une radio rivale comme tu le souhaitais. Tu représentes un risque. Au lieu de ce que tu espérais, on t'a proposé autre chose, un show dans une radio locale moins célèbre, qui n'émet que sur Dublin, mais au moins, tu es seul maître à bord du *Matt Marshall Show* de midi à 15 heures tous les jours. Tu as intérêt à te tenir à carreau. Tu as commencé il y a deux semaines et tu as gentiment proposé à Heather de travailler dans ton bureau un jour par semaine, comme on en avait discuté quand tu es venu assister à son groupe de soutien. Tu as accepté une énorme perte de salaire et tu n'as plus la même équipe. Tu es obligé de te concentrer sur l'essentiel et Amy a trouvé un taf, mais je pense que même s'il vous est imposé, le changement sera bénéfique pour vous deux. Je sais de quoi je parle.

J'ai complètement cessé d'écouter ce que raconte la jeune femme en face de moi. Dire qu'il s'agit d'une hippie New Age serait grossier et méprisant mais elle vit dans un arbre pour empêcher les promoteurs de l'abattre parce qu'il abrite une variété rare d'escargots. J'admire ses fortes convictions : les escargots ont besoin de personnes dans son genre pour les protéger des gens comme moi, mais du coup elle empêche les promoteurs de bâtir un hôpital pour enfants dont le manque se fait cruellement sentir. J'aimerais bien que les gens se battent autant pour les enfants que pour les escargots. Je ne crois pas que le docteur Jameson éprouve autant d'empathie pour ces bêtes-là qu'elle l'espère : ils ont dévoré les laitues de son potager. Mais ce n'est pas pour ça que je suis incapable de me concentrer, c'est à cause de la présence de Monday ; il est si près de moi que je sens la chaleur de son corps rayonner sous son tee-shirt doux, fin et presque transparent. Je jette un coup d'œil sur la gauche et aperçois un téton. Il surprend mon regard et me lance une œillade que je connais bien, pleine de désir, et je me dis que c'est vraiment du gâchis de ne pas en profiter. Il caresse la paume de ma main du pouce, une fois, puis une seconde et ça me suffit. J'ai envie de lui. Il me regarde comme s'il me voulait ici, tout de suite, maintenant. Je serais presque prête à le faire, la seule chose qui m'arrête, c'est que je suis certaine que tu commenterais toute la prestation.

On est en septembre, et l'atmosphère est lourde et étouffante, comme si l'orage n'allait pas tarder à éclater ; c'est un temps à filer la migraine et à affoler les animaux – et toi. J'espère qu'il va pleuvoir parce que mon jardin a besoin d'être arrosé. De l'autre côté de la rue, M. Malone est installé, seul, sur une chaise de jardin, une tasse de thé entre les mains depuis une heure. S'il ne cillait pas de temps en temps, je penserais qu'il est mort, mais il est comme ça depuis le décès de Mme Malone, qui a été emportée par un second AVC il y a trois semaines. Je la revois en train de désherber, à genoux dans sa jupe en tweed, puis après son attaque, assise dans le jardin pendant que son mari lui faisait la lecture et maintenant je ne vois plus rien – juste lui –, et mes yeux se gonflent de larmes.

Monday me jette à nouveau un coup d'œil, inquiet, et me presse la main. Le désir que j'éprouve pour lui augmente encore. Il n'a pas emménagé officiellement chez moi, mais c'est tout comme. Il passe la plupart des nuits avec moi, il a son étagère dans mon armoire, et sa brosse à dents et son rasoir sont posés à côté des miens. Les nuits où il ne dort pas avec moi – quand on se dit qu'on devrait ralentir, voir nos amis, rester seuls certains soirs –, c'est une véritable torture, je contemple ses affaires et me dis que j'aimerais qu'il soit là. Il possède un chien, Madra, un labrador sable qui se croit chez lui, qui m'a piqué mon fauteuil préféré, ce qui ne me dérange pas vu que je m'allonge avec son maître sur le canapé à présent, ce qui va à l'encontre de son dessein. Parfois, tu as besoin de moi la nuit, mais rien à voir avec avant. Il m'arrive de regarder par la fenêtre et d'espérer entendre le bruit de ta Jeep qui fonce dans l'impasse, Guns N' Roses à fond.

J'ai invité le docteur Jameson à se joindre à moi pour Noël même si je serais toute prête à échanger ma place avec lui, vu qu'on est censés passer Noël avec l'excentrique mère de Monday dans le Connemara et le 26, jour de la Saint-Stephen, à Dublin avec ma famille. On s'est réunis cette semaine pour demander à Heather si elle veut préparer le repas cette année, puisque ce sera la première fois que Jonathan sera là. On a décidé de suivre un cours de cuisine ensemble pour apprendre à confectionner un repas de

Noël parfait. Ni Monday ni moi ne sommes particulièrement impatients de voir Noël arriver. Si je pouvais passer les fêtes toute seule avec Heather, ce serait l'idéal, mais c'est évidemment impossible. Le docteur Jameson nous a rappelé que les prises de tête familiales valent mieux que rester seul. Et quand je vois ce qu'il s'inflige pour trouver de la compagnie pour ce jour où tant de gens prétendent vouloir demeurer seuls, j'ai tendance à être d'accord avec lui.

— Bon, dis-tu en frappant une fois dans tes mains, interrompant la jeune femme au beau milieu d'une phrase. (Monday et moi sursautons, perdus que nous étions tous deux dans nos pensées.) Je crois qu'on en a assez entendu.

Monday éclate de rire.

La femme te lance un regard à la fois horrifié et offensé, et j'arrondis les angles en la raccompagnant poliment vers la porte.

— Qu'est-ce que vous en pensez ? demandé-je, une fois revenue au salon.

Le docteur Jameson me regarde.

— Je pense… qu'elle sentait le lichen.

Monday s'esclaffe de nouveau. Ça lui arrive souvent. Il croit qu'on ne s'en rend pas compte mais il nous traite comme si on était des gens bizarres dans un show télévisé qu'il observait et fréquentait de près. Il oublie qu'on le voit.

— Il en reste une, dis-je en essayant de remonter le moral des troupes.

Le docteur Jameson a l'air plus déprimé aujourd'hui que jamais.

— Non. Ça suffit, murmure-t-il pour lui-même. Ça suffit.

Il se lève et gagne la cuisine. Le rez-de-chaussée n'est pas ouvert comme chez toi et chez moi, la maison est restée la même depuis les années 1970, avec le carrelage et le papier peint d'origine.

— N'annulez pas, déclaré-je quand il décroche le combiné tout en cherchant un numéro dans un petit répertoire.

— Comment elle s'appelle, déjà ? se demande-t-il en consultant le carnet. Rita ? Non, Renagh. Ou Elaine ? (Il continue à feuilleter.) J'ai reçu tellement de réponses.

— Il est presque 15 heures, docteur J, elle ne va pas tarder. Elle est déjà partie de chez elle, vous ne pouvez pas annuler.

— Une voiture est là, constate Monday dans le salon.

Le docteur Jameson pousse un profond soupir et referme le répertoire. Je devine qu'il a perdu tout espoir et ça me brise le cœur. Il ôte ses lunettes et les laisse pendre au bout de leur cordon. On se plante tous devant la fenêtre du salon, comme on l'a fait pour tous les autres visiteurs, le regard rivé au-dehors. Une Mini Cooper jaune est garée devant la demeure. Une femme âgée qui porte un bonnet et un cardigan en cachemire lilas regarde droit devant elle. Elle est grosse et douce comme un ours en peluche.

— Olive, dit-il soudain, toute déprime envolée. C'est son prénom.

Je lève les yeux en essayant de réprimer un sourire.

Olive jette un coup d'œil vers le pavillon puis met le contact.

— Elle s'en va, constate Monday.

— Non, répliques-tu au bout de quelques secondes, quand tu vois que la voiture n'a pas bougé.

— Elle se contente de rester assise là, ajouté-je.

— On dirait bien qu'elle se dégonfle. Si on n'intervient pas, elle finira par avoir peur et par partir, affirmes-tu. Ça résoudra le problème.

Le docteur Jameson l'observe un instant puis quitte la pièce. On le regarde descendre son allée et s'approcher du véhicule.

— Il va lui dire d'aller se faire foutre, déclares-tu. Regardez bien.

Je soupire. Ton humour est délibérément inapproprié et même si je suis habituée à toi et tes nuances, je te trouve fatigant.

Le docteur Jameson contourne la voiture pour aller frapper doucement à la vitre d'Olive. Il la salue gentiment, et lui adresse un sourire encourageant et un regard tendre que je ne lui ai jamais vu. Elle l'observe, les mains cramponnées si fort autour du volant que ses phalanges sont blanches. Elle se détend un peu en l'examinant, puis elle éteint le moteur.

— On devrait les laisser seuls tous les deux, dis-je, ce qui me vaut un coup d'œil perplexe de ta part et de celle de Monday. Venez.

Je vous entraîne dans l'allée et le docteur Jameson nous regarde partir sans nous retenir. Il nous salue joyeusement de la main tout en conduisant Olive vers le perron. Tu es un peu vexé, ce qui me fait sourire.

Un peu plus tard ce jour-là, je me glisse sur une chaise à côté de mon père dans le centre communautaire local pour voir Heather recevoir sa ceinture orange de taekwondo. La couleur orange signifie que le soleil se lève et, avec l'aube, on n'en aperçoit que la beauté et non l'immense pouvoir. Ça signifie que l'élève débutant voit la beauté de l'art du taekwondo mais n'en a pas encore éprouvé la puissance. Moi aussi, je mérite une ceinture.

Zara est assise sur les genoux de Leilah de l'autre côté de papa, et donc pour une fois, elle ne peut pas nous servir de passerelle pour communiquer.

Heather me voit, se met à rayonner, tout excitée et agite la main dans ma direction. Les défis de la vie ne la rendent jamais nerveuse, elle les prend comme des aventures, elle les crée elle-même la plupart du temps, ce qui est très inspirant.

— Papa, dis-je. À propos du poste…

— Ce n'est pas grave.

— Je voulais te remercier.

— Je n'ai rien fait. Et il a été pourvu. Par quelqu'un d'autre.

— Je sais. Mais merci. De penser que j'étais capable de le faire.

Il me regarde comme si j'étais débile.

— Bien sûr que tu en étais capable. Et tu t'en serais certainement mieux sortie que le mec qui a été embauché. Mais tu ne t'es même pas pointée à l'entretien. Ça te rappelle quelque chose ?

Je souris pour moi-même. C'est le plus grand compliment qu'il m'ait jamais fait.

Heather commence sa démonstration.

— Tiens, j'y pense, j'ai trouvé ça…

Il glisse la main dans la poche arrière de son pantalon et en sort une photo légèrement écornée qui a la forme de ses fesses.

— Je cherchais de vieilles photos de Zara et je suis tombé sur celle-là. Je me suis dit qu'elle te plairait.

C'est un cliché de papi Adalbert Mary et moi. Je suis en train de semer des graines, concentrée, dans son jardin de derrière. Aucun de nous deux ne regarde l'objectif. Je dois avoir quatre ans. Au dos, je reconnais l'écriture de ma mère : « Papa et Jasmine en train de planter des tournesols, 4 juin 1984. »

— Merci, murmuré-je, la gorge nouée.

Mon père détourne les yeux, mal à l'aise devant mon brusque étalage d'émotion. Leilah me tend un mouchoir en papier, l'air satisfaite, et je reporte mon attention sur Heather.

Une fois rentrée chez moi, j'encadre la photo pour l'ajouter à mon mur de souvenirs. Un instant capturé quand maman était en vie, quand papi Adalbert Mary n'était pas encore planté dans la terre et quand je ne savais pas encore que je mourrais un jour.

Chapitre 28

Mon jardin en novembre n'est pas forcément terne. Il y a peu de fleurs mais j'ai planté une variété de buissons herbacés à l'écorce colorée pour le rendre plus intéressant. Mon jasmin hivernal, ma bruyère qui fleurit en hiver, mes arbustes à feuilles persistantes ainsi qu'une pelouse élégante et douce qui frissonnent sous la brise ajoutent du mouvement, les baies rouge vif de la couleur et le chèvrefeuille de M. Malone est odorant et coloré. Les vents d'automne ont commencé à souffler, il pleut beaucoup, et je passe le plus clair de mon temps à ratisser les feuilles mortes pour en faire de l'engrais. Je nettoie tous mes outils et je les range pour l'hiver. Mon cœur se serre un peu. J'attache mes plantes grimpantes pour les protéger des tempêtes. Mon projet du mois est de planter des roses à racines nues. Je fais des recherches pour m'y prendre correctement, ce qui amuse beaucoup Monday. C'est un sujet sérieux.

— Ce ne sont que des roses, prétend Monday – mais pas du tout.

Et je lui explique exactement pourquoi, et il écoute, comme il le fait toujours, et quand j'ai terminé, il m'embrasse et me dit, pour la première fois, que c'est exactement pour ça qu'il est amoureux de moi. Et maintenant les roses me rappellent qu'il m'aime.

Mais les roses, comme toi, ont leurs problèmes. Quand on les plante dans un sol qui a vu pousser des rosiers pendant des années, elles ont tendance à développer un mal qui s'appelle la « maladie de la rose ». Si on veut planter de nouveaux rosiers dans ces conditions, il faut remplacer autant de terre que possible par de la terre dans laquelle des roses n'ont jamais poussé. Ça me fait penser à M. Malone, qui essaie de pousser à l'endroit exact où sa femme est morte. Je songe à tous ceux qui tentent de s'enraciner là où ils ont perdu quelque chose, voire une partie d'eux. Nous faisons tous l'expérience de la maladie. Il vaut mieux tourner la page, nous déraciner et repartir de zéro : là, nous pouvons fleurir.

Un matin de novembre, je suis réveillée par le bruit de quelque chose que l'on traîne au-dehors – un bruit familier comme des ongles qui crissent sur un tableau noir – et je bondis. Ça me renvoie en arrière, me transporte magiquement à une autre époque de ma vie. Je me dégage de l'étreinte de Monday, qui, un peu plus tôt dans la nuit, me paraissait protectrice mais qui maintenant m'encombre, et je me glisse hors du lit. Je jette un coup d'œil par la fenêtre et je t'aperçois en train de traîner la table de jardin dans l'allée.

Je sens mon cœur manquer un battement, mon estomac faire un curieux looping, non pas d'excitation mais de tristesse et de perte, incapable de tourner la page, d'accepter le changement ou de dire « adieu ». *Chagrin instantané. Je ne peux pas te regarder faire ça.* J'enfile un jogging et je me précipite à l'extérieur. *Je dois t'aider.* J'attrape un des côtés de la table et tu lèves les yeux vers moi. Tu souris.

Costard Man passe à toute allure. On le salue de la main en même temps. Il ne nous prête aucune attention. On éclate de rire et on continue. On ne se parle pas, mais on œuvre bien, on manœuvre la lourde table sur le côté de la maison et dans le jardin arrière. C'est presque comme un déménagement, comme si on transportait le cercueil d'un ami cher. On agit ensemble et une boule se forme dans ma gorge.

On place la table dans le jardin de derrière, sur la terrasse qui prolonge la cuisine et on dispose les chaises que tu avais déjà déplacées.

— Amy revient, expliques-tu.

— C'est génial.

Je suis surprise d'avoir réussi à articuler malgré la boule dans ma gorge.

— Oui, réponds-tu mais tu n'as pas l'air si joyeux que ça. Je ne peux pas déconner.

— Vous ne le ferez pas.

— Vous m'en empêcherez.

— Oui, lui promets-je, touchée par la responsabilité dont tu me charges et la confiance que tu me portes.

Tu acquiesces et on regagne le jardin de devant. Fionn est assis dans la voiture, il s'amuse avec la radio, il change de station pour trouver une chanson qui lui plaît.

— Vous l'avez réparée.

— Elle n'était pas cassée, répliques-tu, perplexe.

— Mais vous aviez dit… laissez tomber.

Tu comprends soudain que ton mensonge est éventé.

— La chanson des Guns N' Roses. (Tu soupires.) Mon père nous battait, ma mère et moi. Le jour où on a réussi à se débarrasser enfin de lui, le jour où j'ai eu le courage de l'affronter, maman et moi avons mis *Paradise City* le plus fort possible et on a dansé dans la cuisine. Je ne l'avais jamais vue aussi heureuse.

Ta chanson de la liberté. Je savais qu'elle signifiait quelque chose, je voulais le croire durant ces nuits sombres et froides quand tu déboulais tel un boulet de canon comme si tu étais parti depuis longtemps et qu'il te tardait de retrouver ta famille, mais que tu trouvais porte close.

— Merci de me l'avoir dit.

— C'est mieux que *Love is a battlefield*, rétorques-tu. *(Je suis bouche bée.)* Quoi ? Vous pensiez que je ne vous entendais pas le passer en boucle tous les jours ? Quand vos fenêtres sont ouvertes, je vous entends, vous savez, et je vous ai même vue chanter en tenant votre brosse à cheveux comme un micro.

Tu m'imites en train de m'agiter lamentablement sur une choré des années 1980.

— Je ne chante pas avec ma brosse, protesté-je.

Tu m'adresses un sourire nerveux et je comprends que c'est juste une façon pour toi de changer de sujet parce que tu ne sais pas faire autrement.

— Je me sers de mon déo, je tiens à le préciser, et je suis une excellente chanteuse de play-back.

— Je n'ai aucun doute là-dessus, réponds-tu en riant.

Je jette un coup d'œil vers chez moi et j'aperçois Monday nous surveiller derrière la fenêtre de ma chambre. Il s'éloigne quand nos regards se croisent.

— Ça a l'air de bien se passer entre vous.

J'opine.

— C'est aujourd'hui. (Il a l'air perplexe.) Mon année est terminée.

Tu parais surpris.

— Ça alors. C'est cool.

— Je me disais que peut-être vous le saviez, vu que vous avez déplacé la table.

— Non. Je me suis juste dit que c'était le bon moment.

On contemple l'endroit où se dressait jadis la table. L'herbe est aplatie là où se tenaient les pieds. Le sol est visible par endroits. *Il faudra que tu replantes du gazon.*

— Vous avez trouvé un job ? demandes-tu.

— Non.

— Ça va venir.

— Ouais.

— Vous avez perdu votre assurance mais vous allez la recouvrer, affirmes-tu sur un ton réconfortant.

Et je sais que ce ne sont pas des paroles en l'air, parce que toi, tu comprends.

— Merci.

— Cette année a été intéressante.

Tu me tends la main. Je l'observe, la serre une fois puis je fais un pas en avant et je te prends dans mes bras.

On s'étreint, sur la pelouse de ton jardin avant, à la place de la table.

— Tu ne m'as jamais révélé ce que j'avais fait de travers, dis-tu gentiment, le nez dans mon cou. Pour te rendre aussi malheureuse. Mais je pense que je sais.

Je me fige, ignorant quoi répondre. Ça fait bien longtemps que je ne t'associe plus à l'homme que tu étais et que j'ai haï pendant des années. Aucun de nous ne fait mine de lâcher l'autre, c'est plus facile de discuter sans se regarder. Tu parles dans mon cou et je sens ton souffle chaud contre ma peau.

— C'est à cause de ta sœur, n'est-ce pas ?

Mon cœur bat à tout rompre et je suis certaine que tu t'en rends compte. Il me trahit.

— Je te demande pardon.

Je suis d'abord sidérée, puis plus rien. Et je me rends compte que ce n'est pas vraiment ce dont j'avais besoin. Tu as passé l'année à me montrer que tu étais désolé et que tu ne l'avais pas fait exprès. *Ça n'a plus d'importance. Je t'ai pardonné.* Je recule un peu, t'embrasse sur le front et traverse la rue pour rentrer chez moi.

Madra est en train de creuser furieusement dans mon jardin, lui et moi sommes souvent en désaccord à ce propos.

Monday, tout habillé, se tient devant la porte ouverte. Il te salue de la main et tu l'imites.

—Madra ! m'écrié-je. Non ! Chéri, comment tu as pu le laisser faire… ? Oh, mes fleurs !

Le chien creuse au pied du panneau que tu m'as offert, celui qui dit : « Les miracles ne poussent qu'à l'endroit où on les plante. » Je m'agenouille pour réparer les dégâts et ce faisant, j'aperçois une boîte enterrée dans le sol. Une boîte en métal, comme un coffret à trésor rouillé.

—Qu'est-ce que… ? Monday, regarde !

Je lève les yeux vers lui, m'attendant à ce qu'il manifeste de la surprise mais il est déjà au courant. Il me sourit. Il s'agenouille à son tour. Je crois que c'est pour m'aider à arranger mes fleurs mais au lieu de ça, il dit :

—Ouvre-la.

Et je le fais. *Et oh oui, oh oui !*

Cette année, je me suis métamorphosée. Pas à l'extérieur. Je n'ai pas changé d'apparence, je suis juste un peu plus vieille. Mais à l'intérieur, je ne suis plus la même. Je le sens. Et c'est magique. Mon jardin est mon reflet. Lui qui était jadis nu et stérile, le voilà épanoui et en fleurs. Il se développe et prospère. On pourrait peut-être dire la même chose de moi. J'ai perdu quelque chose qui me définissait, du moins je le croyais et je me suis sentie vide. Et au lieu de le récupérer, j'ai dû trouver pourquoi j'avais l'impression de ne pas être complète.

Le monde est fasciné par les transformations rapides, les relookings express et les tours de passe-passe spectaculaires des magiciens. Rapides comme un claquement de doigts, si on cligne des yeux, on ne voit rien. Ma transformation n'a pas été rapide, et le rythme lent peut se révéler douloureux, solitaire et déroutant, mais les choses se produisent sans qu'on s'en rende compte. On regarde en arrière et on se dit : « Qui était cette personne ? » alors que durant le processus, on a pensé : « Qui suis-je en train de devenir ? » À quel moment précis a-t-on franchi la ligne, quand une version de nous a-t-elle fait place à la suivante ? Mais c'est grâce à la lenteur que nous nous rappelons le trajet, que nous conservons le sentiment de ce que nous étions, où nous allons et pourquoi. Comme la destination est complètement inconnue, nous pouvons accorder de la valeur à la traversée.

Ça n'a pas été seulement mon voyage, ce n'est pas juste l'histoire d'une femme qui tombe et d'un homme qui se porte à son secours, même si je suis tombée, que l'amour a surgi dans ma vie, et qu'il a été réparé et raccommodé pour toi. C'est notre histoire à tous les deux, notre chute et notre ascension avec les saisons, et ce qui s'est produit quand on nous a fermé la porte au nez. J'ignore si je serais la même femme sans toi, et tu crois peut-être que tu n'y es pour rien. La plupart des gens n'ont pas besoin de faire « quoi que ce soit » pour nous transformer, ils n'ont qu'à être « là ». J'ai réagi à ta présence. Tu m'as affectée. Tu m'as aidée. Tu as été un ami étrange, et une oreille compatissante et attentive. Une nuit glacée et sombre, alors qu'on était assis à ta table de jardin, tu m'as dit, gêné – et tu étais tellement bourré que tu l'as sans doute oublié – que tu étais enfermé au-dehors dans le froid et que, grâce à moi, tu rentrais chaque fois. J'avais une réponse toute simple à te fournir, mais je n'avais pas compris le sens véritable de mes paroles – tu m'as donné ta clé.

Je pense que tu as fait la même chose pour moi.

Je t'ai aidé à m'aider, tu m'as aidé à t'aider et c'est comme ça que les choses doivent être sinon l'idée même de l'aide est caduque. J'ai toujours cru qu'être aidé revenait à perdre les commandes mais il faut laisser quelqu'un nous secourir, il faut le « vouloir » et alors seulement la transformation peut s'enclencher.

La sortie de la chrysalide peut prendre des semaines, des mois, voire des années – la mienne s'est écoulée sur un an. Et même si je suis devenue cette personne, je suis toujours au milieu d'une métamorphose plus grande, une que je ne percevrai que lorsque je me retournerai et que je dirai : « Mais qui est cette femme ? » Nous évoluons en permanence ; je suppose que je l'ai toujours su, mais comme je le savais, j'avais peur de m'arrêter, et de manière ironique c'est quand je me suis enfin immobilisée que j'ai avancé pour de bon. Je sais à présent qu'on ne s'arrête jamais vraiment, que notre voyage est sans fin, parce que nous continuons à nous épanouir – exactement comme la chenille, qui, alors qu'elle croyait que tout était fini, est devenue un papillon.

Remerciements

Un immense merci à ceux dont les noms suivent pour leur soutien inestimable :

Marianne Gunn O'Connor, Vicki Satlow et Pat Lynch. À l'équipe géniale de HarperCollins, notamment Lynne Drew, Louise Swannell, Liz Dawson, Martha Ashby et Kate Elton. Merci au tout petit Charlie Redmayne, sans qui je ne serais rien. Ça suffit ? Je souhaite un bon vent très amical à Moira Reilly qui m'accompagne depuis le début de cet hallucinant voyage, mais ce n'est pas un adieu – on se verra au bar... Libraires et lecteurs du monde entier, je ne peux assez vous remercier pour la vie que vous me permettez de mener : grâce à vous, je peux me plonger dans ma passion tous les jours de ma vie. À ma famille merveilleuse que j'adore, mes amis qui répondent au « Phare » dès que possible et plus importants que tout, David, Robin et Sonny, espèces de fous magnifiques – je vous aime tous.

Bon, allez, je vais écrire le suivant.
Bises.

Achevé d'imprimer en octobre 2019
Par CPI Brodard & Taupin à La Flèche
N° d'impression : 3035512
Dépôt légal : novembre 2019
Imprimé en France
81122500-1